王庭德 著

这个世界无须仰视

——一个侏儒青年的奋斗之路

西北大学出版社
·西安·

图书在版编目(CIP)数据

这个世界无须仰视：一个侏儒青年的奋斗之路 / 王
庭德著. -- 3版. -- 西安：西北大学出版社，2025. 5.
ISBN 978-7-5604-5682-9

Ⅰ.Ⅰ247.5

中国国家版本馆CIP数据核字第2025JK1044号

这个世界无须仰视：一个侏儒青年的奋斗之路
ZHEGE SHIJIE WUXU YANGSHI YIGE ZHURU QINGNIAN DE FENDOU ZHILU

著　　者	王庭德
出版发行	西北大学出版社
地　　址	西安市太白北路229号
邮　　编	710069
电　　话	029-88302590
印　　装	西安华新彩印有限责任公司
开　　本	889mm×1194mm 1/32
印　　张	10.25
字　　数	204千字
版　　次	2025年5月第3版
印　　次	2025年5月第1次印刷
书　　号	ISBN 978-7-5604-5682-9
定　　价	48.00元

本版图书如有印装质量问题，请拨打电话029-88302966予以调换。

序一　阳光总在风雨后

李炳银

记得是2019年11月间吧，我应陕西省作家协会邀请，到西安作了一次关于报告文学的培训报告。在报告的过程中，我看见一位身高只比桌面高一点的小伙，听课特别专注认真。课间休息时，我知道并认识了这个来自陕南安康旬阳山区，名叫王庭德的热心文学青年。当时就让我顿生感慨。

后来，我又读了王庭德书写他真实人生的代表作《这个世界无须仰视——一个侏儒青年的奋斗之路》。从这本书中，我方才知道，王庭德自小生长生活在陕西旬阳的大山深处，父亲是一位残疾人，母亲是智力低下、视力十分微弱的山乡女人，家境非常困苦艰难。还不幸的是，从王庭德记事时起，他就是一个四肢萎缩、骨节部位脱落挫损、双膝以下呈50°外翻，行动非常不便的"侏儒人"。因为地处环境的偏僻和生活条件的艰难，再加上这些身体缺陷，王庭德的童年和少年生活真是苦不堪言。

王庭德在生存生活都难以得到基本保障的情况下，还不断被人嘲讽欺侮。天生不幸，环境严酷，生存本身即成为重大课题。但是在这种足以击垮人期望与意志的环境中，年幼的王庭德却如树木生长出枝干般，生成了一颗进取、不任命运随意摆布、不愿服输的心志。家里无钱供他上学读书，他就自己翻越坎坷山路，躲在学校教室外面的窗户下偷听老师讲课；在好心人帮助下进了学校，却又要经常靠砍柴、打果、挖药等解决学费；在很多人尽享童年少年欢乐的时候，为了学习、生存、生活，王庭德却在苦难甚至生死线上挣扎着。他卖过报、卖过方便面，还应聘招工，真是"把精都成遍了"。虽然王庭德在其抗争奋发的道路上，荆棘丛生，布满落石风雨，曾经有过无数次可能跌落沉降的关口，但他却愈挫愈奋，咬牙坚持下来了。阳光总在风雨后，千磨万洗终成针。后来，因为许多人的扶持相助，王庭德在通讯报道、文学写作方面表现出才能和优势，先后获取了很好的成果。这部《这个世界无须仰视——一个侏儒青年的奋斗之路》就是一个很好的证明。

"这个世界无须仰视"，但必须认真地对待。人生一定需要坚定的信念和充满韧性的意志。如果王庭德没有抵抗自己不幸命运的决心，缺少战胜克服超乎常人的艰难困苦的精神性格，世界对他也会无动于衷，他也许只有悄悄消失的命运。所以，王庭德在最可能消失的地方坚强地生长壮大起来，根源于他不向命运低头，勇于在纷繁复杂的社会矛盾生活中坚毅拼搏的精神，以愚公移山的人生态度和行动去迎接挑战、战胜困难。正是这种人生态度和行动本身的存在，让矮小的王庭德高大起来，方使得王庭德的这部纪实作品，具有了非常现实和特殊的价值意义。人生不管处在何种环境，都会遇到和经历不同的矛盾坎坷和曲折，关键是人们需要有一种正确合理的态度去面对和行动。成功与失败皆在于此。王庭德是一个真实的存在，给人们很多启示。

《这个世界无须仰视》是一本作者真实叙述书写自我人生经历的书。语言质朴，文字简约，章节短小，用情真挚，故事细腻生动，似无深思大义，却足以当成一本大书来对待。在如今这个到处都可以看见貌似高深宏大、精妙绝伦的理论作品的时候，倒是王庭德这样的现身说法文字来得更实在，对人有许多的思考引导和实际帮助。

在王庭德成长发展的道路上，尽管遭受过许多的委屈，承受了无数的困苦，甚至生命的压迫，可伴随而存在的还有很多身怀悲悯善良之心的好心人，给了他温暖和力量。特别是不少教师、记者、编辑等，为他的新闻和文学梦想的实现，付出了情感和行动，令人感动，令人欣慰。

这部作品2013年11月首次出版，又于2014年7月出版修订版，在第三版即将付梓之际，出于阅读感慨，写上这些文字。

是为序。

2025年5月5日于西安

注：作者系中国报告文学学会原常务副会长、文学评论家

序二 每个生命都自有光芒

童喜喜

　　和王庭德老师相识，是在2019年的秋天。当时我到陕西安康走访了一些学校，其中有一所学校听说我要来，就同时邀请了王老师。

　　这些年，我一直在教育领域摸爬滚打，和我本职的同行几乎没有机会交流。听说王老师是作家同行，立刻就给我留下了深刻印象。当时大家介绍他写过一本长篇自传体纪实小说，叫《这个世界无须仰视》。我一听书名，就不由得立刻叫好。

　　当年相见之后，王老师馈赠给我这本书的签名版，我也送他一本和他的作品有异曲同工之意的作品——我以新教育实验的真实案例为原型写作的"新孩子"系列童书之《一年级：惊喜的秋天》。其后，王老师赐我一篇书评，我却因琐事缠身未能告知我的心得。没想到，时隔六年，有幸为这本书的第三版作序，弥补了我的遗憾。

　　此次作序，我重读此书，感慨更多。

　　作为以写作谋生的专职作家，同时也出版了自己的教育文集，我的序言，当然可以甚至应该纵览古今中外，将名人名言信手拈来，从所谓高屋建瓴的角度，对这本书的文字、结构、主题、个人意义、社会价值甚至东西方文明对比等等，进行一番剖析。其写作要领是：努力显得平易近人，实则凸显自身高明。

——这种写法，正是我热爱钻研理论同时又由衷厌恶理论的原因。

作为文化在八股文中绵延的文明古国，我们每个人似乎都习惯了把灵魂浸润在对词句的精雕细刻里。每个六年级的中国小学生，都在"僧推月下门"和"僧敲月下门"中，被关在写作的门内，反复摩擦。

在我看来，形形色色的文学作品中，包含有两大类。

一类，看似样貌奇崛，实则不过是柴禾甚至朽木。只是，通过鬼斧神工的雕琢，也能尽显技艺。它是艺术，是精细、精致、精妙、精美的，是螺蛳壳里做道场。

另一类，看似粗陋顽石，实则内含美玉。稍加切割，即可流光溢彩。是否细加打磨，倒不必强求。它的美不胜收，来自生活的浑然天成，于是，从感性到理性再回归感性，催生出艺术的一气呵成。

前者，是从艺术到艺术，从他人的作品中揣摩习得。后者，是从生活到艺术，必须是灵魂与作品的合而为一。

《这个世界无须仰视》正是属于我心中的第二类作品。

在我看来，这是一本生命之书。它记录了一个身处困境的人，如何运用生活的刻刀，雕塑出一位强者。

我一直说：生活是生命的横截面。我希望用这句话对"活在当下"的概念，进行一个更为完整的阐释。如果仅仅活在当下，未必拥有未来。缺少一个正确的方向、缺少一种引领的力量，当下的快乐只是昙花一现，恒久的幸福绝无可能。但是，如果清晰铭记每一天的生活，终究会凝固成为自己的生命，那么，脚尖朝着探索的方向，一天哪怕只迈一步，也是让享受当下的每一刻变成同时雕塑自己人生的过程。王老师正是如此日复一日地雕塑着自我。

从教育的角度看，这样的写作，是如今许多教育工作者熟知的生命叙事。其实，我一直希望普通人能够摆脱对写作的恐惧，重新发现写作的价值：对于任何普通人而言，写作带来的存在感和尊严感，是其他任何事物都无法比拟的。

写作的门槛极低，手机的文字备忘录或者软件上的语音转文字，都能用最简单的方式，记录一闪即逝的心灵火花。哪怕是一天一句话地记录，每天如此坚持，一个人的生命，就会成为一朵朵火花缤纷闪现的过程，就会拥有夺目的光芒。纵然水平不同或条件不同，不是每个人的记录，都有发表文章、出版图书的机会，但是，对于自己的家人和朋友来说，这样的记录，却是独一无二的珍宝，是最便捷又最深入的精神交流。

在我看来，这也是一本命运之书。命是自己的人生的底色，运是与他人的因缘际会。简单两个字，描绘太多无奈，也谱写诸多奇遇乃至奇迹。

王庭德老师与众不同的命运，是从他独特的人生起点开始：出生于陕西省旬阳市铜钱关镇铜钱村（原旬阳县铜钱关乡安然寨村），6岁时父亲去世，母亲智力低下、有视力障碍，不仅家境困难，自己还患有先天性侏儒症……这样的境遇，是编剧都不敢落笔的惨烈开头，却是命运为他书写的生命开篇。

但是，他从在村小学教室外偷听教师讲课，到感动校方开始免费上学，到读完初中，到中考前写出一篇 1500 字的自传体作文《跋涉的生命》被 2000 年第 4 期《全国中学优秀作文选》杂志发表，收到全国各地 300 多封初、高中学生的来信——从此，写作照亮了他的生命，他也用写作照亮了更多读者。

就这样，身高 1.16 米的王老师，用文字展现出精神天空的高远，一步又一步，挣脱了命的束缚，造就了运的灿烂。这样的命运之书，无疑具有拨动他人命运琴弦的力量。我相信，不管是大读者还是小读者，都能够从这本书里汲取无限的力量。

在我看来，这还是一本友爱之书。如果说困境是悬崖绝壁，那么友爱则是汩汩山泉。因为友爱的存在，一路困境成了一路风景。

我一直认为，友情是人世间比亲情、爱情更为珍稀的宝物。亲情和爱情，多少还残留着生物的本能，未免落入下层。友情的力量，是纯粹的灵魂碰撞，是精神的彼此交融。

《这个世界无须仰视》一书中，记录着王老师和他人的友爱互动。从最初为他争取免费就读的蒋老师，到爽快免除学杂费的校长，从发表他第一篇文章的杂志编辑，到和他如影随形的各种机构的各位工作人员……

包括这本书的第二次再版，也是作家和编辑、西北大学出版社之间友爱的见证。当下出版业面临着短视频、人工智能等多重冲击，格外艰难。这本书能够再版，就足以说明这本书有真正的生命力，是曾经赢得了读者认可，接下去可以赢得更多读者的。

我和王老师的人生际遇，是两个极端：他是极端的不幸，我是极端的幸运。但是，生命如书，殊途亦会同归。归根结底，躯体的生命只不过是电光石火，精神的生命也未必永恒。所以，最重要的是，在这段路途之中，追寻所爱，拥抱所爱，力所能及地发出自己的光。

我相信，孤独的人、困境中的人，甚至近乎绝望的人，都能像我一样从《这个世界无须仰视》中汲取无限力量。衷心祝愿王庭德老师在继续前行的路上，能够绽放更多光芒，书写更多精彩。每个生命，自有光芒。发光的灵魂，不仅能在精神家园里彼此照亮、互相温暖，也能为世界创造出更多光明。

2025年1月17日于北京

注：作者系儿童文学作家、教育学者

引言　一夜春风桃李绽

《这个世界无须仰视》要再版了，我感触颇多，感觉如春风拂面。

我想起春节前夕，在湖南卫视《好好学习天天向上》栏目中，孩子们手举着我的这本书，节目主持人在节目当中以我的书名说事。这意味着我艰难的文学之旅，终于赢得社会的认可和肯定，我激动得眼泪都流出来了！

我出生在陕西省旬阳县最偏远的山旮旯儿——铜钱关镇境内的楚长城脚下，中华大辞海中的"朝秦暮楚"一词便源于此。也许是受历史典故的影响吧，出生在楚长城脚下的我，虽然自幼残疾，但在很小的时候就有许多梦想，许多梦想因种种原因而夭折，但喜欢写作的梦想，在不经意间，悄然生根发芽……

父亲在我6岁那年去世，母亲智力低下，视力不清，家境困难。但我由在村小学教室外偷听教师讲课，到感动校方，获得免费上学的机会，再到坚持上完初中，获得了基本的基础教育。求学期间，为了买学习用具，我上山挖黄姜、砍柴、拔野苎麻，也给人照过相，卖过方便面，等等，克服了种种常人难以想象的困难。

初中毕业那一年，我的第一篇习作《跋涉的生命》在2000年第4期《全国中学优秀作文选》刊登后，引起了强烈反响。一个山沟沟初中生的文章，居然能登上全国有影响的刊物，山区的校园顿时像炸开了锅一样。之后，我收到了来自全国13个省市的读者来信300多封，从中我更加懂得自尊和尊重他人，懂得如何感恩，以及如何捕捉生活中的感动和美好……

一直以来，是文字的力量支撑着我走过来了，但我又不能为此好好努力——毕竟生活的压力一直存在！只是，不管怎样，我从未放弃过初衷。

2004年，经安康市慈善协会介绍，我来到汉滨区茨沟镇远明打印及电脑培训一体店打工。一年后，随着西康过境高速公路的正式动工，我们老板又扩大了规模，添加了网吧、麻将馆、游戏、台球等娱乐场所。我像陀螺一样，处在回旋忙碌的节奏中，每天兢兢业业，生怕哪里没做好。我很感谢老板给予我这份来之不易的工作，在这繁忙的工作之中，像挤牙膏一样地挤出时间来写作，坚持三年完成这部自传体小说《这个世界无须仰视》。

书中叙写了我独特的人生经历和人生感悟。字里行间融入了我真实的情感，是我的一段沧桑岁月的真情回眸。我知道，我的笔法还有点稚嫩，叙述故事的技巧还不好，但我会在以后的创作中继续学习，不断提高和创新，请朋友们相信。

　　《这个世界无须仰视》这部书，经陕西文学基金会组织评审，陕西天朗慈善文化教育基金资助出版。中国作协副主席、著名作家陈忠实，陕西省作协主席、著名作家贾平凹，陕西省作协副主席张虹以及资深媒体人、影视制片人李向红老师为我的书写了推荐语，大力推荐。陕西省作协党组副书记齐雅丽，安康市委宣传部部长周玉峰，著名作家、翻译家陈若星，我的指导老师"北京十大志愿者"张大诺先生为我的书真情作序。在此我向他们表示感谢。根据出版社安排，再版时，诸多序文和评论会编入配合发行的宣传册。

　　《这个世界无须仰视》出版后，山东药业公司王政娟董事长，为培养广大员工吃苦耐劳的精神，特意给每位员工配发了一本；西安仁爱基金会，安康市慈善协会、市县残联以及旬阳县民政局，将我的书作为正能量传递；安康市文广局徐洁等同志用我的书教育孩子们；陕西省城市达人志愿者服务团李杰先生，安康乐天心理咨询中心焦省莉老师，广州珠宝设计培训中心侯菲女士，还有很多人，他们听说是一位小矮人作家出书，且是他本人的人生经历，纷纷带着好奇和感动的心情自发前来购买；已经70多岁的吴奶奶，在正月初二奔波数十里路来求购我的书，还有很多使我深受感动的读者朋友们，这些都让我觉得很有尊严、很有成就感，也从文字中找到了精神源泉和心灵归宿，从事文学创作便自觉成为一种生活的方式和生命选择。

　　在我的书出版半月后的一天上午，我从安康带了10本样书，在回茨沟镇的班车上，有名胖胖的中年男子，一边热心扶我上车一边问："你就是王庭德吧？我在电视上看到你出书的消息，还说要买你的书给娃看呢。"他身旁的一位乘客也说："我也在《三秦都市报》上看到他出书的事了。""什么？你说他还出书了？"另一位乘客听着他们的交谈，看着我不无吃惊。"是呀，人不可貌相。你在百度上搜索王庭德，就能看到许多关于他的报道。"……一时热议不断。我那10本书，就这样被好奇的乘客在车上"强行"买走了。

随着媒体宣传报道的传播，我的故事感染鼓励了身边很多人，我也赢得了江北慈善工作站以及汪晓慧等很多爱心人士的关爱，甚至影响到了周围的环境。2013年农历腊月十七日，陕西省慈善协会志愿者先锋队一行9人来到汉滨区茨沟镇慰问我的同时，在了解到该镇学校缺少教学设备及贫困学生情况后，当即决定给予捐赠。随后，将160套课桌椅送到景家小学。今年9月份，他们还将为学生们配送衣服和书籍等物品。人总是生活在爱与被爱里，我由衷地感谢社会爱心人士对我，以及对社会所奉献出的一片爱心。

中国有8000多万残疾人同胞，仅我所在的安康市就有24万残疾人。他们大都蜗居在大山里，依靠国家的低保和贫困残疾人生活补贴过日子。作为残疾人，我能深刻体会他们内心的迷惘和痛苦，我很希望我的书能够给他们带来一些什么……

在这本书的再版过程中，我多次前往西北大学出版社，其间受到了热情的关怀和照顾。我与编辑和发行科的同志交流、讨论，一起去吃饭，他们见我行动不便，就把我背上。我为自己受到的这些礼遇，内心一直不能平静，今天又浮现眼前，我总想掉泪。

前面的路还很漫长，还有很多很多的艰难曲折。美国有位作家曾经花钱买苦难来体验残酷的现实，我也同样能够怀有体验生活的心态抵御外来的一切挫折。

我这样一个身体条件的人都能战胜困难，我相信，比我身体健康的人更有理由成为生活的强者。

《这个世界无须仰视》能再版，我要感谢的人很多。我要把这种感恩埋藏在心底，化作动力，继续前行。也希望更多的朋友在获知我的人生故事后，能多一份自信，从容乐观地面对未来，善待自己。

生活是美好的，即使曾经阴云密布，但总会阳光灿烂，请坚信！

谨以此为再版序。

王庭德

2014年4月8日

目　录

第一章　童年的记忆

幸福的人大都是一样的，而不幸的人却各有各的不幸。对于我来讲，最不幸的时光是我的童年，因为童年的我遭遇病变、受人白眼，然而在充满心酸和冷落的记忆中，却因为爷爷无微不至的关怀，从而留下无尽美好的童话般的回忆。所以对于爷爷，我写下这些文字感觉是温暖的，至少在阴郁苦难的童年时光里还留有这样的美好。

病变的由来

在陕西省旬阳县最南端的边界，有个与湖北竹山、竹溪接壤的小山村。这里古为秦楚必争之地，也是旬阳县所辖最偏远的地方，曾经盛产铜，是宋、明时大规模开采铜矿铸造铜钱的地方。这里也曾一度繁荣富饶，百姓生活富裕安然，所以也被称为"安然寨村"。

1981年农历正月二十三日，一个烟雨蒙蒙的早晨，我就出生在这里。这个偏远的小山村，这个名为"安然寨村"的地方，可实际上我并不安然。

我父亲是疯疯癫癫的残障人，为让父亲传宗接代，爷爷收留了一名智力低下且视力不好的乞讨女子，她就是我的妈妈，后来就生下了我。

在我这一辈人当中，我是王家最早降生的婴儿，也就是说，王家有后了，家里平添了热闹的气氛，爷爷、奶奶和叔父们对我关怀备至、珍爱有加……

可是，就在我出生半年后的一天，爷爷和其他人都上坡干活去了，家里只留下智力低下又视力不好的母亲照顾我，她在摸索着给我烤尿布时，不慎引起火灾，烧光了房屋和所有家当。万般无奈之下，爷爷和叔父他们想方设法四处借债，于第二年，又在原来老房子的坎上重新建起了三间土木结构的房屋。在我懂事时，每当听到爷爷、奶奶或叔父他们说起这事时，我都不知道说什么好，心中就像被一块沉甸甸的石头压着，隐隐作痛。不禁想到，这是不是我人生不幸的预兆呀？

打记事起，我就自知与别的小伙伴不同，走起路来一颠一跛，手舞足蹈地不住摇摆、晃动着。不管走到哪儿，都会引来百分之百的回头率，身体早早就定格在不足1.2米的高度。每每看到那一双双充满惊奇、疑惑或嘲笑的眼神时，我都有种被刺痛的感觉。又加之父母残障，童年的我没有体会到父母的爱，幼小的心灵里空缺着一种交流与温暖，空缺着大多数人所拥有的快乐与幸福。

如果拍一张半身照片，别人从照片上看，根本不会认为我有丝毫的残疾，而会认为我是一个性格开朗、很帅气的小伙子。

可我实际上却是一个四肢关节骨部位脱落的残疾青年，由于家里的光景不好，也从未进医院诊断治疗过。

究竟是什么原因造成我这样的残障，连我自己也无法说清楚。其实，关于我残障的原因，村里人及我的亲属说法不一，有人说我在两岁半以前很健康，身体发育很正常，并且长得很结实，还经常在院子里和小伙伴们玩耍。可是在我两岁半后的一天，一场突如其来的高烧持续了十来天，最后虽然烧退了但肌肉却开始萎缩变形，腿脚逐渐地不灵便了，后来就慢慢成了现在这个样子。还有人说是爷爷整天背着我的时候，我手扒在他肩膀上，他把我的脚从他那宽大的脊背拽到他胸前对掌抓着，致使我细嫩的骨头扭曲变形了，从而导致今天这个样子。

与爷爷相依为命

在我的记忆中，爷爷的确很疼我爱我——那时村里每当有皮影戏演出，爷爷就会背着我看皮影戏，给我一毛钱买零食吃。这让我很高兴，小孩子除了吃就是要有玩的，这样就会高兴上大半天。同时他总会给我讲一些过去的事情，说他小时候虽然身体健全，也强壮有力，但"在那个年月生活，日子过得比现在还苦"。我静静地听，感受着夜的温馨，感受着爷爷的慈爱。

我最喜欢夏天的晚上，爷爷总会拉着我的小手，搬一把椅子来到屋外的场院纳凉，他会捉来好多萤火虫，装在一个小袋子里让我提着玩。几乎每个晚上都是这样，玩累了之后，我便躺在他的怀抱里沉沉入梦。我睡着了，他就会悄悄地将萤火虫全部放出来，后来我问爷爷为什么要把它们放走，爷爷告诉我说："世上有生命的东西都喜欢自由，都不喜欢让别人囚禁着，我们无权去剥夺任何生命的自由。"

小小的我很喜欢看星星、看月亮，总会看着天空问爷爷很多的问题。让我记忆最深的就是有一次他告诉我："人死了就会变成天上的星星，我们看到的最亮的那颗就是我们最亲近的人，因为舍不得离我们太远，所以也就变成最亮的星星让我们可以看到他。"

爷爷摸了摸我的头，继续说："将来我死了，也会变成一颗最亮的星星。"我晃着小脑袋不解地说："爷爷，那你可不可以不死啊，这样你就可以一直陪着我长大了，这样我会更快乐的，爷爷你说是不是啊？"

爷爷听了笑呵呵地说："傻孙子，人哪有不死的，生离死别本来就是人生常事，很多事如果看开了，那就一切都好了，人生有很多的事情是不能够去勉强的。孙子啊，答应爷爷，以后不管遇到多么糟糕的境遇，你都要快快乐乐地活着，这样爷爷在天之灵也会开心的。"当爷爷说这话时，我发现他的神情有些许的异样，当时年纪也小，不明白是什么意思。只知道一直吵着爷爷不可以死，不可以离开我，吵到最后竟哭起来，哭着哭着就睡着了。

　　爷爷说得没错，很多事如果看开了，那就一切都好了，人生有很多的事情是不能够去勉强的。现在想起这件事来，觉得自己当时可能让爷爷伤心了，为什么会跟爷爷提到死，每当难过的时候我总会抬起头来看看夜空，可是现在的我好难过，却找不到爷爷，只能寻找那颗最亮的星星，因为爷爷说过的，他是不会让我在夜里迷路的。

　　虽然那时我年龄小，不太懂事，可是爷爷说的话我却一直记着，等到长大后才慢慢明白爷爷话语中的深意，也才知道爷爷一直都在用自己的方式教我做人的道理。这样的爷爷，怎能说是他弄我致残的呢？但根据人们的说法而想象着，我单单就是大人身子，四肢却短小残缺，尤其是膝盖以下朝内拢合弯曲着，穿鞋子总是往外拐，跟人们说的又有些相似。当然这个说法现在看来没有多少科学依据。有一个事实是，我舅舅也跟我一样矮小，走路的样子跟我一模一样，因此又有人说是遗传因素，我也觉得这种可能性最大，因为最具有科学性。

　　正因为如此，每次外出时，看到别人用异样的眼光看我，我顿时心如刀绞。更让我伤心的是，那些小伙伴们一见到我都围拢过来嘲笑、欺侮我，而我却无力抗拒。当其他的孩子一起追逐嬉戏、玩泥巴、打秋千、跳绳时，我只能远远地偷看着……

　　在爷爷关怀备至的呵护、抚养下，我走过了童年至关重要的一段路程，不仅没有被世俗的目光压倒，还立下了自尊、自信、自强、自立的人生理念。那时，爷爷无论是走亲戚串门儿，还是上坡干活儿，都把我带在身边；无论是被人欺负，还是寂寞难耐，或者受到委屈时，爷爷便以讲故事的方式来逗我开心，小小的我总觉得爷爷有讲不完的故事。有时候爷爷还会给我讲抗战的事情，讲一些历史上各朝代的治乱兴衰，我觉得当时自己好幸福。我们爷孙之间，我是爷爷的心肝宝贝，爷爷是我的保护伞，我与他总有说不完的话题、道不完的情愫，即使现在他已在另一个世界。

就这样，我与爷爷相依为命、形影不离了。有一天，爷爷的朋友郑德喜过生日，他去了却没有带我，我被人摁到粪坑里呛得半天透不过气来，年仅5岁的我伤心地哭着去郑德喜家找爷爷。郑德喜家的那些人见状，无不摇着头说："这孩子也太可怜了，幸好有你这样善良的爷爷照顾着他。"爷爷又气愤又心疼地说："他既然已落入我家了，我不管他谁管他呢，我现在年岁已高，只能养活他一天算一天了，也算我多积一点阴德吧。"

爷爷是一个五大三粗的汉子，头顶秃着，长年里不是围条头巾就是戴个黑口袋帽，是一个爱说爱笑、性情随和、直率、豪爽，又爱对人谈古论今的老人。每次看过皮影戏后，他都能生动、传神地娓娓讲述着，这在村里远近闻名、无人不知，毫不逊色于古代的说书老先生。从而他博得了很好的人缘，不论上坡翻地，还是走亲戚串门，抑或是家里来了客人，都爱怂恿他讲故事。如《薛刚反唐》《薛仁贵征东征西》《西游记》《白蛇传》等很多老戏，还有古往今来的一些逸闻趣事，他也略知一二。讲起来津津有味、引人入胜，并在适当的时候根据情节说一些笑话，把人们逗得捧腹大笑，我也是其中一个忠实的听众。说真的，那时我最快乐的事就是听爷爷口若悬河地讲故事，现在想起当时的气氛，我还常常会心一笑。

爷爷给了我生活的勇气

爷爷是一个争强好胜、爱出风头也爱打抱不平的人，他这样做既得罪了一些人，也帮助很多人解了围。无论哪家接媳妇抬嫁妆或办丧事都少不了他，缘于他很有力气，70多岁的人了，抬石头、抬树、背行李比年轻人还能行。在他74岁那年，村里一位陈姓老人去世，那天恰逢天降大雪，抬棺材上山时压得那七个小伙子汗水长流，实在喘不过气来，只有爷爷自始至终脚稳腰直、大气不喘，没有让任何人替换他抬，让一众年轻人另眼相看。

爷爷出身于贫寒家庭，15岁失去双亲后睡稻草堆长大，也未进过学堂门，但在我的印象中，他的言谈举止无不富有哲理性——记得有一次我在公路边玩耍，邻村的几个小孩抢了我的小木刀，还围拢上来打了我，回家后我一头扑进他的怀里哭起来。"为什么我这么丑，连伙伴们都不跟我玩还打我呢……"面对我的号啕大哭，一向乐观的爷爷沉默良久。"啪！"一

记耳光结结实实地打在我的脸颊上。"记住！孙子，你身材丑陋惹人笑，也很少有人看得起你，这是不可改变的事实，痛哭对你来说不但一点用都没有，而且还会让你变得麻木和沉沦。你只要努力拼搏，不断超越自我，就算你再丑，你的人格也是美丽高大、光彩照人的，只要你志——不——残！"

　　这是爷爷给我影响最大、教益最深的一次，我想一般农村老人恐怕是做不到的吧。虽然我那时还不懂爷爷说这番话的深刻含意，但从那以后，我每天天没亮就悄悄到外面去跑步，呼吸着外面的清新空气，锻炼身体。后来，我还学会了自己洗衣、做饭，人也变得乐观多了。

爷爷的离去让我更加坚强

　　在一个炎热的仲夏之际，爷爷陡然因病去世了。当我明白爷爷真的已离开我的事实时，我趴到他身上哭得死去活来，我

　　姑妈见此情景硬是把我强行拉开了。据乡亲们说，若把眼泪流到死人身上，亡灵就不能超升，连梦都梦不到了。

　　他离开的那天，是我童年最难忘的一天。晚上沉浸在极度悲恸中，精神恍惚、神志不清。我唯一能做的就是忙里忙外地招呼前来吊唁的客人，给唱孝歌以及帮忙之人下跪行礼，每隔几分钟我就跪在灵柩前烧纸，就这样一直到天明，以此尽自己的一份孝心。大家夸我很懂事的同时，也无不遗憾地说我爷爷的死意味着我福分到头了。也是从那天开始，我才知道什么是死亡，一提到爷爷，他离开那天的一幕幕就像放电影一样在我脑海里浮现，心里觉得难受，鼻子开始发酸，眼睛开始刺痛……

本来心情沉痛的我，在人们众说纷纭的议论下，更加悲伤地暗自思忖、回味着爷爷那一巴掌的分量。我告诉自己要坚强、要勇敢，因为爷爷已化作天空中最亮的星星，一直在陪着我、看着我！

八哥成了我灵魂的唯一依托

想想两个多月前，爷爷为逗我开心，还特意让人给我掏了一只快出窝的小鸟——八哥。当我与八哥建立了深厚的感情，刚刚有了精神的命根子，他就永远地走了。仿佛冥冥之中，爷爷给我弄了只八哥让我喂着，就是为了填补他走后我的孤单、空寂，而特意为我准备的。

从此春天的草地上、夏天的小溪边、秋天的田野里、冬天的雪地上到处都留下了我和八哥的身影以及我的笑声。

我常忆起童年生活，常想起我的爷爷，是他使我有勇气面对现实，让我在今后的人生道路上变得更坚强、更有自信。因为我看到了，别人能做到的事，我大都能做到；有些别人难以做到的事，我也同样能做到。

童年的记忆为我的人生之路平添了一份精彩，因为它让我明白：相信自己，一切皆有可能！

童年是人生最美的岁月，最值得留恋的年华。因为大多数的人都有一个幸福、快乐的童年，而对于一个身体残疾的人来说却是另外一番景象。尤其是我，没有父母的宠爱，也没有伙伴们的陪伴，我的玩具是夏天的泥巴、冬天的雪。6岁以前，在朴实、慈爱的爷爷悉心照料下成长。

记得爷爷刚给我带回八哥时，我兴奋地把它抱进屋，装在一只竹笼子里，它在里面饿得"吱吱"叫，几次欲从里面跳出来，可都没有成功，我看它着急的样子不禁笑了，便弄点东西给它吃。它嘴张得大大的，还不停地叫着，我把食物送到它嘴里，它便狼吞虎咽地一口吞了进去，吃了又叫，可爱极了。

于是，我每天提着八哥，在菜园子里扒蚯蚓，在河边捉蜘蛛、逮水毛虫、钓鱼，生活过得苦涩而又充实。渐渐地，八哥也能轻松自如地从笼子里跳出来了，有一次它还倏地一下飞到屋外的猪圈栏杆上了，我生怕它就这样飞走了，赶紧奔过去捉住它，并用剪子铰了它翅膀上的羽毛，这样它就飞不高了。

以后无论我去到哪儿都把它抱在怀里，宛如爷爷早晚都把我带在身边一样。在白驹过隙间，它也很快长大了，翅膀也长起来了，它很通人性，似乎和我有了亲密的感情。更有趣的是，无论我到灶堂吃饭还是上厕所，它都跟着我，一蹦一跳地跑着，时而飞到我的前面，时而歇在我肩上，甚至还爬到我的头顶。我们彼此亲热极了，我再也不用剪它的翅膀了。

除了跟我在一起之外，八哥有时还"鹤立鸡群"。每当鸡儿们要啄它，它就纵身飞到小树上，鸡真拿它没办法，后来索性也默认了它这个与众不同的小朋友，从而它也成了鸡群中的一员，每天跟着鸡群在菜园里捉虫。但不管它玩得多么欢快，只要听到我的叫喊声，就会"嘎"的一声飞到我的身边。

有一天，我像往常一样喊着"八哥，我们去河边钓鱼了"，它便一会儿前一会儿后地跟着我去河边。刚一来到河岸上，它便忽地一下飞到水里开始洗澡。它洗得可真有趣：稍稍蹲下，展开翅膀，快速地在水面上拍击着，把水拍得四处飞溅，水花不停地在空中飞舞。

第一次见八哥在水里嬉戏，我不禁看呆了。但见它在水里拍打之后，便跳到河岸上，做着和在水中同样的动作，扑扇着翅膀弹去羽毛上的水滴，然后转过头来，用尖尖的嘴梳理着错乱的羽毛，看来它还是挺爱干净、爱讲究的呢。

从这以后，无论春夏秋冬，它每天都到河里洗一个澡。我更爱它了，因为它不仅爱干净，而且还很聪明，可以像小孩一样说几句简单的话呢。说真的，我现在就想和它说说话聊聊天。

它的羽毛漆黑油亮，嘴和爪子黄黄的，炯炯有神的一双眼睛狡黠地环顾着四周，嘴里冷不丁地会冒出几句人话来，或像人一般得意地吹几声口哨，惟妙惟肖。它伴随着我度过了近三载快乐、充实的童年时光。那时每当我寂寞难耐的时候，当我遭遇冷嘲热讽后伤心的时候，就把八哥抱在怀里亲着它，向它哭诉我的悲伤；当我有什么开心的事情时，也向它诉说我的喜悦。它是我最亲密的伙伴，我的精神依存，我也像爷爷疼我一样地宠着它。

因为八哥而珍爱生命

　　爷爷去世后，由于我父亲患有神经病而经常四处乱跑，智力残障又视力不清的母亲和年幼的妹妹成了家里的顶梁柱，我除了当好家外，就是帮家里做饭、喂猪、喂鸡等，生活过得很艰苦。有时早上我们每人只喝半碗稀面糊汤，晌午就再也没有粮食下锅了。我喊八哥回来，我自己吃了几口就再也不舍得吃了，便给我那心爱的八哥留着。无论吃什么，我首先会想到八哥，哪怕自己不吃，也要给八哥留着。只有这样我才感觉踏实心安，我对它真可谓疼爱有加、珍若性命了。

　　历来都是这样，像我这样贫穷弱势之人，经常遭到一些人的凌辱欺压，也是不足为奇的。最让我伤心的是，那次我提着竹篮子在邻家的田地边上拔猪草，结果被主人远远看到了，她愤愤地跑过来说我有意践踏他们的田地，说着就一脚把我踢到水沟里，脸也被石头划伤了。

　　没想到，几天后她又找上门来，说我偷了他们地里的南瓜，不容我分辩，就被那女人按压在地上打了几个耳光。我坐在屋外的石头上沮丧极了，可看到八哥在鸡群间蹦蹦跳跳，不禁又有一种超然脱俗的感觉。我满脸泪水地抽搭着喊："八哥，快过来！"

　　它飞到构树上朝我看了看，似乎瞅见了我伤心的模样，径直又飞到我大腿上。我一边用手摸着它光滑的羽毛，一边对它说："八哥，你可知道，我根本没偷人家的南瓜，就这样无缘无故地被人打了一顿，这到底是为什么呀？"八哥一动也不动，睁着豆大的圆眼珠子"叽叽"地倾听我哭诉衷肠，仿佛心有灵犀地感受着命运给我带来的不公。此后一连数十天里，它一直疑惑不解地重复着一句话"到底为什么，到底为什么"，听起来感觉很凄凉，似乎也在为我鸣不平。

爷爷去世后的两年多时间里，是那只八哥与我患难与共，伴我走过了一段不同一般的童年。这是爷爷给我留下的最珍贵

的财富，让我在困难、委屈之时，有一个可以平等交流的朋友。

可以说，除了爷爷背我看皮影戏、夏夜里帮我捉萤火虫、给我讲故事外，养八哥恐怕是我童年生活中最幸福、最有趣的事了吧。那时我们村里的孩子都爱养八哥，可从来没有人喂成过，唯有我是一个例外，人们对于我喂八哥的成功感到很新奇。

失去八哥让我伤心难忘

八哥的可爱，以及我与它的亲昵，在我们家乡形成了一道独特的风景，常常吸引着路人驻足观赏。有个叫杨佰生的外地商人要高价购买八哥我都没卖；也时常有一些人及同龄孩子来与我套近乎，他们都很喜欢八哥那样玲珑的小精灵。缘于八哥，使我有幸与霞那样的同龄女孩成为要好的伙伴儿，并使我有了一段刻骨铭心的记忆。但除了我，没有人能够逮住八哥。这样更使得那些特顽皮的孩子既羡慕又不服气，总偷着用弹弓射击，曾多次趁八哥猝不及防时打伤它，以致八哥见了他们就如惊弓之鸟。

我永远记得那天下午，有一同学放学路过我家门前时，见我就说："王庭德，你把八哥喊来让我摸一下好吗？我们做个朋友好不好啊？"我信以为真，便兴致勃勃地跑去捉住了正在猪圈栏杆上学公鸡打鸣的八哥让他摸，没承想他摸着摸着就一把抢了过去，将我推了个仰八叉，还大笑着说："哈哈，你上当啦！你当我真和你好啊，我是想要你的八哥。"说完就飞快地朝他家的方向跑去了。

我身残、家贫，也没有家族背景，宛如一只任人摆布的羔羊，无论别人怎样讥讽、肆意打骂都不敢吭声，可这一次为了八哥我没有顾忌自身的缺陷，也忘了对世俗的胆怯和畏惧之心，赶忙哭着远远地追随其后。由于腿脚不灵便，一下踩翻了我家门前的河列石，"扑通"一声掉到河水里，浑身湿透了不说，还被水冲走了我的一只鞋。可一想到八哥的安危，也顾及不上这些了，心里只有一个念头：追上他，要回我的八哥。

我心急火燎，拐扭着前行一阵儿，勉强歇息一两分钟，喘口气，又急匆匆地硬撑着继续往前赶。我走走停停，坚持走完一里多路，大汗淋漓，气喘吁吁，终于勉强来到那同学的家了。只见八哥的腿被他用麻线拴在了桌子脚上，八哥完全失去了自由，我实在于心不忍，就拼命去抢，不料，他轻轻一掌就把我推倒在地了。正在他准备把我当马骑之际，他母亲看到了，便大声责怪他说："哎呀，你咋十几岁的人了还不知道爱干净呢？没看他身上脏兮兮的你还坐他身上，还不赶快起来。"说着就伸手把他拉开了，然后又将我推拉到了门外。无力再抗拒了，我只有在门外伤心地痛哭着。

黄昏时分，那同学的父亲回来了，得知此事我以为他会为我做主，没想到他反而还说："没见过啥的，不就是一只八哥嘛，先让我们波儿玩几天再给你。你先回去吧，要是不走，小心我打断你的腿。"他的一番话，吓得我哭丧着脸赶紧往回走，伤心得痛哭了一个晚上。第二天早上，我壮着胆子又去了那同学家，但没有看到八哥的踪影。他母亲说，晚上在他们不注意的时候，八哥被猫吃了。从此这个与我朝夕相处的伙计，就这样与我永远分离了，连续几天我好像丢了魂似的，闷闷不乐，茶饭不思。真的很后悔，我当初不该那么轻易相信那个同学。我对不起你呀，八哥！

不知在多少个梦里，它飞上了窗台，飞到了我的身边，瞧，它不是在我身边跳跃着吗？它饿极了在向我要食吃，我给它夹一筷子饭，它便大口大口地在地上啄吃了；还有它在河里洗澡的情景……

八哥呀八哥！我真的很怀念你，直至永远。

第二章　懵懂的情感

伟大的诗人罗曼·罗兰说过："庸俗的心灵，决不能了解无边的哀伤对于一个受难的人的安慰。只要是庄严伟大的，都是对人有益的。"在我的记忆中就有一段难以忘怀的情感，那种至真至纯的友谊在我心中留下了美好的记忆……

唯一与我玩过的伙伴

人真是有意思，总是后悔当初，笑话从前。

怎么说呢，从前——也就是二十几年前，我的童年时期吧，那时因我养了一只极可爱的八哥的缘故，一向奚落、羞辱、讥讽我的孩子们都假惺惺地与我套近乎，为此我也上当受骗过，还葬送了八哥的性命。唯有霞从不歧视我，成了我很要好的伙伴儿，给我的童年世界留下了美好的回忆。

霞与我两家相距不到半里路，而且霞和我同岁。她从上小学二年级起，每个周末在别的伙伴们都走开时，经常约我下河去玩，在我钓鱼时帮我捉诱饵。有时我们也手拉手地在河边走，在草地上滚来滚去；有时她还从家里拿来几个洋芋、黄瓜和瓷碗之类的东西，我们在河边用石头摞一个小灶生火做饭；有时她又喜欢拉着我的手坐在沙滩上以清脆、稚嫩、婉转的歌喉教我唱歌："小燕子 /穿花衣 /年年春天来这里 /我问燕子为啥来 /燕子说 /这里的春天最美丽……"《小燕子》是我人生学唱的第一支歌，使我领略了音乐所带来的妙趣和畅快。这对于我来说，可算是一笔记忆永恒的礼物。

还有一件在我记忆中印象深刻的事，更见证了霞幼小时天真、善良的本质。那是一天下午，霞一蹦一跳地来到了我家门前，满心欢喜地说："王庭德，我放学了，我们到屋后掰兰花吧。"

由于没吃什么东西，我肚子咕噜噜直叫，无精打采地坐在门槛上有气无力地回答说"我不去了"。

"怎么了，你不跟我好了吗？"

"早上我们家每人只有半碗饭，他的没舍得吃喂八哥了。今天我们到处借粮都没借到，现在还饿着呢。"妹妹见我沉默不语，便在旁边回答。

"我们家的粮食多，这会儿我爸妈都不在家，我回家给你们拿点米来。"她说着就飞快地返回去了。

大约过了半个小时，她挎着个布袋子说："我给你们拿米来了。"

于是我用瓷碗将那米匀成两半，当晚煮粥吃了一半，又将另半碗米留作第二天的早饭。吃过早饭，我母亲才摸索着去乡政府弄了50斤玉米，于是接济上了嘴巴的问题。而霞拿来的那一瓷碗米，真是雪中送炭，着实解决了我们那时贫苦生活中的一次燃眉之急，一如灰蒙蒙的寒冬里突然出现了一缕清新、妩媚的暖阳，又如夏日一阵拂面的凉风……

然而，霞因为给我们拿米，后来受到了她父母的苛责，并管教她以后不许和我一起玩了，还有其他人和大龄孩子也劝她说："和他那样的人来往有啥意思。"但她依然我行我素，趁人不备时约我出去玩，她说和我在一起感觉很快乐。说真的，自从没了八哥之后，我也很高兴与她这样的好朋友一起玩耍，她伴我走过了近五年儿时窘迫、潦倒的生活，我对她的感情也逐渐地加深，在心里留下了她的位置，留下了一些幸福、激动的记忆。

随着年龄的增长，在13岁那年——那是我们乡里一般孩子谈婚论嫁的岁数，我不知不觉也对她产生了朦胧的爱慕之情。

↑ 远眺安然村

仿佛她就是这个世界上最真诚也最值得信赖、依附和交往的人，这种感觉真的好亲切、好亲切呀！

从霞上小学三年级之后，我们都懂得了一些男女的区别，她也逐渐跟我有了隔膜。从那时开始，我更喜欢她了，但那种好感只能埋藏在心里。每天在她快放学的时候，我就会默默地跑去接她。由于她对我没有以前亲切了，而且学生们都爱欺负我，所以我每次只是躲进公路旁的草丛里，默默地看着她和三三两两的学友背着书包有说有笑、蹦蹦跳跳的身影，虽然只能偷偷地看着她，但我已感觉很知足了。

后来当我有幸走进学堂的时候，她小学快毕业了，很遗憾无缘跟她一起上学。

当我上小学四年级的时候，霞早已步入社会了。那时的她亭亭玉立，经常穿着花格子短衫和黑色裙子，一条长辫子垂落在腰际，均匀而修长的身段看一眼就能让人联想起杨柳的婀娜来，是一个美丽小村姑的典型打扮，聪明伶俐又活泼可爱，而且还有一张很会说话的快嘴，人称"铁嘴壳子"。

一篇作文引发的风波

也就是从那时起，我萌生了一种美妙的感觉，像在地壳下疯狂涌动的岩浆一样亟待喷发。在一次作文课上，老师让我们写一写身边最熟悉的人或事。于是我以"我最熟悉的人"为题，记述了我和霞之间相互交往的友情，道出了我内心埋藏着的幼稚、冲动的情感。

也就是那一篇作文，被同学们当作课间谈论的笑柄，闹得满城风雨。这事一个传一个，很快传到霞的耳朵里。在一次放学的路上，她当着很多同学的面拦住我并厉声斥责了我，还险些要打我，说她没当着我们校长及班主任的面打我，就已经很宽恕我了。她似乎把我们童年的情谊忘得没有一丁点了。这件事村子里的人们纷纷议论，乡亲们谁见了我都指手画脚的，说没想到我这样的人还那么不知天高地厚，癞蛤蟆想吃天鹅肉，想得太天真了，还是等到下一辈子吧！

俗话说，不如意事常八九。偏偏在我上五年级那年，学校找霞去管伙食，她成为我们学校的炊事员了。她的到来意味着我灾难的开始。从此，不管是放学打饭，还是每个周末交粮、领饭票，即使我站在最前排，她也跟没看见一样冷若冰霜，毫不理睬。我也只好这样愣愣地站着，站着，由于腿脚不灵便，每每站不到五分钟就双腿发软并不住颤抖起来，仿佛一阵微风都能把我吹倒，累得脸上直冒汗，实在坚持不住了，她才鼓睛暴眼地接过我的饭碗打饭给我。

曾有好几次，我们班主任、校长以及个别老师见此情景，说："王庭德排在最前面你怎么不给他打饭呢？没看见他站得多艰难吗？！"有一次，我们班主任对她说："你小时候不是跟王庭德是好朋友吗？他在一次作文课上把你写得那么好，怎么你现在跟他有仇似的，对他连一点同情心都没有吗？"

"你别听他胡扯，讨厌死了。"她没好气地说。

当时所有同学的目光都聚集在我身上了，站在一旁的我，心里像打翻了五味瓶一样，恨不得立刻找个地缝钻进去，不敢抬头凝视我们班主任，也不敢正视霞和周围的同学。随后的一个礼拜里，我如惊弓之鸟一般不知所措，生怕班主任问我什么，也希望他千万别在班会上提起这事儿。直到一个多月过去了，没听到我们班主任提及此事，我那紧绷的神经才不知不觉地慢慢平复下来。

真的，很惊悸无情流逝的岁月和世俗浪潮的羁绊，很快就这样销蚀了我们成长的经历，也风化了一个善良女孩的儿时记忆，驱散了儿时唯一与我玩过的好伙伴，使以前的情谊消失殆尽，荡然无存。每天面对她时，我面红耳赤的很不自在，也尴尬、难堪至极，同时又自责、羞愧、无奈、无地自容，只有独自默默承受着。

这是我童年成长中又一个极其重要的环节，虽已过去十多年了，但每每想起来，那种幸福与疼痛交织的感觉依然真实如初。想想也真佩服自己的勇气和魄力，竟然能够把自己的感情大胆地表达出来。虽然事情并没有像我想象的那样以美满结束，但当时那种畅快的感觉让我觉得自己很强大。同时，那隐隐的疼痛也像一条鞭子一样，鞭策着我为自己的理想奋斗，让我大胆地去追求人生的幸福。

第三章　偷学经历

上学是每个人人生路上最重要的一段经历，然而我的上学历程却与众不同，其中充满了好奇、遭遇了坎坷、受到了冷落、饱受了质疑，同时，也得到了好心人的帮助和理解……

对学校的一切充满了好奇

回顾成长的岁月，我人生中最值得纪念的，要数我在我们村小学教室外的窗台下偷学的那段时光。虽说遭遇了很多的非议、尴尬和无奈，但却很有意义，因为这段经历改变了我的一生。

童年的我一直孤僻内向，沉默寡言，很少有机会和小伙伴一起玩耍。

身体的残疾和家境的贫寒，使得上学成为我遥不可及的梦想。每每看到同龄的伙伴背着书包去上学，我的眼神里总是透露出无限的渴望，我渴望有一天自己也能走进课堂，学习知识。

于是，我常常在村小学教室外的窗台下偷偷地听老师讲课，看同龄孩童读书。

　　那时，我们乡的每个村都有一所村级学校，配备一名民办教师；每个村的学校里，最多不超过20名学生。

　　庆幸的是，我们村的那一所学校离我家不远，大约一里路，就建在我家房背后的山梁另一边的山脚下，翻过小山就到了。

　　这就是我们家乡的一隅，地名黄泥巴堡；这就是我偷学的地方，也是我的启蒙学校——安然寨村小学。

　　那学校建在坐西向东的山坳里，门前绿水长流，后面山林密布，四周有重重叠叠的山峦，挨着学校的上边，是肖家的小院落。具体地说，这里蕴含着"山重水复疑无路，柳暗花明又一村"的意境，更有王维笔下"明月松间照，清泉石上流"的幽静。

　　每当看到同龄人蹦蹦跳跳地去学校上学时，我就远远地跟在他们后面，然后独自顺着屋后的山坡下来，穿越那片山林，

径直来到学校的后面。那里常常堆放着一堆木材和柴草，我挤在那狭小的缝隙里，自然不会被人看见。

那时学校的学生一般都是沿着公路去学校的，而我每次都是穿越山梁上那片树林去学校偷学、听讲的，一来路程近了很多，二来不容易被人发现。还有就是，每当要下课的时候，又有利于我赶紧躲进教室后面的树林里。对于我来说，这简直是三全其美了。

就这样，在未走进学堂之前，我已在那里学到了很多知识。

记得第一次听老师教拼音 a、o、e时，感觉很新奇。由于没有课本，我急得用手小心地掀窗子上的塑料纸，我好想好想看看那几个字母是什么样子的，它们到底是怎么写的。结果被一个小女孩发现了，并大声报告老师道："老师，外面有人掀窗户。"老师探出头来，淡淡地瞟了我一下，冷冷地说："你在那儿干啥，滚一边去！"吓得我惊慌失措，撒腿就跑……

有一次，老师教完"冰雪融化、种子发芽"的文章，让同学们大声朗诵，我竟然也在教室外情不自禁地大声读了起来，因而没有听到老师的叫停声，我的声音惹得那些同学都拥到窗子跟前看奇迹，惹得老师从教室走了出来，并厉声呵斥了我："你又在这儿干什么，叫你来上学吧，你又交不起钱，我们也资助不了你，以后别在这里影响我们上课了，还不赶快走！"

那一回，我在山后放声痛哭了一场，伤心到了极点……

几天之后，那位老师找到我，说我偷学的事儿深深感动了她，她也想收我这样刻苦好学的学生，但面临两个困难：一是我身体不方便，会给她带来很多麻烦；二是偏远深山里大家都很穷，学校实在无法免费接收我这样的人。

久而久之，同学们都知道了这件事，每次上课时总爱不由自主地朝教室外面的窗台看一眼，看我是否又在那儿偷听。

后来我实在害怕被发现，于是就躲在后檐沟那边的树林里偷听。

严冬也阻止不了我求知的欲望

因为在教室外偷学，我受到过老师的斥责，也曾被同龄人耻笑过，还有在风雨交加、泥泞路滑以及天寒地冻的情况下，被重重地摔倒在地，疼痛得好久爬不起来，我头上至今还有那时受伤留下的疤痕。

1989年6月23日中午，正当我聚精会神地听讲时，天空中突然响起了"轰隆，轰隆"的雷声。我意识到要下雨了，急忙一歪一拐地往回跑，刚走到房后的山坡上，倾盆大雨迅猛地来临了，风也很大，雨水夹杂着泥浆，不住地溅到了我的眼里、脸上，使得我缓不过气来。由于腿脚不灵便，我跟跟跄跄地难以站立了，不知不觉间，一头栽倒在公路边的烂泥沟里，右眉上方的额头处被碰了一个大口子，血流不止……

当我爬回去的时候，几乎是不省人事了。婶婶死死按住我流血的伤口，叔父等雨稍微小了就到处拔草药为我止血治伤。他们问我："怎么摔成这个样子，你又到哪儿去了呢？"

我吞吞吐吐地说："我到学校去听课了。"

婶婶说："你怎么又到学校去了呢？我真服了你。"

还有一次是 1990 年 12 月 25 日下午，天上下着大雪，我冒着严寒去树林子听课。

在这样的寒冬里，山林里到处都是银白色的积雪，如寒玉、如琼瑶，呈现出一派亮丽的景象。由于衣衫单薄，刺骨的寒风吹得我浑身直打寒战，实在冷得受不了，我不得不带着遗憾准备返回家。但我的腿冻僵了，走起路来不听使唤。一不小心从山坡上"扑扑通通"滚了下去，顺着雪地滚到屋后的那片坟茔里，心里非常害怕，浑身既乏力又疼痛不已。

那天由于受了严重的风寒，感冒极其严重，我彻底地病倒了。一连两个多星期里，我上吐下泻，很遗憾不能去听课了！

尽管如此，困难仍没有阻止我学习的欲望。我总是自己安慰自己："只要能学到知识，受点委屈和伤痛也没什么的。"

为了能学到更多的知识，我曾很多次低声下气地哀求过婶婶："婶，帮我到你嫂子家去一趟，把他们家何玉英用的书本借来给我学习，还有她用过的本子也要一些回来，我在反面写字，好不好？我真的好想读书、写字啊！婶，我求你了，行吗？"

婶婶说："行啊，等到哪天我回娘家的时候，一定给你弄一些书和本子。"

就这样，我每天在教室外偷听，下午自己练习写字，感觉生活过得很充实。

我偷学的事后来在村里人人皆知，在社会上也引起了人们的议论。

距学校不远的胡发平一见到我就说："我常看到你在学校后面躲着听课，你真行！"

也有人看到我趴在板凳上写字，不解地说："像你这样的人，还上什么学？"

因为执着，我迎来了阳光明丽的春天

笨鸟先飞早入林，功夫不负有心人。

一天上午，我像往常一样，坐在房檐下横摆的扫帚上，趴在板凳上练习写字、做数学题。一名身材魁梧的汉子在村主任肖昌明的陪同下来我家收教育附加费，当他看到我聚精会神地学习的情景时说："这娃学习蛮认真的呢，上几年级了啊？"

村主任说："他父亲是疯子，母亲愚笨且双眼几乎失明，现在他们一家人都被他的残疾叔父收养着，哪有钱上学。"

那个高个子又问道："没上过学还学习二年级的课本，谁教你的呀？"

我红着脸说："我每天看到别的孩子上学，羡慕得不得了，于是就远远地、远远地跟在他们身后，在教室外的窗台下听讲学到的。"

那个高个子很是惊讶，于是翻到写有《春晓》诗句的那一页让我背诵并默写，还让我背诵了乘法口诀。当我顺利地完成了这一切后，他微笑着说："还行呐，啊？！你想不想上学呀？要是想上学，我就通过教师会研究让你下半年上学的事，好不好？"

那一刻，我简直不敢相信自己的耳朵，看看这个陌生的高个子一脸慈祥的笑容，又看看村主任肯定的表情，一时愣在了那里。当我终于意识到这是真的时，心里甭提有多高兴了，一面"好，好，好"地连声回答着，一面兴奋得跳了起来，那一刻我泪流满面，真的太激动了！

"这是我们乡中心小学何永伦校长，还不赶快谢谢何校长！"村主任大声向我介绍并提醒我。

也许是这突如其来的喜事把我搞蒙了，也许是我的意识仍然被这巨大的幸福感所充塞，我只是站在那里"哦，哦，哦"地答应着，一句话也说不出来。直到何校长和村主任离开我家，他们的背影在我视线中逐渐模糊，我仍连一句感谢的话都没有说出口。

同年9月，通过教师会研究让我免费入学了，我终于成为一名正式的学生，从而结束了我两年的偷学经历。

从此，我的经历就常常被老师、家长拿来当作教育学生和孩子的活教材。听何玉英说："我妈经常吵我，说我有条件上学，还不好好学习，王庭德想上学都没得机会。"老师也对他们说："那个残疾娃那么想上学，可惜没有人供他，你们能坐在教室里，却不好好珍惜学习机会。"

现在想来，我在我们村小学后檐沟偷学的事儿，已成为人生中一道不可磨灭的永恒风景，诚如作家保罗·科贺在《牧羊少年奇幻之旅》一书中所写："没有一颗心，会因为追求梦想而受伤……"

第四章　艰难的求学路

虽然拖着残缺的躯体，但我从来没有放弃过对知识的渴望和追求，经历了偷学的苦与乐后，在好心人的帮助下我终于真正成为一名学生，从此开始了漫长而充满崎岖的求学路……

永恒的时刻

1991年9月1日，是我们乡里学生报名的日子。

那天上午，终于雨过天晴。大地万物，经过几天雨水的洗濯后，在阳光的照耀下，显得那么的清新悦目、光彩艳丽。

这一天，对于一般人来讲，或许太寻常不过了，但人们不知对于我这个身体残缺的孩子来说，却是一个非常特别、永生难忘的日子。

我们全家人吃完早饭后，叔父拉着比我小几岁的堂弟的手说："林，走，我送你去报名上学。"

听到这话，一向沉默的我，激烈和敏感的思绪如同满溢的水库，再也禁不住地流露了出来，哭喊着说："叔，我也要去！"

并飞快地跟了上去。

叔父说："你去不晓得行不行呢,该不会又撵你走吧?"

我说:"何校长说下半年让我免费上学。不管行不行,我都要去试试看。要是不行,我明天就到乡中心小学去找何校长。"

嘴上这么说,可一路上,心里却是矛盾重重、思绪万千:何校长说免费让我上学,不知道是不是真的,也不知道他在教师会上说没说过这事?我心里默默为自己祈祷:但愿学校能够招收我。

当我迫不及待地来到老师办公室门口时,却又畏缩、腼腆地站着,站着,叔父领着堂弟进去好半天了我也没有勇气进屋,几次探进头又缩了回来,胸口咚咚地跳得很厉害!

出乎我意料的是,我所窥视到的屋里的那个老师,已经不是以前的老师了,是个中等个儿的女老师,看上去30多岁,身穿米灰色的衬衣和花布裙,修着齐耳短发,微瘦的脸庞。

她,就是我后来的启蒙老师蒋同莲。

我在她办公室门口踌躇不决、徘徊不前,引起了她的注意,她忙伸出头问道:"你有事吗?"

我叔父连忙解释说:"他想上学。"

"哦,你就是经常在教室外偷学的王庭德吧?何校长跟我商量过了,我们愿意免费帮你完成学业,你可要好好学习哟!"

听到这话,我又一次百感交集,激动得蹦了起来!

幸运之神终于降临在我的身上了,终于降临在我的身上了！

我终于如愿以偿地免费上学了！

那一刻，我无比激动的心情，真是难以言表了！

那一刻，我真想向全世界大喊：我也终于能够上学啦！

来之不易的红领巾

在村小学上学的头两年里，对于一个偷听了两年课的我来说，意味着把原来的课程重新学习一遍。我也成了蒋老师的得力助手，她经常让我教学生读生字，辅导同学做数学题。

我也十二分地珍视这来之不易的学习机会。为了能够上学，在信念和毅力的支撑下，我做出了常人难以想象的努力。

1991年11月27日，学校评少先队员，老师要求我们买红领巾。看着同学们都交了钱，一个个都戴上了鲜艳夺目的红领巾，就我一个人没有，我也很渴望拥有一条红领巾。对于那时的我来说，只觉得红领巾是一名学生最光荣的标志。

那天我上课反应很迟钝，下了课也痴痴地呆坐着一动不动，心情惆怅、沮丧、低落到了极点，与同学们嬉笑着快活地打闹、玩耍形成了鲜明的对比。

下午放学回家后，我没顾上吃饭，放下书包就拿起弯刀默默地出了门。我决心自己砍柴卖钱来买红领巾。

那年的寒冬，我们那儿的天气并不比2008年2月全国不少

地区的雪灾逊色。那天家家户户都关起门来，火炉里燃着熊熊大火。而我，这样一个行动不便的孩子却在山上砍柴，上山砍柴所经历的困难也就可想而知了。

我踩着一寸多厚的积雪，一步步地挪到房后公路边，然后经过一段陡峭、崎岖的弯坡才进到树林里，这里几乎没有被人踩过的痕迹。这段坡路，我曾在偷学的时候走过无数次，但当我这一次面对它的时候，却有些胆怯了。可为了那条红领巾，我咬咬牙还是继续前行。

上那段坡，我如同一只大蛤蟆，膝盖跪地，十分吃力地在两只手的配合下，一步一步，小心翼翼地慢慢向上攀爬。同时，我又特别担心，害怕"扑通扑通"滚下排水沟，前功尽弃，但为了能戴上红领巾，心想，我一定要爬上去！

我好不容易爬进树林里，但树林边上尽是一些卖不出去的毛毛细柴，只有进入树林五六米才能砍到比较粗一点的小树娃子。于是我又拽着一根根树条儿，深一脚浅一脚地试着往过走，累了就坐到雪地上。

如此这般，艰难地横着往过走着，走着，我一连发现了 5

棵橡树，但地势太陡了，我无法站立，后又找到了4棵花栗树，却是大瓷碗口粗的，恐怕我一下午也砍不断，只有望"树"兴叹了。无奈又继续往前找，终于找到一棵不粗也不是很细的白橡树，且坡势相对比较平坦，我激动得大叫起来："这个好！"一不小心，打了个趔趄，摔倒了，我顺势坐下来，双腿夹着白橡树，"梆……梆……梆……"一刀接一刀不停地砍。

　　起码折腾了一个多小时，总算砍倒了那棵树。在砍倒那棵树的整个过程中，削树枝让我耗费的力气最大了。我手撑着树干一寸一寸地朝有枝节的地方爬，待来到有枝节的位置，又得坐下来，把脚蹬稳固定住才能削树枝。在那样的状况下我更使不上劲儿，显得手拙脚笨。削完了上面的树枝，还要想办法削掉下面的枝干，真是"把吃奶的劲都使上了"！

　　当我削完树枝的时候，我一连五次用双手使出浑身的劲想往回驮，可无论怎么用力也驮不动那棵树，我不得不带着遗憾准备回家。也不知过了多长时间，眼前天地一片昏暗不清，只有漫山遍野的银白，我才意识到天黑了。说真的，在那样天寒地冻的气候里，我却大汗淋漓，满身的汗水夹杂着泥浆，身上的衣裳都湿透了，感觉热乎乎的。

　　回去的时候可以说是连滚带爬，遇到很陡的坡时，我索性一屁股坐下来，顺势往下滑，我一连栽了好几个跟头，真不知咋回到家的。

　　第二天，我兴奋地跟蒋老师说："老师，我昨天上坡砍了一棵树，但怎么也驮不动，还在坡上放着呢。我想用它换一条红领巾。"

老师笑了一下说："你到你们屋后的公路上指一下地方，我叫肖兵同学帮忙驮过来我买，肖兵力气大。"

就这样把那棵树驮了过来，经蒋老师一称，才63斤，那时的柴是1.2元100斤，屈指算来，63斤柴只能卖0.76元，我的那棵树还是换不来一条红领巾。

我跟蒋老师说："老师，您先把红领巾给我，我下午再去砍点柴。"

蒋老师心疼地说："算了，不够的我给你添上。"

从此，我也戴上了红领巾，这是我第一次戴红领巾，比过年时得到压岁钱或糖果还要兴奋。

我一口气走不了半里路。无论是以前偷学还是后来上学，从家到学校那段路程总要坐在地上歇几次，才能到达目的地，但我知道知识的重要性，对于上学的渴望非常强烈。

为了买学习用具，我利用每个周末上坡砍柴、砍青竹棍、扒野麻皮、剥构树皮、挖黄姜等，然后拿到店里去卖。只要自己能做到的，我都一一经历过了。

那时星期六还要上一上午的课。中午放学后，我吃过午饭就上坡了，勉强砍下40多斤柴，再用星期天的时间，分四次把柴驮到私人的小店去。由于我身小力单，三步一停五步一歇的，每送10来斤柴都需要足足一个半小时，40多斤柴要花费六个多小时才能全部送到店里去。

由于我砍的柴都是一些小拇指头粗的小树苗，人家一般都不要的，每次我都苦苦哀求地说："看在我这么辛苦送来，看在我没有钱上学的份上，帮忙收下吧！"

1992年冬季收购杂竹，100斤可卖2.4元，那时是最高的价钱了。于是我砍了五个周末，好不容易砍了50斤，找了两个男同学帮我驮到商店里来卖。人家嫌我的竹子太细了，说什么也不要，只好放在那里。直到几天后，我看到拉竹子的老板来了，我又去求情，他才勉强收下。

发生在1992年8月17日那天的一件事至今记忆犹新，我拿着一捆水杯粗的野苎麻去卖，刚走到店门前，遇见一辆装满野苎麻的大汽车开来，也许是看我可怜的缘故吧，车在我面前停了下来，从车上下来一个50多岁的中年男人，他笑呵呵地问道："你拿野苎麻干什么呀？"

我说："到店里卖的。"

"卖钱做什么用呢？"

"下年开学了买本子。"

"原来你还是学生啊。但你这点麻皮子只值几毛钱，卖给我吧，我给你10元。"说着他便掏出10元塞到我手上，拿过那捆麻皮就上车了。

那一次，我兴奋了好几天。我也知道那位好心的老板是想帮助我。

差点要"命"的学费

提起挣钱上学的经历，最让我难忘的，还是 1993年那个暑假里扒野苎麻的事。

那天上午，我看到河对面的荒坡上有一些零星的野苎麻，就兴奋地爬上去扒，才扒了四五根，就突然听到头顶上有"嗡

嗡"的响声，接着就一阵阵、一阵阵地头昏目眩。原来我不小心捅了蜂窝，被土蜂蜇了十多下。当时我惊吓、疼痛得坐在地上抱头大哭起来……

所幸的是，在附近苞谷地里除草的乡邻崔元宝听到我的叫喊声，赶紧跑来看究竟，发现是我，便问："你咋的了？"

我泣不成声了，说："我……我……被……

蜂子……蜇了！"

他凑近一看，惊慌地说："坏了，你这娃子，被蜂子蜇成这样啦！"

"快趴到我背上来，我把你送回去……"

一连好多天，我头肿得像烂南瓜似的，也没有钱买药医治。

尤其是头四五天里，我眼睑疼痛得寝食难安，眼睛眯成一条缝，看东西模糊一片，吃饭时嘴僵硬得难以张开，连呼吸都感觉很困难，晚上睡觉时头也不敢挨枕头，只能趴在板凳上，半边身子都麻木了。但只能这样忍受着，忍受着，那种疼痛难耐的滋味，令我如热锅上的蚂蚁坐立不安。我多次想："这次我恐怕活不过来了，这么痛！"

然而，想不通的是，学校的杨老师，还有我们村支书刘书记等很多人见我头部肿胀，既同情又责怪，纷纷表示："你这是何必呢，要是到车站去要钱，也不会弄成这样，指望你上学将来还能当官呀！"

听到这些话，使本来就悲观、惶恐、憔悴的我心里更加不是滋味，似乎一下子失去了克服困难的勇气和力量。我气恼苍天不公的同时，更愤愤不平的是来自周围的异样目光。

"是的，我这样一个人，生活这么艰难，上学还有什么用呢？"那时，我真是无法承受如此的折磨，挥挥衣袖就想从此停留，逃避眼前的困惑以及更多无法言明的苦难。

就在我幼小的心灵开始哀伤、堕落、消沉的时候，不禁想起一次课余时间与蒋老师交流时，她给我讲的励志故事。

蒋老师说，看你在校学习和表现都很出色，我也很高兴，希望你百尺竿头更进一步，永远坚持下去。你知道吗，中国有个张海迪，她在双腿无法站立的情况下，自学了四个国家的语言；科学家爱迪生，一次在火车上做试验被列车长打聋了耳朵；还有苏联作家尼古拉·奥斯特洛夫斯基在双目失明的黑暗中完成了一部动人的小说《钢铁是怎样炼成的》……

一想到这些，我又恢复了以前的毅力和决心，心里又燃起一团希望的火焰，泛起了丝丝甜蜜的幸福感，心想，现在我不是比头几天的痛松散多了吗？我相信，坚持下去一定会好的，一切痛苦都会过去的，为了能够达到上学的目的，为了能实现自己的理想，我要坚持下去……

就这样，我艰难熬过了四个多星期，那是我人生中一段最难过的黑色日子，度过了这段日子，后来遇到的所有的困难都再也没有动摇过我求学的念头，相反让我有了更坚定的信念：以前在教室外偷学的那段时间，经过了那么多艰难我都坚持过来了，现在我都走进教室了，这些困难又算得了什么呢？

那一回我挣钱受伤，感觉差点儿要见阎王了。还有世俗的偏见，使我整天像霜打的茄子，被痛苦、失望和无奈所折磨，我无力面对周围的一切。若不是张海迪、爱迪生和保尔的故事激励着我，我险些放弃了渴求知识的信念和决心。

一个月后，我的头也慢慢消肿了。为了下半年能够上学，我又拖着虚弱的身体急着上坡干活了。40多天的暑假下来，我赚了20多元钱。我兴奋地盘算着，不仅凑够了下半年 7.2元的课本费，还挣到了两学期买学习用具的费用。

"这一学期，我也能用上新书了！再也不用向别人借旧书了！"那一刻，我是多么的自豪和快乐啊！

饱含深情的礼物

这是一所只有一个老师的学校，校园对着山，靠着山，就在山坳里，条件极其简陋。

蒋老师不仅要给我们上课，还要回家去照顾自己的家庭，然而她却给予了我们慈母般的关怀。尤其是对我，生活上特别关心，甚至还给我买过学习用品。许多时候我依稀觉得，她就像是我的母亲，那所山坳里的学校就是我的家。

那时她在学校起火做饭，每周回家一次。故此，我们每个同学，必须每个月给她送去10斤柴，我也不例外。这项任务，对于我来说，虽然有些艰难，但我也很乐意，每次总是提前完成。

除此之外，她对我的一切都有别于其他同学。

由于那时条件艰苦，同学们在上课之余还要下地干活，而我无法参加那些繁重的劳动，只能留下来打扫教室。

我能帮她做的，也只是替她督促同学们做功课，检查其他同学背诵课文、背乘法口诀，下午放学后给同学批改作业。她也常常留我吃饭，使我本就充满感激之情的心里充满了无法言说的温暖……

我很尊敬蒋老师，每当有人在背地里说她的坏话时，我总是愤愤不平。我真想为她辩白，但又不敢吭声，心里总如刀绞般难受。可以说，那时我对她的敬重，如同当年人们敬仰毛主席一样神圣。

有时看到肖霞、杨美霞、张义良、李兰香等一些同学给她送来洋芋、魔芋豆腐、豆角、萝卜时，我很惭愧自己无法送她什么，心里想得最多的是：他们交钱上学还给老师拿东西，而我免费上学却不能给老师送点啥。

一天早上，我看到三年级陈慧同学给她提来了一兜栗子，当即茅塞顿开，并在心里盘算着：我们家的房屋四周也有一些栗子树，我也要给蒋老师送点栗子。

当天下午放学后，我匆匆吃了一点饭，就找到一个婶婶用过的洗衣粉袋子，一跛一跛地去了屋后的那几棵大板栗树下……

小时候时常没有鞋穿，数九寒天里，脚冻得通红，脚边上总是裂成筷子那么宽的口子。即使有鞋穿也是亲戚、乡邻和堂弟的旧鞋。天气稍稍暖和的时候，总是打着赤脚走路，但有时上山扒捡栗子时，会被刺扎得很惨。

对于如此行动不便又打着赤脚的我，每天下午一般只能捡得到八九个栗瓣。那一天下午，我竟然捡到了 19 个栗瓣，这是我捡到栗瓣最多的一次。那一次，我两次受伤。我很清楚地记得，那天下午，我在板栗树下抬头朝上望的时候，有一个毛栗包子掉下来，正好砸在我的前额上，当时如被土蜂蜇了似的疼痛难受。

由于我不能像正常人那样上树去摇，就只能默默坐在地上，守株待兔般等待着，望"树"兴叹，希望栗瓣快点掉下来。我看着看着，眼瞅着又一个栗瓣"啪"的一下掉了下来，我兴奋地赶紧跑去捡，一脚没踩好便从那个小土坎上滑了下去，正好又踩在了栗包刺上，脚又被扎了刺，我不无伤心地说："我今天咋这么背时呢？"但一想到我也能给老师送点栗子，便擦擦脸上的泪花，又心甘情愿、无怨无悔了。就这样，两个星期后，我攒了满满一洗衣粉袋子的栗瓣儿，便兴奋、急切地全给蒋老师送了去，感觉是那样的欣喜若狂，幸福无比……

遇到了新的麻烦

在安然寨村小学老师和同学们的关怀、爱护下，我步履蹒跚地走过了小学一、二、三年级，不仅学到了起码的文明礼貌、人情世故，还懂得了人生和理想的概念，磨炼了我顽强的毅力和坚定的决心。但我知道，这还远远不够，我要学的东西还有很多。安然寨村小学只到三年级，要想继续上学，我只能到乡中心小学。

三年级的期末考试，那天下午在乡中心小学进行。考完试后，看着各村小学教师领着自己学校的学生回家，我的心中又蒙上了片片愁云：我下半年也想到这里来上学，但不知他们接不接纳我。我想找何校长求助，希冀他允许我继续上学。可不知他办公室在哪儿，心里的忐忑不安变得急切，像沸腾的开水在锅里起伏翻滚……

这时蒋老师也来叫我们走了，她一连喊了我两三遍我都没有反应过来，于是她走过来敲了一下我的头，我缓过神来。蒋老师见我忧心忡忡，感叹地说："你今天到底怎么了，又不是第一次到中心小学来考试，咋把你吓愣了呢？"

我依然无动于衷地站在那儿，蒋老师装作很生气地说："喊你还不理我，再不走我懒得管你了。"

为了能够上学，哪怕只有一丝半点的希望，我也要试一试。

于是我悄悄把蒋老师叫到一边，一股脑地向她道出了我内心的想法。

面对我的诉求，蒋老师沉默了一会儿，便叮嘱其他同学说："你们在这里等我一会儿，别到处乱跑，我带王庭德去办点事儿。"

就这样，蒋老师把我带到了何校长办公室，说："何校长，这娃我把他教到三年级了，他还想到你们这儿来上学。刚才考完试后说什么也不走，死活恳求我带他来找你。"

何校长笑呵呵地说："哦，是吗？那他学习怎么样呢？在校表现还好吧？"

蒋老师动情地说："他学习踏实认真，很诚实，也很尊敬老师。"

何校长说："你一个人都把他扶持三年了，我们还有什么理由不帮他完成学业呢。"

何校长对我的成绩和表现都很满意，根据我的情况，他表示下半年将免除我的一切学杂费，连书钱都免。

虽说我家距学校只有七里，但考虑到我身体极为不便，何校长要求我和那些路远的同学一样，一定得住校。他们还将免除我在校吃饭用的柴，叮嘱我在假期里准备好被子和充足的粮食。

离开何校长的办公室，我又一次欣喜若狂，下半年就能到中心小学上学啦！兴奋的同时，我心里又像压了一块巨石，沉沉的。因为我平时穿着破衣烂衫，连鞋都没得穿，家里那一床

破被褥拿到学校去，每个周末回家又没地方睡了，指望我上山扒野苎麻、剥构树皮、挖黄姜卖的那一点点钱，怎么也不可能置齐这些呀！

一些纯朴、善良的乡亲们得知了我的情况后，见我愁眉不展，都帮我出主意说："县民政局能够救济穷人，或许你去了还能要到钱。"

乡亲们的话犹如暗夜里的一盏灯火，迅速燃起我心中的希望。很快，我收拾好，准备去民政局一趟。

感受到了人情冷暖

1994年7月11日，为能坐上去旬阳的班车，我一夜没睡好，凌晨4点多就起床了。我在公路上等待了近4个小时。好不容易等到那辆公共汽车到来，我喜出望外，连忙招手叫停，司机打了几声喇叭，伸出头来瞟了我一眼，扬长而去。好长时间我还是孤零零地站在那儿。

听说班车每天晚上都停在与去县城相反方向的铜钱道班旅社，我又想出了一个绝好的办法。当天下午黄昏时分，我背着日记本、成绩单，还有在校的几个作业本，偷偷去铜钱道班房檐下过夜。

当我摸索着走了六七里夜路来到铜钱道班旅社的时候，已是晚上11点多了，四周没有一点灯火，早已夜深人静了。我刚在道班旅社墙脚边坐下来，楼上的灯突然亮了，把我吓了一大跳，赶忙又跑到一个偏僻角落躲起来。见有一个人下楼来了，用手电四处照了照，便走进厕所里，不一会儿那人又上楼了。直到看着楼上的灯熄灭了，我才又蹑手蹑脚地来到屋檐下坐下，靠着墙打盹。

那一夜，我如小鸟一样小心翼翼，稍有风吹草动，抑或鸟鸣声，都会惊慌失措，神经敏感地醒来。对于我而言，那个晚上如同三年一样漫长……

终于盼到了第二天黎明。天阴沉沉的，暗得如同锅底一般，看着似乎就要下雨了。班车一直关着门，直到8点，才从屋里走出一个胖胖的中年男子，手里拿着车钥匙，不紧不慢地打开车门又进屋了。整整等待了一晚上的我，这才急匆匆地趁机溜上了车。

四五分钟后，车上的人越来越多，这时司机也上来并发动了车，不一会儿，车缓缓启动了。这是我第一次坐车，也是我第一次前往县城的方向。在车上，我焦虑不安，浮想联翩……

车在前进，山在后移，似要飞起来的感觉，飘悠悠的。

当班车路过我家房后时，雨也哗哗下起来了。雨点儿不停地打在车窗玻璃上，又激起了我更多的思索，同时我使劲把手搭在车窗上，心情复杂地看了一眼我家的房子。此刻，我的心里荡起万千思绪和感慨，记忆中的许多往事纷纷涌入我的脑海，我不禁流出了眼泪……

也不知县城到底是啥模样哦？我身无分文，如果他们要我的车费该咋办呢？更不晓得找不找得到民政局。倘若民政局不管我，还不知我能不能平安回来？越想越复杂，矛盾重重，我不敢再想下去了。

没过多久，一个女售票员便从前排挨个儿收费了，当她经过我身旁的时候，我感觉犹如一把锋利的匕首在逼近，心惊胆战，不敢抬头正视她，只好低垂着头，那一刻我真希望车厢里有个洞，让我钻进去……然而幸运的是，我斜视到她只是淡淡瞅了瞅我，又继续收取下一个人的车费了，那颗紧绷的心终于如释重负，我微微闭上眼睛，做了一个深呼吸，似乎心头的石头终于被挪走了，人也显得轻松了许多。

班车在弯弯曲曲、坑坑洼洼的公路上走走停停，一颠一簸地前行了三个多小时，来到了吕河渡口边上，一阵阵凉风夹杂着雨水，透过车窗缝子吹到我的脸上，凉凉的雨丝又勾起了我几多忧伤的感触……

在渡口边，首先映入我眼帘的是河中的一艘大船，载着三辆中巴车和五辆小轿车，正向我们这边驶来；江上还有六七艘来来往往的机动船，那是专门载人的船；汉江两岸，也有很多等待摆渡的车辆。

那艘大船靠岸后，船上的车辆还未下完，一些早已等待渡轮的司机就不约而同地发动了自己的车，做好了争相抢渡的准备。由于我坐的那辆车停放的位置较好，所以第二个冲上船了。

可以说，这是我那次进城途中看到的第一道最新奇的景致。

体会到了人间真情

过了渡口，班车在柏油路上行驶了大约半个小时，我看到了"旬阳人民欢迎您"的大型横幅。不一会儿，迎来的便是高楼大厦和橱窗里琳琅满目的商品，简直是车流如水人流如织了。汽车的鸣笛声、音乐声、叫卖声此起彼伏，空气中飘荡着强劲的舞曲声，什么公司、饭店的招牌也是那样的引人注目，这一切令我目不暇接。雨依旧在下，看来丝毫也没有影响到人们创造财富的动力。

不知不觉间，班车来到了挂有"旬阳县车辆运输有限公司"

字样的大栅门前，这就是旬阳车站啦！里面停放着很多车辆。我搭乘的车停稳后，看着人们匆匆下车，售票员也下去了。唯有我还怔怔地愣在车上，由于第一次置身于这样广阔、喧嚣的环境，我一时不知所措了。

这时那个胖胖的司机发现我还没下车，上前来朝我上下打量了一番，高声大嗓地说："下，县城到了你知不知道？"

我不禁哆嗦了一下，沉默片刻，惊愕、低沉地结结巴巴道："叔……叔，请……问，到县民政局怎么走？"他好像听不懂我的话，我一连重复了四遍，他才反应过来，便说："你等一下，我找人带你去。"

过了一分钟左右，他领着一位白发苍苍的老人，手里还拿了一个白白的馒头，说："你先吃馍，一会儿让这位爷爷领你

去。"

我几乎不敢相信这是真的，可白面馒头就真实地握在我手里。县城就是县城，人好，连馒头都比我们乡里的白了许多，也好吃多了。

吃过馒头后，在那位老大爷带我去民政局的路上，我依旧左顾右盼，那繁华的街道店铺，井然有序的交通运行，干净的环境卫生，真是引人注目，让人心情舒畅啊！直看得我眼花缭乱。

从车站到民政局，大概有两里路。我东张西望走走停停，不紧不慢地沿路歇息了五次，早已汗如雨下。到达时正是中午，民政局还没上班呢。

那位老大爷把我送到民政局门口，叮嘱我在门口耐心等待，然后就走了。我看着他的背影，心里生出深深的感激，一个素昧平生的老人，引领我走了这段对我人生有重要意义的一段路。

没等多久，第一个来上班的，是一位30岁左右的女士，也就是后来县残联的副理事长。

她看到我后，热情地把我招呼到办公室并仔细询问了我的情况，正好这里有一个曾在我们乡里工作过的同志，他说铜钱关乡确实有我这样一个人，并证实了我的家庭状况。

通过翻阅我那本日记，民政局领导对我的求学精神很赞赏。他们看着我那整整齐齐的作业本，还有一张语文98.5分、数学97分的成绩单，不断地说："他作业写得好整齐，考试成绩也很出色。"

由于当时已赶不上回家的班车了，他们又把我安排到单位旁边有两个智障人的居所过夜，并让他们给我做饭吃。据说那两人是县民政局收留的，专门为县民政局打扫卫生。

那天晚上，灯火辉煌的城市夜景完全把我给吸引住了，红的、绿的、黄的、蓝的，七彩霓虹，还有那拔地而起鳞次栉比的楼房，加上这七彩霓虹灯照射着四周的每一个角落，犹如碉堡上的探照灯。这和我们贫穷落后的山旮旯有着天壤之别，那天我觉得就像过新年似的。

虽然前两天晚上没有睡好，又经历了长途跋涉，但我一点也不觉得困倦和劳累。关掉电视后，那两个人早已睡着了，可我还醒着。

在这样的情境下，迷迷糊糊中天亮了，这是一个响晴的天气。

我赶忙起床一看，民政局的同志早已上班了。

他们见我起床了，连忙关切地询问我昨晚上住得舒不舒服、习不习惯，接着又与我们乡政府通了电话，询问了我的一些情况，并让乡里好好照顾我，然后又商量着给我解决了20元钱，并安排我吃了早点，把我送上了回家的班车。

我回家没几天，冯乡长等人就亲自来我们村里看望了我，还给我买了一套新衣、新袜子、新鞋，承诺在冬寒救济的时候，给我安排一床被子，解决我在校寄宿的问题，让我先坚持跑学两个月。同时跟我说，让我以后不用去民政局了，说我这样乱跑很危险，有什么问题乡里都能给我解决。

在此情况下，我也没有闲着，自己爬到山坡上扒野苎麻、挖黄姜、剥构树皮等，零零碎碎也凑了10来元钱。

那一年我14岁，从三年级升到四年级。

感受到从没有过的快乐

9月1日开学的那一天，我如愿地报了名。

在中心小学的三年里，最艰难的要数头两个月跑学的日子，对于我来说异常艰苦。

那两个月，我凌晨三点多就得起床，每走几丈远就得坐下来歇息一次，速度极慢。每当天发亮的时候，看到一拨又一拨的同学们都赶上我并走在我的前面了，我也好想跟他们一样去学校，可实在是力不从心，永远也超越不了那些身体正常的同学们；每次汗流浃背地赶到学校，总是快下早自习了……

下午3点半放学就赶紧往回走，每次回到家都快7点了。

那时我严重睡眠不足，早晚来回跑学极度劳累，整天累得半死不活的，上课总是精神恍惚，经常在课堂上打瞌睡，显得狼狈不堪。但在信念和毅力的支撑下我仍坚持了下来，同时，通过这样的锻炼也增强了体质，为我后来自食其力的生活奠定了坚实基础。

11月7日，恰逢县上运送救济衣被的日子，乡上立即电话通知何校长去给我背来了被子和一些衣物、鞋子，我终于告别了跑学的日子，并能在校安心学习了。

从此我更加努力学习，并在中心小学举办的钢笔字比赛、背诵课文比赛、作文比赛、学习竞赛等四项活动中，连续荣获全班第一名。看着自己获得的一张张奖状、圆珠笔、本子和 20 元钱，我意识到，无论多么卑微的生命都有属于他们的骄傲；无论看起来多么暗淡的人生都有值得去追求的未来和希望，有梦想和拼搏，人生才会有意义。

有了学校发的 20 元奖金加上县民政局的补贴，在班主任老师的建议下，我又请求校方允许我在学校卖方便面。在征得何校长同意后，我到表哥家借来了一个旧木箱，在学校做起了生意。

我常利用课余时间，到附近几个个体商店里低价购进一些方便面，每次只能拿动 10~20 包，到学校里去卖，卖完了再去进货，一包方便面能赚 5 分钱。

一天，我提着 20 包方便面，在铜钱关乡中心小学的山脚下遇见了刘家宏，也就是后来三年如一日，每周来回捎带我上初中的人。当时他以为我要吃那么多的方便面，我说我从来不舍得也没有钱买方便面吃。在了解到我的一些事情后，他主动提出帮我从县城带回方便面供我卖，这样我赚的钱要多一些。于是他经常从县城给我带方便面回来，这样一包方便面可挣一毛五分钱，一件方便面能净赚 15 元，比起我上坡挖黄姜那样的途径赚钱也容易、轻松了许多。

第五章　艰难的旅程

　　人生是在自己的旅途中留下生命轨迹的过程。在这段旅途中，或悲壮、凄美，或美丽、壮观。如果说别人的人生是一段精彩而华丽的篇章的话，我的人生则是一个弱势生命从迷惘走向清醒，从跌倒中慢慢爬起，迈出更加坚毅的步伐，去追寻生命中最为壮观景象的艰难旅程，也正是因为遭遇到更多的坎坷，才留下更多值得回忆的风景……

为上学，我自杀未遂

　　我的求学旅程充满了坎坷，布满了荆棘。为了上学，我付出了常人难以想象的努力，而社会各界的好心人对我无偿的帮助，让我走过了小学6年的艰苦历程，然而接下来的困难差点让我走到另一个世界。

　　度过6年的小学生涯，我顺利通过了初中升学考试。随着年龄的增长，这时的我已对学习产生了更加浓厚的兴趣，同时也深感知识在现实生活中的重要性。因为我知道，像我这样的人，只有不断上学才能改变自己的命运，才能体现自己的价值。因而我对继续上学充满了希望，哪怕坚持上到中学毕业，也就心满意足了。

谁知道当我接到初中入学通知书后，马上就面临另一个棘手的问题。因为中学离我家更远，必须乘车才能去，而我当时连2元钱的车费都没有啊，更交不起100元的学费！眼看着同班同学都高高兴兴地报了名，而我却一个人孤零零地待在家里，那个时候真是心急如焚，度日如年。心想社会已给予我太多的帮助，我还未能偿还，又怎好再涎皮赖脸地向那些曾经帮助过自己的人求助呢？

一时间，失望、苦闷充斥着我那颗冰凉的心。从我能够上学的那一天起，我便更加如饥似渴地学习，立志要做一个对国家和社会有用的人。可一直以来，反而处处还要受别人的帮助，所以在困难面前，我感到那样的茫然和无奈，觉得自己不但没有给社会作什么贡献，反倒成了社会的负担。这里没有我的世界，我要悄悄从人们的记忆中消失，到那本该属于我的世界中去，以此减轻社会的负担。

1997年6月5日，我央求一位司机把我带到县城。下车后，我漫无目的地走着，不知不觉地来到了旬河大桥上，静静看着河水翻涌着浪花，无忧无虑地流向远方。再环顾县城四周的精彩世界，回味着遭遇的种种不幸和打击，觉得自己就像一只断翅的小麻雀，是那样的渺小和无能。

看着滚滚河水，我脑子一片茫然和空白，并不断思忖着：亲爱的旬河水，你是不是在召唤我与你同行？

如果不是紧接着发生的一连串事情，这世上也就不会再有我的影子了——由于那桥栏杆有一米多高，跟我的个头儿差不多。我手搭着栏杆使劲往上拽，准备骑上栏杆侧身翻跳到河水中。此时我脚已蹬在了桥栏杆的中间了，右脚往顶杆上搭了搭，没有成功后又继续往上翻……

正在这时，一辆交警巡逻车恰好路过那里。交警发现我异常的举动后，立即停下车，奔过来将我抱住，并将我带到了他们单位。好心的警察叔叔们听完我的诉说后，队长吴思环率先掏出 30 元钱放在我面前的桌上，接着其他民警也纷纷解囊。望着桌上的一堆钞票，我激动不已，滚烫的泪水止不住地顺着脸颊流淌下来。朦胧的泪光中，我仿佛看到了干警叔叔们那一颗颗火红的心，也使我的心灵回归于大千世界的宁静与祥和。直到那时我才发现，我轻生的念头是多么幼稚，一小时前的举动是多么危险——人间自有真情在，世上还是好人多，这个世界还是很值得留恋的。

叔叔们还给我讲了许多感人的故事，其中让我印象最深的是朱彦夫失去了四肢却敢于挑战生命极限的故事。朱彦夫先生的顽强意志让我心中油然而生一股敬意。虽然我还没有深刻了解挑战生命极限的意义，但我知道，我必须活下去，并且要活得有价值。

就这样，我终于如愿来到了向往已久的初中。学校领导和班主任了解到我的情况后，和小学一样，免除了我上学的一切费用。开学后，学校师生也纷纷向我伸出温暖的手，让我感到无比的温馨，更加坚定了自己要好好活下去的信念。

为自强，我边上学边照相

光靠别人的捐助，我感到很羞愧——朱彦夫先生四肢皆无，却不仅做到了生活自理，而且带领社员填沟造地、挖井引水、拉电、栽种果树，把一个贫穷的山村建设成全乡的先进村。我虽矮小，但有手有脚，一次次接受别人的捐助怎能安心？我要靠自己的努力、勤劳去学习和生活，只有这样，生命才会更加有意义！

于是我开始尝试各种自立的方式，起初老师允许我和小学一样在学校卖方便面，但由于初中的孩子都大了，见我卖方便面他们也都跟着做起了生意，因此我不得不放弃。后来我又尝试其他的方法但都没有成功，最后，一个在那时对我来讲非常大胆的念头涌上心头。

第二天早晨，我乘班车去旬阳县城，下车后我径直来到洞口国营照相馆，用350元钱买了一架305型照相机，还有两个胶卷——那时的胶卷是15元一个，一个胶卷能照36张照片，除了有时照坏浪费几张外，平均每个胶卷能照30张左右。这样一来，如果每张照片收取 3.5 元的话（比其他人少 0.5 元），除过其他费用后，一个胶卷能赚 50 元左右，这样我的生活费也就差不多够了。

怀着这样的念头，我便开始了第一次"创业"。我的举动很快在学校和社会上传开来，因为我是那时铜钱关乡里唯一使用照相机并流动照相的人。

开始我不会照，就通过自学和抽空请教别人，慢慢地掌握了一些技巧。一个问题解决了，新的问题又来了。那时旬阳县城还不能冲洗照片，每次冲洗照片必须到 240 余里外的安康市。安康市冲洗照片是 3 毛钱一张，就算我特别省吃俭用，一个来回的吃住也要花销 70 多元钱，为了节省路费，我一般照完两个胶卷去市区冲洗一回。就这样，我一边上学，一边开始了我的

流动照相生涯。

记得在一个严寒的冬日，那是我第一次到安康市区冲洗照片，因为身上带的钱只勉强够来回的车票钱，没办法住宿、吃饭，一天我连一顿饭都没有吃，夜幕降临后，我在一家个体户门前的屋檐下，找来一块硬纸板铺在地上，蜷缩在那里，准备过夜。

晚上天公不作美，下起了小雪，十分寒冷，寒风猛烈地吹到脸上，如同利刃迎面割来。我就像童话故事中那个卖火柴的小女孩，寒风就像带刺的鞭子抽打在身上，冷得实在受不了，就起来四处走动，用运动来缓解身体的寒冷。肚子饿极了，身体也实在支撑不下去，感觉身心疲惫，确实没有力气再运动了，只好到楼梯台阶或过道坐一会儿。

当时我身上只穿着班主任老师送给我的一件毛背心外套，下身穿着一条单裤子，到了凌晨 2 时左右，寒冷、饥饿交加，

我不禁独自抱着膀子大哭起来。

这时，旬阳县城关镇派出所民警李步余和另外一名民警夜间巡逻途经这里，发现了我，便上前问清了原因，翻看了我所冲洗的照片，被我的求学精神深深感动，便立马把我送到了桥头附近的"胜利旅社"，登记了一间房，并给我买了吃的。

第二天我回校后，首先与班主任赵春英老师说起此事，她说我真够幸运的，一出门就能遇上好人。

第一次照相总算是成功了，除去一切开支还赚了50多元钱，也体现了一个弱势生命的顽强，我感到无比欣慰。从此我开始了忙忙碌碌的学习、照相生涯，这两件事渐渐成了我生活中不可缺少的重要部分。这样，我的心里才稍稍快慰些，学习给了我的生命以滋润和希望，照相使我的生存有了一些保障。这真是学可忘忧、累能压愁啊！

为了不落下课程，我抽空照相，而最好的时间是周末。从此之后，每逢周末，乡村路上便出现了一个挎着照相机来回奔波的身影。

最艰难的要数暑假了，我要在社会上走东串西上门给人照相，就得走乡串户、翻山越岭，我拖着行走不便的身体，要以超过常人许多倍的努力和决心，到离家三四十里开外的地方，与那些民间艺人、小贩一样，走到哪儿就在哪儿吃住，忍饥挨饿也是常有的事，但为了上学，我都一一坚持下来了。

最惊险的一次经历要数我到易家沟的那次。一天，我听说铜钱关乡易家沟山顶有一些人家要照相，但那里海拔1000多米，要翻越20多里崎岖的羊肠小道才能够到达。于是那天下午，我到附近的小胡家，请他用自行车送我。第二天一大清早，小胡把我送到了易家沟沟口，我便开始攀爬山，就像我上小学四年级跑学的那段日子一样，三步一走五步一歇的，真可谓举步维艰。上午11时许，我才走到半山腰，还没吃上早饭，早已口干舌燥，肚子饿得咕咕直叫，加之似火的骄阳烤着我奔波劳累的残弱身躯，浑身大汗淋漓，仿佛耗尽了所有的体力，弯曲变形的腿脚实在无力行走那样的路程，便在路边一阴凉处的石头上歇息着，渐渐背靠岩石睡着了。

也不知过了多久，我迷迷糊糊地醒来，首先看到一条擀面杖粗的黑蛇从我脚前一溜而过，着实吓了我一大跳，饥饿、惊吓，使我本来就十分虚弱的身躯更加软绵无力，难以站起来继续赶路，实在是寸步难行呀！

抬头望去，万木葱茏的景致在强烈的阳光照射下显得无比刺眼，听着周围的蝉鸣、鸟叫声，仿佛置身于一片原始森林或荒山野岭，有些摸不着头脑了，宛如大地上陡然睁开了一只眼睛，冷冷地和苍穹之眼对视……

就在我为难、犯愁的那一刻，幸遇一李姓下乡卖货的中年男子，手里拿着矿泉水。在问清了我的来龙去脉后，感到很惊奇，并让我喝了他的水。心里稍许平静的我又咬咬牙，重新振作了精神，在他的引领下继续往山上走。后来据他说，还要走

5里没有人烟的山路才能到达易家沟山顶的人家。

走到目的地后，他家人热情地给我端来一盆水让我洗脸，并给我化了一杯糖水，接着还给我做了饭吃。不一会儿，他们左邻右舍的亲邻们都赶来凑热闹。在他的介绍和吆喝下，人们都领着梳妆打扮漂亮的小孩，纷纷前来选景照相。在我初中三年的照相生涯中，像迷路、遇险、被狗咬伤，以及夜晚摸黑赶路的经历，是举不胜举的。每次照完一个胶卷后，我还得把相片冲洗出来后再一一亲自给人送到家里，因为人们怕我把相照坏了，抑或是怕我不给相片，唯有见到我照的相片才肯给钱，这一切一切的风险、盈亏，都把握在我自己手中。

也有让人伤心的时候——记得那次在唐家湾给一位女士照相，当我给她送照片去时，她看了看说把她脸照黑了，当场撕碎了8张相片，要求重新照好了再给钱。因为顾客至上嘛，我没有说啥便又重新给她补照了。当我再次给她送照片去时，她表示最近没有钱，保证一星期内准把钱送到我家。可两个多月过去了，仍没有见她送钱来。我便一瘸一拐地走了3里多路来到她家，她却说我照得不好，又把照片撕碎了，我只好强忍住眼泪默默地离开……

为了凑够上学的费用，我在照相的旅途中，也不知多少次面临艰难险阻，遭遇尴尬和痛苦，但都被我渴求知识的理想和坚定的信念克服了。面对现实，我渐渐养成了乐观、坚强、平静的性格，我更加珍惜生命，把每一天的清晨都看作是一份幸福的邀请。

要想拥有一份与众不同的人生，请给自己一把钥匙，打开心灵上的枷锁。这是我最真切的感受。诚如美国作家梭罗所言："无论你的生活多么卑微，你都要勇敢地面对，坚强地活着，不要回避它，也不要谩骂它。"

我相信，终有一天，我会像一只雄鹰，在广阔的天空中自由翱翔！

上学期间，好心人让我免费坐车

我上初中的学校，就建在原太山庙乡所在地，距离老铜钱关乡三四十里路，坐班车一趟需要2元钱车费。我必须坐车，否则我残疾的双腿是绝对吃不消的。上初中期间，一名个体班车司机对我的帮助至今让我难以忘怀。

他叫刘家宏，胖胖实实的身材，个儿较高，见人总是和颜悦色，露出一副憨厚、朴实的本色，我喜欢亲切地叫他叔叔；他夫人身材纤细、娇小，烫发头，就像一个二十几岁的大姑娘，在生人看来，都会认为她是城里人。一般情况下，她是不善言辞的，但说起话来轻言细语，斯斯文文。起初我每次坐车时，刘家宏都若有所思地皱着眉观察我，有时候我身上的确没有钱时，就事先跟他们说明，他们夫妇总是毫不犹豫地答应带上我。后来在闲聊时，刘家宏知道了我的更多情况，有一次我回家，下车时，他干脆停下车，说要去我家看看。

他跟着我来到家里，看见我母亲正在摸索着切南瓜往锅里煮，便笑着问我母亲："嫂子，你煮南瓜干吗呀？"母亲说："当早饭吃的。"他沉默了一会儿，便不住地摇着头说："光吃这汤汤水水的东西，也没有什么营养，一会儿肚子就饿了，你们的生活好苦呀……"

之后的三年间，每逢我坐车，刘家宏夫妇总是分文不收。在车上人少的时候，他总是喊我坐在前面，和我说说笑笑拉家常。

那时为了乘车，我不能与正常孩子一样星期天赶去上晚自习，星期五上一早上课后，就得到公路上等车回家。而那时有4辆旬阳至铜钱关乡的个体中巴车，他们为了抢生意，甚至有时候早上两点多就发车了，所以每个星期一，我两点就得起床搭车返校。

只要有一辆班车发动了，其他车也齐刷刷地争抢着走。班车竞争着在铜钱关乡境内一上一下地来回对开，上至距我家 2 里处的笋筐岩大桥上，下至距中学3里路的七里沟沟口那儿，每天循环奔走四五趟，然后争先恐后地前行。如果哪辆车停着上人，后面的车就会打着喇叭快速超越。

为了多拉乘客，你追我赶。在这种情况下，除了刘家宏每次毫不犹豫地捎带我，其他的司机见我搭车，都是一哄而过，丝毫不会理睬的。曾经多少次，刘家宏停车拉我的时候，别人的车抢在了前面……

刘家宏没有怨言。每次坐车，看到他们夫妇俩热情洋溢、和蔼可亲的面容，我如同喝了蜂蜜一般，心里甜甜的不知说什么好。在拜金浪潮滚滚而来的经济社会，能拥有如此大爱大美的真情，是多么的可贵呀！

还有一个小插曲，有一年我家杀过年猪，为了表示感谢，我便拿出照相零碎积攒的仅有的100元钱，对叔父、婶婶说："刘家宏无偿帮忙把我拉了几年，我实在无力回报，明天把他接来吃顿饭，你们顺便也好和他交个朋友，我将感激不已。"叔父答应后，我去接他们来吃饭，开始他们硬是不肯来，是我死活哭着把他们接到家里来的。

那天，刚好家里来了一个客人，硬缠着刘家宏喝酒，因为喝了酒，在他们返回的时候，车头撞到了公路旁边的石岩上，撞碎了车前的那块大玻璃，害得他花了400多元钱装玻璃。为这事儿，我心里内疚了好长时间。

后来，每当我乘车的时候，都会想起刘家宏夫妇。他们乐于助人，不仅短途不收钱，还经常帮人从县城捎带货物，沿路留下了很好的口碑。上初中的三年间，我坐他们夫妇的车不少于120趟，加上去县城冲洗相片，刘家宏夫妇至少少挣了1500多元。

初中毕业后，我凭写新闻报道挣一点稿费，坐车时就硬是塞给他们夫妇车费，但总是在我下车时，他们又把钱从窗口丢给了我……

为感恩，我爱上了写作

初三毕业那一年，我做了一件轰动全乡的事情：第一次在国内有影响的刊物上发表了文章。

1999年秋，在那样一个金色的收获季节，我借阅了同学的一本《全国中学优秀作文选》，被山东郯城一个名叫张德利的高三学生的文字感动着，便有一种想要给他写信的冲动。于是利用课余时间给他写了一封信，不久就收到了他的回信。从此，我们成了以兄弟相称的好朋友，这也意味着我文学梦的开始。

那一年，为答谢所有关心、理解并支持我上学的人，我以感恩的情怀写了一篇名叫《一个侏儒的自述》的文章，文中饱含着我的悲惨境遇、坎坷经历和对未来的追求、向往。文章写好后，我当即寄给了张德利大哥。为了能让这篇文章更加出色，他找到一位同学，介绍了我的个人情况，并一起商量，尽全力把那篇文章改出最高水平。据说在改稿的一个星期里，他每天中午都与那位同学见面，一起商谈，后来，他们把那篇1000余字的文章更名为《跋涉的生命》。

文章改得很成功，我细心阅读后感觉很好，便投寄给了《全国中学优秀作文选》，不久就发表了。文章发表后，《生命的风景》《中国当代青年优秀作品选》《青年文摘》《旬阳报》等多家报刊来函，请求予以转载；还收到《校园文化报》《儿童文学》《山东文学》等十几家报刊的邀请函，热忱聘请我为

他们的特约撰稿人。

更荣幸的是，那一段时间我陆续收到全国各地 300 多封初、高中学生来信。还有武汉的李欢、湛江的许玉清、宁夏的刘佳婷、河南的薛淑娟等纷纷来信交友，并在信纸里面夹寄了零钱和供我回复的信封、邮票。一封封厚厚的信，就像是海上的导航灯，为我照亮了前方，使我面对理想不再茫然。其中，最让我感动的是山东招远县（1991 年 12 月撤县设市）一名叫宋林娜的高三学生，她在信里夹了 100 元钱，鼓励我好好复习考取高中。由于种种原因我没有参加高中报考，初中毕业就回家了，故此我将 100 元退了回去。她得知了这些情况后并没有嫌弃、责怪我，又在信里夹了 150 元寄过来，鼓励我说，不上高中和大学，将来也可以有所作为。

一个山沟沟里的初中生，居然能在全国有影响的刊物上发表文章，这在我的家乡引起了热议。也正是从那时起，我萌生了写作念头。我要通过手中的笔，书写人生的华章，书写生命的伟大！因为在这个世界上我不是一个人孤立存在着，有那么多给予我无私帮助、献出爱心、为我喝彩的好心人，还有那么多值得记下的美好事物，我要用一颗感恩的心去面对人生，面对生活！用我手中的这一支笨拙的笔去为好人祈福，为人生放歌！

第六章　好好活着

失去太阳的时候，我在哭泣，哭泣中又失去了月亮。失去月亮，我想我不能再失去满天的星辰了……

未能上高中的失落

2000年初中毕业后，看到同学们一个个走进自己理想的学校，对知识的渴求使我已经不满足于初中文化了，真的也很想去那心仪的高中学府啊！但一来神河高中离我家近100里，我身体也极为不便；二来那时我们偏远的贫困山区还不具备免费上高中的条件，当时旬阳职中录取了我，但那更是遥不可及的向往。从此，我与理想的"圣殿"失之交臂，无缘再上学了。

回到家之后，在最初的一个多月里，有一种心如刀绞的痛楚和极度的遗憾，我经常默默爬进树林里，头几乎垂到了胸前，用拳头拼命敲打着头颅，用拳头捶打着自己的胸口，然后抱头痛哭。"啊！——啊！——"一声声的嘶吼，眼泪如泉涌般地流下来。伤心的同时，我回想曾经遭受过的种种屈辱和收获的许多感动，回忆我求学的那些经历，心里的酸楚夹杂着羡慕的目光，久久停留在那熟悉的学校门口，久久的……

文学梦让我重拾信心

我的处女作《跋涉的生命》在《全国中学优秀作文选》上发表后，陆续收到全国 300多名青少年朋友的来信，山东那位叫宋林娜的女孩在信中写道："像你这种情况，现在想继续就读也确实不可能了，但天生我材必有用嘛！请相信，一个人的能力也不是完全以上学的多少来衡量，更何况你的文章写得那么好，如果你能持之以恒地努力下去，或许将来能成为一位大作家呢！"

我决心书写自己的文学梦，并不断告诉自己：要忍耐，要坚强，不准掉眼泪，一定要做给大家看，也活出个样来给自己看。我坚信：一个初中毕业的残疾人也能闯出一片新天地！

我浮想联翩、信心满满，我激情洋溢、纯真浪漫，因为我是一个刚刚毕业的初中学生，一个侏儒症患者，我呀，更期冀时代的雕镂——这是我步入社会的真实写照。这些浮躁狂妄的美好向往，给了我的灵魂以莫大慰藉。

当时我也很想继续扩展照相业务，但因为两个难题使我不得不中止，一是那时乡里已有4个小伙子在竞争着给人照相，而且他们四肢健全，我自然无法和他们竞争。另外，我希望，能在镇上租一间门面房开照相馆。这样在创业的同时，还有充足的时间练习写作。可这至少要投入1万多元的资金购买设备，这对于我来说是比天还大的数目，连想都不敢想啊！

为了理想，我还是鼓着莫大的勇气走进了信用社的大门。在得知了事情原委后，对于我的想法，信用社领导感叹地说："目前这镇上还没有照相馆呢，你开照相馆倒是很有发展潜力，只是你没有还款能力，没有一个可靠的担保人，我们也不敢放贷于你。"之后我又求助了很多人，他们都不愿意给我担保。信用社领导说："像你这样的人，如果去了大城市，还能得到有钱的企业老板帮助，或许能给你安排一个职务呢。"

开照相馆的美好愿望告吹了，万般无奈之下，我有了外出找点事挣钱糊口的想法，也好出去见识外面的精彩世界。

省城之行让我屡受打击

7月的一天，我怀揣着读者夹寄的 150元钱，带着"壮士一去不复返"的念头去了西安。

选择去西安，还有一个更重要的原因是，在初中的一次历史课上，老师专门给我们介绍过西安 ——那是中国古都之首，世界四大文明古都之一；是中华人民共和国陕西省的省会，中国 15个副省级城市之一，中国七大区域中心城市之一，西北地区工商业中心，新亚欧大陆桥中国段最大的中心城市之一；是世界著名的历史文化名城，国际旅游城市；是中国中西部地区最大最重要的科研、高等教育、国防科技工业和高新技术产业基地，中国重要的航天工业中心、机械制造中心和纺织工业中心，中国重要的装备制造基地，飞机制造基地，拥有较强的工业基础；是中国西部地区科技实力最强，工业门类最齐全的特大中心城市之一……

因为那节历史课，我对西安情有独钟，从内心深处对西安产生了强烈的倾慕、向往之情，真想去游览一下闻名世界的古都，去看看西安的兵马俑、大雁塔、钟鼓楼，如果能一饱眼福该有多好！

在去西安的那个上午，班车行进在秦岭的山路上时，我在睡梦中猛地一头从座位上摔了下来，从迷蒙的睡意夹杂着摔痛的感觉中惊醒。原来，司机一不小心将车撞到公路旁的岩石上了，撞碎了车窗玻璃，致使六七个人头破血流，司机也一头栽在公路上，受了重伤。乘客差不多都像我一样从座位上摔下来，车上的行李包滚得到处都是，一时叫喊声此起彼伏，车上一片狼藉，喋喋不休的嘈杂声在车内外经久不息。这一遭遇，让初次出门的我惊悸不已，心情难以平静……

对于我们乡里人来讲，不管你干什么事儿，如果一开始就出师不利，这不是一个好兆头，象征着必败无疑，也不知这次出去能不能找一个让我自食其力的营生，我要自强自立，要让人正眼看待我，我要有尊严有价值地活着，我不能败呀！

开弓没有回头箭，我既然选择了去西安，就没有回头路了，我和其他旅客勉强挤进了另一辆去省城的客车。本来就对外出谋生没有底气的我，心里更加茫然、畏惧、忧郁、焦虑和烦乱，难道是上天又在考验我吗？

在茫然、畏惧、焦虑中，汽车已经到西安南门车站了，眼前那些热闹、繁华的场面，超过我们安康市好多倍。此时我觉得自己如一只不起眼的小蚂蚁一样渺小，也不知何去何从，显得无比懦弱和狼狈。我默默地徘徊着，也不知这样过了多久，最终在站外坐了一辆公交车，售票员问我去哪儿，我哑然，不知如何作答，如一叶不知漂向哪儿的浮萍，心里感到无比茫然。

因为长途跋涉的颠簸，我实在太累了。晚上11点左右，我蹲在西安环南路近旁一家房檐下，在极度困顿与饥饿中渐渐进入了梦乡。凌晨时分一保安模样的人把我叫醒，指着距我一米多远的破包问："那是不是你的包？"我急忙凑近一看，果然是我的包，里面一件初中毕业时一位同学送我的新衣服没了，值得庆幸的是发表我作品的《全国中学优秀作文选》及一沓离家前写的文稿还在。那一刻，一阵酸楚不禁涌上心头。原来，外面的世界远不像我想象的那样美好。

在西安的街道上，我每天漫无目的地游走着，走累了遇到公交车就上，不知所措地四处寻找我的归宿。十几天里找了几十家单位，四处碰壁，每次都是刚走到公司门口就被保安拦住了，他们几乎说着同样的话："如今好多四肢健全的大学生就业都很困难，更何况你这样一个残疾人呢？"

记得离家后的第17天上午，在雁塔区的一个小饭馆里，我对那胖胖的老板说："我可以帮你们洗洗碗吗？"

那老板上下打量了我一番，问清我的意图后说："你洗碗应该没问题，只是身上太脏了。走，我先带你去屋里冲个澡，再把我娃不穿了的衣服给你换上……"

很庆幸，我终于找到了一份洗碗、洗盘子的工作。

十几天里几乎没有吃过一顿饱饭，本来就羸弱的身体实在难以支撑了。头上一直汗流不止，每洗一个碗就需用毛巾擦一次汗。更糟的是，在晚上11时许，本就浑身酸痛的我端着一摞刚洗过的盘子转身时，一阵头昏眼花，就什么也不知道了。

第二天早上6点多醒来时，已睡在那家小饭馆门外的墙脚边了，身边放着一堆被我摔碎的瓷盘子，这时我才意识到事情不妙，一时又不知如何是好，觉得很过意不去——人家好心收留了我，我却弄坏了人家的东西，等主人起来后我要好好跟他解释，给他赔礼道歉。

好不容易等到8点多，老板开门见我的第一句话便是："我好心收留你，本以为你还能帮我们洗碗，没想到你干活儿慢腾腾的不说，还损坏了我们的东西，我们无法再收留你了。"

我苦苦哀求说："你就发发慈悲，让我在你这儿干下去吧，我以后再也不会打碎碗、盘了。"我再三解释，换来的却是更无情的拒绝："你少废话，我是绝不会再让你这样的人在我这儿干了，我没让你赔东西就已经够宽容了。"

在无可奈何的情况下，伴着蒙蒙细雨和店里那"天大地大，何处是我家"的歌声，我伤心地离开了那家小饭馆。原本简单的希望彻底破灭了，此时，我已身无分文……

生计逼迫我不得不流浪

我继续沿着不知名的街道往前走，有时口干舌燥，一口解渴的凉水也不是随时都能喝到嘴的。拖着残弱之躯，深一脚浅一脚地慢慢挪动，毫无目的和方向。我是一个自尊心极强的人，宁肯忍饥挨饿，也不愿低头乞讨，就这样在西安流浪了20多天。困倦至极了，火车站、汽车站、街头都是我的临时床位。

离开那家小饭馆的第二天，是一个烈日炎炎的大晴天，正值中午时分，含光路上的人们个个汗流浃背，各个店铺都开着电扇或空调。而我更不用说，早已热汗长流、寸步难行了。此时，好想找一个凉爽的地方坐下来歇息一下呀，可路边以及房檐下的水泥地面也被烤得滚烫滚烫的，继续寻找乘凉的地方吧，我的身体又实在吃不消，也没钱坐车了。我打着赤脚，在万般无奈的时刻，双目浑浊的我只好扑通一声一屁股坐在火热的地上。身心的空虚和饥饿袭击着我，终于，我忍不住抽噎起来。

不一会儿，我跟前聚集起一些拿蒲扇的老年人和中年妇女，他们好心询问我的情况，有的路人以为我是行乞的，不闻不问就顺手掏出一元或五角，也有的留下了手中的食物或饮料……一时间，我显得极其仓促、凌乱、破碎，无法理解自己，狂热、无奈、绝望，觉得自己真好像是命运的傀儡，可怜分分、畏畏缩缩，求职的梦想破灭，一无所获……

这样的生活方式并非我所求，我坚决不靠人施舍或行乞生存。此时的我已吃不下去任何东西了，只能喝点水，倘若再找不到一个栖息的地方，我的身体就会彻底垮掉。生命的极限时刻，大脑丢弃不下的还是我的文学梦，渴望成为奥斯特洛夫斯基、张海迪式的作家，我还要报答那些支持我上完初中的人。我真不甘心这样悄无声息地从这个世界消失，我不想放弃上学那天就萌发的雄心壮志。

正是这些梦想，犹如美丽的花环，使我神往。此时，我突然渴望能够回到家乡，因为那里还有一个暂且可以筹划梦想的临时住所。

渐渐地，我恢复了平静，有了些许力气，挣扎着来到汽车站。我苦心央求一位司机把我带回家乡，但遭到拒绝。在举目无亲、无人相助的情况下，我咬咬牙，扑通一声跪在了地上，泪水哗哗地涌了出来。几分钟后，经车站好心人搭嘴求情，司机心软了，扶起几乎瘫在地上的我上了车……

可一路上，我心里矛盾重重，实在是毫无勇气直接回家，无颜面见那些曾帮助过我的人，尤其是一些瞧不起我的乡邻，回去又能怎么样呢？

无论荆棘怎样扎我，我依然踌躇不前，因为对前方的道路毫无信心，直到最后对疼痛麻木了，一个淡漠的灵魂处于游离状态，老天哭泣了，我的心，也绝望地哭泣了！

命运安排我再一次在绝望中看到希望

那天中午，暑气很浓。我从西安回到旬阳县城后，突然想起了《旬阳报》，因为我中学时代还在该报上发表过《神仙豆腐》和《爱让我重获新生》等作文，或许去与编辑们见面、交流一下，他们知道我的情况后会对我的创作有所帮助。

于是，在一位司机的指引下，我不顾长途跋涉的劳累，一摇一摆、试探性地走进了旬阳报社办公室，办公室里几位年轻的编辑老师正在聚精会神地埋头改稿编稿，我拿出以前写的文稿，惴惴不安地问道："投稿是在这儿吗？"

当编辑们了解到我成长路上不为人知的辛酸与坎坷，还有我流浪中的不幸之事，并相互传阅了《全国中学优秀作文选》上的那篇《跋涉的生命》后，他们很惊讶，都很同情和怜悯我，不约而同地放下手中的笔，连忙让座、泡茶，关切地问这问那，像迎接一位贵宾一样。

王元辉、薛正化、梁真鹏、赵攀强等老师还为我捐了款，针对我的处境，梁真鹏老师若有所思地说，听说铜钱关乡很重视新闻宣传工作，你可否回去与乡党委政府联系写报道呢？你只有初中文化，身体又不方便，现在回去写报道肯定有很大的困难，不过万事开头难嘛。如果你想走这条路，就要坚持写，不断提高自己的写作水平，希望你多给我们投稿，若写不好，我们还可以帮你修改并发表，给予你特殊照顾好不好？

梁老师那热情亲切的话语，驱散了我的拘谨和心中的忐忑，丝丝情意温暖着我的心田，似乎有一种不可抗拒的力量在激励着我，让我在穷困潦倒中奋起的信念不断膨胀着燃烧着，宛如天空的暖阳抚摸着我的脸庞，震撼着我的心灵，使流浪了20多

天的我感受到了一种前所未有的力量和温暖。人也仿佛精神了很多，又更加依恋这个世界了，对自己的明天有了信心和希望。于是，我不住地应答着："好，好，好，我就是不想放弃写作的初衷啊！"

梁老师兴奋地说："看到你死里逃生，还有不断向前的精神，真的难能可贵，我为你骄傲和自豪，希望你能永远坚守自己的梦想，好好生活下去。"接着，梁老师又找了一沓信封、邮票和稿纸递给我。此时此刻，我想我今生注定有一个无比漫长的修炼过程。是的，我在修炼着自己，让自己曾经疯掉的心灵回到正确的道路上来。

是的，也许我可以用笔开拓出一片灿烂的星空！或许上帝为我关上了一扇门，但同时也会为我打开一扇窗。

写作也许就是打开这扇窗……

透过这扇窗，我回望过去，过去的日子有泪水和汗水叠加的坚强，有执着和坚强创造的希望；透过这扇窗，我眺望未来，未来的日子依然会有挫折和艰难，但只要梦想不灭，未来就不会只是一片迷茫……

我一定要坚强地生存下去，我要与命运搏斗，我要开始极其艰苦的新闻写作之路，以此回报关心、爱护我的国家、社会，回报善良的老师们。

第七章　笔耕让我充满信心

海迪大姐说过："我感谢生活给了我一支能说话的笔，它让我去倾诉了，去抗争，我不仅活着，而且在写作中放飞了心灵。"的确，命运已经给我太多的打击和磨难了，我不能再沉郁下去了，我要奋斗、我要抗争、我要充满信心……

一语惊醒梦中人

转眼从西安流浪回来已经一个星期了，现实生活的种种困境压得我难以自持。原本一颗有激情的心，变得疲沓滞重，颓丧潦倒，像灰尘一样在心里厚厚地累积起来，不知不觉间遮蔽住感知和梦想，隔断所有诗情画意的美好思绪。正当我心里一片荒芜之际，《旬阳报》转载了我的《跋涉的生命》，梁真鹏老师还将我的故事写成了《跋涉人生路》的文章，分别在《旬阳报》和《安康日报》发表。《安康日报》文学编辑李大斌老师得知了我的情况后，来信寄钱寄物，鼓励我一定要生活下去。还有我们乡党委书记贾自芳，也带着衣被及100元钱来到我家，

同时还带了一份关于乡上写通讯报道奖励措施的文件，让我在家里钻研新闻通讯写作，凡见报的稿件一律按照他们单位文件的奖励标准兑现。他动情地说："我看到记者写你的文章很感动，今天专程来看望你，希望你给我们搞宣传。你不是跟报社的人熟嘛，我想你写的东西他们一定会优先发表的，多给我们写报道，你的生活就没问题了！"

　　回想初中毕业以来的日子，面对现实的困难，我感到了从未有过的孤苦伶仃，也真正感到了自己是一个生活不能自理、什么都得靠别人的人，我也变得越来越敏感起来。像我这样的残疾人，没有一技之长，没有骄人的成绩，谁会瞧得起我呢？庆幸在我落魄绝望的时候，乡上找我搞宣传，我仿佛又找到了生命的坐标。我虽然没有劳动能力，却不想成为社会的负担。从此我暗下决心：我要向残疾的身体挑战，用自己健全的大脑积极思考人生，努力在写作方面有所突破，做一个对社会有用的人！

幸运之神总是眷顾有准备的人

事后没几天，乡上发动村民在我家附近植树造林，退耕还林，我夹着纸和笔艰难地爬行了一里多山路，来到植树造林现场。亲眼看见在乡党委书记的带领下，男女老少齐上阵，积极栽植杉树、柏树、红棒树等树苗。第三天我有感而发，以《安然寨村二组三天植树苗 150 亩》为题，写了一篇 150 余字的新闻短讯，一连修改了四五遍方感满意。于是我赶忙把稿子拿去让贾书记看，看后他兴奋地说："可以呀，写得挺好！"

幸运之神总是眷顾有准备的人。没想到，那一篇百余字的新闻，贾书记带到乡党政办加盖公章后，分别投寄到了《旬阳报》和《安康日报》，很快就一一见报了。10月9日那天午后，晴朗的天空蓝蓝的，气候宜人，我正准备去走访安然寨村黄姜发展情况，刚一上公路就碰见了一名身着绿装的清瘦小伙子，正推着自行车往前走，见我就停下了，问："你叫王庭德，家住安然寨村，对吧？"我说："对呀，怎么了？""上年我通过《全国中学优秀作文选》知道了你的情况，最近你写的报道还在《旬阳报》和《安康日报》上发表了，你很了不起呀！"

听说了这一振奋人心的好消息，我很惊喜，浑身的血液都在沸腾，语无伦次地说："啊？！真的吗？！那……报纸……"话音未落，他已从邮包掏出了发表有我稿子的两份报纸说："你好好写吧，以后我们就是朋友了，你有啥需要我帮忙的尽管说。"我一边不住地点着头，一边急切地寻找我写的文章。在《安康日报》二版左上角显著的位置，看到了我写的文章，手捧着第一次写的新闻报道，默读了起来："旬阳县铜钱关乡安然寨村借西部大开发的历史良机，纷纷开展绿化荒山活动……"

第二天上午，贾书记路过我家，特意停下摩托车喊我："王庭德，你的报道刊登了，你要坚持不懈，继续努力吧！"这事一时在乡机关单位炸开了锅，乡干部们纷纷议论说，我写的报道居然能在报纸上刊登。看到自己第一篇新闻稿件的这一刻，我有一种多年不曾有过的激动。在感受成功喜悦的同时，我也觉得自己是那么了不起，是的，那么了不起！没料到，我也走上新闻写作之路了！

山道上多了一个步履蹒跚的通讯人

人的一生有许多第一次，但每一个第一次，给人留下的印象却不同。有的第一次瞬息即逝，有的第一次却使人终生难忘，甚至影响到人的一生。譬如初出茅庐的我吧，发表一篇百余字的新闻不算难，难的是长期不间断地采写。也只有这样，我的内心才感到充实，生活才能有保障。大家也知道，新闻是跑出来的。我的第一篇新闻稿件的发表，倍增了我写新闻通讯的信心。即便是行走不便，也要四处去搜寻线索，隔三岔五地和乡上的人交流，了解政治经济动态，挖掘有关报道素材。

我家距乡政府大约有30里，对于我而言，每一次去那里都是一次艰巨的长途旅行。

那是我为自己的命运抗争的岁月，连生活都没有保障，更不用说有坐车的钱了。身体孱弱、腿脚无力，每次去乡政府，我总是凌晨4点多起床上路。一路上，我如一个盲人似的，凭

借曾经的记忆，踉踉跄跄，步履蹒跚地摸索前行。即便使劲瞪大了双眼，但在视线里仍然找不到半点光亮。有时偶尔抬头仰望漆黑的夜空，夜色是那么的沉静和安详。每每这个时候，总能听到草丛中蝈蝈发出的异常响亮的鸣叫声，小河里潺潺的流水声，还有不知名的夜鸟发出的三两声啼鸣，但这些仍驱逐不了我内心的孤寂落寞，反而让我越发胆怯和敏感……

每当我体力不支的时候，当我找不着北的时候，当我就地坐下来休憩的时候，总听到风儿的呼啸，听到树叶发出沙沙的响声，它们仿佛是在告诉我：走吧，走吧！你的路是无休止的漫长和遥远，再苦再累也得坚持下去。于是我顺势侧身面向地面，两手撑地，双膝跪起，慢慢地再爬起来。有时顺手摸摸被风吹过的头发，竟感到是潮湿的，再摸摸衣服，也是潮湿的，天没下雨怎么会这样？哦，我明白了：那是我艰难地行路时，累出来的汗。

每次去乡政府的路上，刚开始走时我还能勉强坚持走一里路，超过一里路之后，每次顶多走四十多步，双腿就疼痛难忍了，软绵绵地颤抖着往下坠，身体吃不消，就更要浑身使劲。同时，在双脚难以站立的情况下，走起路来自然就付出了超负荷的体力，致使我满头大汗，贴身的衣服也湿透了，头上的汗水直往下滚，不住地流进我的双眼、流到我的唇边，使我睁不开眼睛，没办法，就用撑过地面的脏手在脸上抹一把汗，把脸擦得五花六道的。最后，身体实在坚持不住了，就一屁股坐在路边歇息一会儿。心里想的是恨不能马上到乡政府，实际上却只能坐下来好好地歇歇脚，唉，真没办法！

尽管每次凌晨4点多就启程上路，但是当我拖着沾满泥土的残弱身躯来到乡政府时，已是中午12点了，正值乡上吃中午饭的时候。曾经多少次，我来到乡政府，他们已吃过了中午饭，而我连早饭还没有吃。这时候的我，身上脏得像一个乞丐，浑身也早已散了架似的酸痛，呼哧呼哧地喘粗气，大脑一片空虚，显得极其狼狈和困顿，体会到了人常说的"老眼昏花"的内涵。行走赶路大大消减了我体内的能量，使本就底气不足的我连说话都费劲儿，见人连打招呼的力气都没有了，无精打采，眨巴着眼睛直打哈欠。这时能倒在床上躺一会儿，那是我最大的奢望。但想归想，终究还得面对现实。为了赶时间，我要赶快和乡上的领导或相关干部交流一会儿，看是否能听到一些报道的信息，顺便歇歇脚，好赶紧返回去……

人在绝境中，求生欲望带来的力量是非同寻常的。有一天，一名包抓大坪村的乡干部说，该村分别发展了100余亩丹参、党参等经济骨干产业，这在旬阳县很罕见，也很新奇，建议我去参观采访。听到这一消息的次日，天没亮我就出发了，来到大坪村后，见人就问大坪村党支部书记杨先一的住处。问第一个路人，他说还有差不多一里路，告诉我走到能看到路边有一棵皂角树的地方再问一下别人。于是我走走歇歇，用了一个多小时，果真看到路旁有一棵大大的皂角树，就问附近一户张姓人家，他说："你再往上走三百多米，在那个大拐弯处的农户家问一下，那户人知道杨支书具体的住处。"一拐一晃地用脚边儿走路，平时走一里路都支撑不住的我，此时已走了近20里，早已双腿发软、抖动得难以站立和行走了。为采访到真实和具体的报道内容，我又咬咬牙无奈地移动着碎步来到另一农户家，那家男主人问清了我来的目的，就停下手中的活带我蹚过一道小河去杨支书住所。那人见到杨支书，兴奋地说："杨支书，这个人还会写新闻报道。他要你带他看我们种的丹参和党参。"

身材纤细高大的杨支书，朝我上下瞟了一眼，淡淡地说："他还写报道啊，你吹吧。"

"真的，这里还有他最近写报道的报纸呢！"那人说着便抽出我塑料袋里的报纸让他们村支书看，杨支书看了我写安然寨村植树的报道后，他妻子也惊奇地扯过报纸阅读起来，随即又跟丈夫说："看他这样的人还挺厉害的哦？以前他在上学的时候还到处给人照相，现在又在市、县的报纸上发表文章了……"

妻子的话让杨支书对我另眼相待，他给我找了一个凳子让我坐下，和气地说："那好吧，你先坐一会儿，我带你去看我们村的丹参和党参，你可要好好给我们写一篇报道哟！"四五分钟后，杨支书说："你歇够了没有？我们去看丹参吧，一会儿我还有要事呢。"

由于长途赶路，我一坐下来就难以站起来，只能侧过身子用手撑着凳子使劲站起来，又挪动着疼痛、麻木的双脚往出走。一路上，杨支书在前面慢慢腾腾地走着，我则拼命地追赶他，但总是赶不上，离他远远的。他每走一丈多远，就停下来回头观望、等待我，并不住地摇头，看得出他那焦急的神情。可我的腿，累得实在迈不开步……

本就对走路犯难的我，加之中午 12点多了还没吃早饭，肚子也不争气地咕噜噜叫，累得喘不过气，饿得眼冒金星，脑子想什么都不知道。

见此情景，我狠狠心，咬着牙继续挪动双脚，使出最后一丝力气奔走，但依旧距他很远……

我终于来到了一畈作为丹参、党参种植基地的稻田地边。他还在往前走，我想跟上去，不料一步没走稳，一头栽倒在旱田沟里，他回头见状赶忙快步走过来提起软瘫的我，面带微笑地说："你这体质太差了。我们家距这畈稻田还不到一里路，今天却陪你走了五十多分钟，再迟了我今天的事情就要泡汤啦！"最终，在丹参发展示范园聆听了他介绍丹参、党参的发展规模、长势，以及品种来源、发展措施和经济效益……

幸亏遇上了好心人

结束了实地采访，在路边的小店里我买了一包 5角钱的方便面充饥后，又异常艰难地往回走了。一条来回30多里的山路，我却用了整整一天的时间。第二天我拖着僵硬的身躯，赶紧组织材料写稿子，第三天凌晨4点钟，我又拿着写大坪村的稿子去乡上审核盖章。

依然像往常一样，三步一走五步一坐的，从漫漫黑夜徒步走到天明，渐渐地乡村公路上也有了一些骑摩托车、骑自行车的人，也有一些大卡车和昌河面包车，我总是急忙起身招手喊叫"请帮忙带一程"，但由于我太不起眼了，司机就像没看见我似的开着车一呼而过。在一家小商店，我遇到一辆客货两用车，见他们卸完货准备发车了，我赶紧奔过去诚恳地哀求道："叔叔，请您行行好，帮忙把我带到铜钱关乡政府那儿好么？我的腿实在走不动了。"可迎来的却是："你长得太美了啊，滚！滚！滚！"

我心头掠过一阵酸楚，自言自语道："不带我，我照样能走得下去，以前也曾多次去乡政府，再艰难我不也坚强地走过来了吗？反正也不是第一次挑战这条路，我一定能够走得下去的！"带着这样的决心，我鼓起莫大的勇气，继续朝乡政府走去……

不巧的是，那一天乡上的领导都不在，我在乡党政办公室的长凳上木讷、愚痴地呆坐着，时间长了，不知不觉间靠在墙上睡着了，醒来时一看墙上的钟表，已是下午3时40分，我又急忙朝回家的路走去。在回家的路上，也许是前天采访的劳累，也许是饿了的缘故，我的身体虚弱，没有力气，汗流如雨不说，双腿也疼痛得难以挪动了，比前天去大坪村采访时的情形更差——每当我鼓足勇气，咬着牙狠狠地往前走时，最多只能勉强挪动十一二步，双腿便支撑不住我的身子，一阵阵往下颤悠着，心也咚咚咚地跳得很厉害……

就这样，我气喘吁吁地挪动酸软的腿脚，不知什么时候，落日的余晖斜射下来，把我的身影拉得很长，一瘸一拐、张牙舞爪似的晃动着，形同一个怪物，苦苦挣扎在公路上，任乡村的泥土渐渐吸干我的能量。每走几步路就得坐一会儿，而且每次一坐在地上，爬起来又是那么的艰难！我无比痛苦地感觉到了生命的空虚和无助！是的，我又是一天没有吃东西了；是的，我已经没有吃东西的欲望了。路途的艰苦，已把我无比脆弱的身心掏空，我感觉就要死了，双目浑浊，心律失常……

凌晨时分出发，眼看又是黄昏。60里的路程，我才勉强走了将近40里，看来我今晚又要摸黑了，我用小手捶打着脸庞，无比沉重无奈地叹息着：这回家的路啊，回家的路啊，无比艰难的路啊，对于我来说，如同千里、万里……

我的采访路与常人相比，其难度不知要大多少倍。在林林总总的求索中，在别无选择的情况下，我选择了写通讯报道这条艰难的路，虽然它还不能决定我一生的走向，但它毕竟曾作为一面旗帜，在我的灵魂深处卷起过一阵情感飓风。虽然生命中拥有一个成功的梦想太难了，虽然生命中坚持一个无悔的选择也太难了，但我永远不会放弃自己的追求——因为有一个写作发表梦在诱惑着我，让我坚定而充实。

在家乡以写新闻报道为生的日子里，像这样艰苦的经历也不是什么新鲜事儿了。

有一次，我听说乡上要带全乡各村干部去孙家坡村参观水窖发展情况，得知这一消息，为能够去那里采访，我一宿未睡好，也是凌晨4点钟出发的，直到7点，才走了将近5里路。这时的我又犯愁了：据说我家距离孙家坡村 40多里路，可9点钟又怎么能够赶得到活动现场呢？而这又是一个绝好的素材，我真的不甘心失去这一采访的机会！

可此时我已累得浑身无力，想到采访的机会将要泡汤了，我失落地坐在了路边的石头上。这时听到"嘟、嘟、嘟"的摩托车声，根据以前搭车的经历，对于路上的车辆我已不抱啥希望了，但我还是本能地转过头来，还是想试试，看是否能捎带我一程，一看凑巧是我们村的村文书何在青，我连连招手喊道："何伯，何伯，请把我带一程……"

村文书停下了车，问："你去哪儿？"

"我去孙家坡村采访，你呢？"

"我也到孙家坡参观水窖。上车吧！"

一路上，我和村文书你一言我一语地交谈着，很快来到了目的地，亲眼看见，并做了笔记，顺利地挖掘到了真实有用的资料。

下午活动结束后，天下起了毛毛细雨。我寻求帮助的时候，他们都说下雨路滑不敢带我，眼看他们一个个骑车走了，天色又渐渐昏暗下来，人生地不熟，我也没有地方可去，留给我的又是那遥远的艰难的行程，我无可奈何地甩甩头，平静地上路了，孤单和凄楚总是与我相伴。

约莫走了 14 里路，到易家沟沟口小桥那儿，早已夜深人静了。夜幕下，村庄还有那一丝极微弱的光。这时的雨越下越大，路边住户的人家也关门休息了，公路上没有一个行人，我的身体几乎没什么能量了，哪能找到地方过夜？也没有任何可求助的车辆！无奈之下，我咬紧牙关，狠狠心，凭着一丝微弱的气息拼命地继续走。虽说是走，其实哪能迈得开步呢？只能极慢地挪动着……

后来，实在难以移动酸痛的双脚，头晕眼花双腿发软，我便顺势"啪"的一屁股瘫坐在泥浆里，"呜呜呜"地失声痛哭了起来。

天呐，这才是我写报道的第 3 个月！

此时，尽管饥肠辘辘，但我回家还有 20 多里路，痛哭流涕地发泄过后，稍有了一点点倾诉后的舒畅，于是我咬咬牙又继续往回走。随着雨点儿逐渐加大变密，公路上随处聚起一摊一摊的水，我浑身湿透，像只落汤鸡，采写的笔记本也被水浸泡得无用了，只好忍痛将其舍弃。漆黑的公路上，唯有我在"哗啦啦"的雨声中慢慢腾腾地摸索着，一分钟勉强走两三步。

一瘸一拐、东摇西摆地艰难徒步。"哗哗"的雨水毫不留情地从我头顶往下灌，不断地流进眼里、嘴里，流遍全身上下，透过整个肌肤，渗到我冰凉的心里。我那挫损的膝盖骨，遇到冰凉的雨水，一阵阵疼痛难忍。

难道我的人生命中注定这么暗淡无光和渺茫吗？老天爷，你告诉我，啥时候我才有出头之日啊？

不觉间，走到了凹凸不平的乡间石子路上，跌跌撞撞地试探着摸索前行，已经不知摔了多少次跤，浑身疼痛不堪。那是我生命中又一个无比灰暗的夜晚，我真的要崩溃了。

绝望中，想起书上说："要像树和动物一样，去面对黑暗、暴风雨、饥饿、愚弄、意外和挫折。要像一个男子汉，勇敢承受一切我们意志力所不能及的事情，要忍受得住灾难和悲剧，甚至战胜它们。"再说了，人生谁又能躲得过风霜雨雪呢？

我没有其他的选择，只有继续起航！我每走两步就双手叉在大腿上稍作歇息。十步一歇变作两步一歇，黑暗中，风雨兼程。大约还有一半的路程时，腿猛地一抖，一个趔趄，我摔滚在乡村的石子公路上。无数次的摔倒，我已经习惯了，可这次总是站立不起来。夜光中，我好像看到了身旁有一个石头墩，于是摸索着爬行过去，果然是一个两尺来高的石头，我便将手搭在石墩上，身体靠着石墩慢慢撑着站起来，准备再往前挪动时，腿脚又猛然一个颤抖，身不由己地滑倒了。我试着想再爬起来，可试了七八次都滑倒了，我才知道这一回是彻底走不了路了。

肉体的疼痛极大地挫伤着我的毅力和勇气，我又开始怀疑和否定自己，心情无比沉重和沮丧。这时，我在水淋淋的路面上已平躺了很久，回过神来，感觉自己再也受不起雨水的浇淋了，我得想办法就近找一家房檐避雨才成。于是，我索性四肢着地就势爬行，两只手撑在地上，双膝跪地。没想到双膝抽筋似的疼痛，爬行不了几步就毫无力量了，我只有全身匍匐在地上，仅凭两只胳膊的力气，慢慢移动身子。一寸一寸地在乡间公路上艰难地爬行，每爬行一两分钟，我就累得上气不接下气，无奈地全身附在公路上歇一会儿，缓一下劲儿。那形象活像一只大大的癞蛤蟆，只是速度比癞蛤蟆还要慢得多。

　　我费了九牛二虎之力，爬行了两里路，好不容易坚持到了龙潭峡，快到五保老人周运香家门前了，这时天已麻麻亮，雨也终于停止了，庆幸我也快到村子了。

　　的确，在这最为艰难的时刻，在逆境中顽强挣扎时，我想着当年红军翻雪山过草地的过程，我为自己有这种坚强不屈的行为感到骄傲和自豪。

这里距我家大约还有 6 里路。这时我确实不能再继续爬行一步了，连呼吸都很困难、很困难了，我不奢望回家了。看着那五保老人屋檐下的土墙，我多么想靠在那儿好好睡一会儿。于是我拼命地朝那儿爬去——因为遍体鳞伤的我、快要虚脱的我，真的太需要一个休息的地方了。我脑子里一片空白，好像自己已经飘在了空中，虽不太稳，却还可以控制方向，疼痛的知觉已经没有了，很快我就可以飘着回家了，很快我就可以回家了……在缥缈的幻象中，我晕厥了过去……

隐隐感觉有人在摇动着叫我："醒来喝口汤……"恍恍惚惚中，我用力睁开双眼，看着眼前，发现自己已靠在一个黑漆漆的火炉旮旯儿的躺椅上，身上盖着厚厚的棉被，火炉里燃烧着几根干柴棒和柴疙瘩，火苗"呼闪、呼闪"地，如太阳般耀眼，似乎在微笑着欢迎我的到来，我宛如来到了人间天堂……

随即，我又使劲扭过僵硬的头，映入眼帘的是周运香老人，他端着一碗热腾腾的豆浆，正坐在我旁边的椅子上"扑哧，扑哧"地吹着热气。我恍然大悟，方知自己在村五保老人周运香家了。

此时此刻，我才感觉自己上气不接下气，只有眼睛能动，浑身麻木疼痛无力，失去知觉似的动弹不得，心里难受极了。我吃力地张了张嘴，断断续续地说："表……伯，我……我……

怎么了？"

周运香老伯闻声，赶忙转身用左手拦住我，说："你终于醒了啊，莫动，小心滚到火炉上去了。"紧接着又说："今儿我在做豆腐，见你快12点了还昏迷着，顺便用白糖冲了一碗豆浆，你快喝了吧。"

我一时激动不已，当即准备伸手去接豆浆，哪知双手根本抬不起来了："我的……手……"

周老伯意识到我的手不能动弹了，便将豆浆一勺一勺地喂到我嘴里，我感觉每喝一口豆浆都要费很大劲儿。豆浆喝到嘴里又很难下咽，似有天旋地转的感觉。那一刻，我才真正体会到了什么是性命攸关，只觉得大脑一片空白，勉强喝着豆浆，不知不觉地一阵眩晕，我又一次不省人事了……

当我再次醒来时，阴暗的天气，隔着柴烟熏黑的塑料布窗户，使本就黑暗的墙拐角显得更加黑暗，外面传来了公鸡嬉斗的鸣叫声，还有孩子们的喧哗声，闪烁的火苗下，我看见周老伯在距火炉不到一米远的灶上做饭。此时我依旧那样平躺着，感觉浑身的疼痛比以前轻了一点儿。这时，尽管面前烤着大火，我还是不停地浑身颤抖着，一点力气也使不上来，哆嗦着，牙关不停地紧咬着，说话气力不足，但我的心却是暖融融的……

周老伯发现我又醒来了，忙放下菜刀过来照看我，"你别动，让我给你翻动一下身子。"说着就把我挪到侧面向火炉的那一边，"你今天一直昏迷不醒，下午学生娃都放学了，你还没吃啥东西，饿了吧？我正在弄白菜烩豆腐汤呢。"

"不，我要尿……"

"哦？你莫动，我来抱你去茅厕。"

他连忙把我抱到屋外的茅坑边，又蹲下来帮我解裤子，然后把我放到他膝盖上让我小便。尽管如此，我却依然使不上力，那一次的小便，我前后用了五六分钟。

我身上的衣服全被公路上的石子磨破了，我的脚掌、手掌和膝盖，也全被公路上的石子磨得露出了骨头，双脚不能站立，双手无法拿筷子吃饭，多亏周运香老伯救了我。他喂我吃饭、喝水，背我上床睡觉和上厕所，无微不至地将我悉心照料了三天三夜，给了我如父母般的无私关怀和疼爱，我才有幸挣脱了死神的魔掌。三天后的上午，我慢慢尝试着站立起来行走，与多舛的命运抗衡，并以顽强的毅力硬撑着回家了。

周老伯本是一个穿无整衣、寝无完被，看起来倔强蛮横、孤独寡言的老头儿，在村里口碑也不佳，都说他自私、不容易接触。在我的印象中，他也没有什么亲戚朋友，以前除了我爷爷与他关系亲密外，再无其他乡邻愿意与他打交道。但通过这件事，我觉得他并不像人们所说的那样自私和不友好，相反，我认为他是一位善良慈祥的老人。

记得临别时，我泪流满面地跟他说："表伯，谢谢您救了我啊。虽然我回报你的能力很有限，但我以后会常来看您的。"他微笑着说："你这娃啊，我们都是苦命受难人嘛！再说你爷那人好啊，只有你爷看得起我，我和他关系很好呢……"

周运香老伯对我的救命之恩，是激励我坚持不懈在家写报道的动力。

艰难旅程中的引路人

我就是在这样艰难的环境中坚持写报道的，这些经历现已成为一个根，一个童话的元素，一个残弱生命成长历程的见证。

由于初学写报道，加之刚步入社会，人生阅历不够丰富，我艰难地勤奋写作，可稿件的发表率不到十分之一。截至2000年春节前夕，总共才在《旬阳报》《安康日报》上发表了7篇新闻稿。生活陷入了困境，我还要依靠残疾叔父的帮助来勉强生活。我意识到靠写报道来维持生活是不行的，可除了写作我又能做什么呢？

极度绝望中，我又不甘心放弃写作，于是我想：如果我去安康日报社请编辑讲讲创作心得，请他们传授一些新闻写作的方法，与编辑老师交流和探讨一下，或许会大有裨益。

村上胡氏、张氏等一些人，见我动了要去安康日报社求援的念头，便说："现在一切都靠关系，像你这样没有一点背景的人，去安康日报社谁理你呀？"这也是乡里所有人的观点。

凡自己想要做的事，哪怕只有万分之一的希望，我也要去试一试。回想过去所经历的一些事，我认为：无论你陷于怎样的窘境，只要你坦诚地向人求助，人家是不会袖手旁观的，人世间，毕竟还是好人多。"有枣没枣打一竿嘛！无论成功与否，只要自己亲身经历了，也是一种人生尝试，失败了也无憾……"于是，我毅然决然地作出了去安康日报社拜师学艺的决定。

在一个阳光明媚的早晨，我搭车前往安康市寻访到了安康日报社，接待我的正是现任《安康日报》副总编辑胡弗老师。一番寒暄，彼此有了初步的了解之后，便转入正题。我红着脸，十分诚恳又胆怯地低声说："胡老师，我无法继续上学，也干不了农活，在西安求职没人理睬，在安康打工没人聘用，我生活毫无着落，现已到了穷途末路的地步了，但我不甘平庸，我想通过写作来自食其力，请您帮忙给我讲讲新闻报道写作的方法和技巧好吗？"胡老师说："你的这种精神着实让我很感动，今天就跟你说说我个人对这方面的一点点体会和观点吧。"说着便找来了笔和本子，让我做好记录。

胡老师说："新闻也叫消息，是一种即时传播信息的实用文体，包括新闻和通讯，由标题、导语、主体、结语几部分组成……"这一次，他还给我讲述了通讯的概念、四大特点和四点写作要求，还特意强调了通讯所报道的新闻事实，以及进行观察、反映的各个不同角度，诸如正面、反面、侧面、鸟瞰、平视、仰望、远眺、近看、细察等。

最后，胡老师说，写新闻通讯主要还是要靠自己多看、多练，要写得真实才具有新闻报道的生命力。接着又从抽屉里拿出一份近期的《陕西日报》，认真给我朗读了《村支书的好榜样陈分新》这篇新闻报道。

他说："这算是一篇上乘之作，通过其中的一些细节描写，反映出了现实主题，流露出高深的思想境界……总之，新闻是一面锃亮的镜子，它能将人世中的酸甜苦辣如实而又毫无保留地反射给大众。"

看了这篇新闻报道，聆听了胡老师耐心细致的讲解，我对新闻报道的写作有了全新的认知和感慨：角度不同，印象各异。我想：为了不让胡老师失望，为了能写出有报道价值、有分量的作品，我要在今后挖掘写作素材的过程中，精心选取最佳角度去写，以使稿件增添新意，努力达到别具一格、引人入胜的效果。

就这样不知不觉间，三个多小时过去了。在这短短的三个多小时里，胡老师给我上了最特别的一课，为我开启了一扇小窗，让我看到了一片新天地，这对我日后写作新闻报道起到了举足轻重的作用。

胡老师很忙，每天要接触很多人和事。譬如那天上午，为了给我"传道授业解惑"，他放下了手头所有活计。就在他聚精会神地给我讲解时，不时有人敲门造访，电话也频频响起，那天他起码婉言谢绝了十四五个找他的人。只听他说："改天吧，今天我接待一位令我非常敬重的特殊通讯员，现在正给他谈点新闻报道写作的方法。"

临别时胡老师说："你多写吧，我会尽全力帮助你的，同时你还应多与人交往，依靠大家的力量求发展，毕竟众人拾柴火焰高嘛！我们报社还有屈善施、倪嘉、朱卫东、卢云龙、陈敏、张昭等，这些人也都很好，我建议你也去与他们认识、交流一下，对你的写作会有更大的好处。"通过胡老师这番话，我深深领悟到，无论老人还是青年，人作为一个社会的细胞，都需要社会的关爱和理解。是啊，我应借助大家的力量来完善自己的人生，也许人本就生活在爱与被爱中吧。

按照胡老师指点的方向，我首先激情满怀地敲开了卢老师办公室的门。卢老师在得知了我的意图后，也鼓励我多写，他也表示愿意鼎力相助，随后还拿出他的两部力作——《安康风情》《往事不落叶》给我看，并给了我50元钱。还有其他一些编辑、记者与卢老师一样对我的境遇表示同情，也纷纷热心为我捐款捐物……

此后的一年多时间里，胡老师从不间断地为我免费寄赠《安康日报》；为了方便我的采访，他还通知我寄去了个人一寸免冠照片，给我办了一个通讯员证。还有一次，《安康日报》举办通讯员培训班，报社领导开绿灯为我免除了培训、教材费，并报销了我在安康党校学习期间的生活费和往返路费。作为第一次参加新闻写作培训班的我来说，这是一次意义非凡的培训，不但让我充实了自己，而且使我对今后的生活、学习充满希望。另外，我还有幸认识了方晓蕾等一批年轻、善良的作家、文友，大大开阔了我的视野。

功夫不负有心人

这之后，我带着一种社会责任感，肩负着历史使命，仅2001年，我在《陕西日报》《陕西农村报》《三秦都市报》《西安晚报》《陕西人口报》《安康日报》《旬阳报》等省市县媒体上发表新闻稿件 59篇，报社给的稿费加上乡政府的奖励近3000元，还被《旬阳报》评为优秀通讯员，受到旬阳县委宣传部的表彰奖励。

在全县新闻干部会议上，旬阳县委宣传部通知我去开会领奖。会议前夕，一个晨曦初露、春光灿烂的早晨，伴随着窗外清新的气息，时任旬阳县委宣传部通讯组长的赵攀强老师，在旬阳宾馆，一见到我就握住我的手，由衷地说："你就是王庭德吧？你虽无七尺男儿之躯，却以顶天立

地男子汉的气度赢得人们的尊重，确实很不简单。今天我们想以你为楷模，请你上台发言，以激励全县其他通讯员积极踊跃撰写新闻稿。你做好准备。"

8点，旬阳新闻干部会议按时召开。领导讲话后，宣读优秀通讯员名单。当念到我的名字，喊我上台领奖并发言的那一刻，我心跳加速，非常紧张。坐在发言席上，我好半天说不出话来，激动的心情无法形容。最终在一阵阵雷鸣般掌声的鼓励下，我镇定了神情，鼓起勇气，拿出我事先拟好的发言稿：

尊敬的县委领导，各位专家、老师们：大家好！

我叫王庭德，来自铜钱关乡安然寨村，是一名农民出身的残疾人通讯员，我很荣幸作为优秀通讯员的代表来这里和大家交流，我发言的题目是《凝聚智慧，彰显风采》。

我父亲早逝，母亲愚笨且视力不清，自己又干不了农活。一年前，我凭着对写作的高度热爱，在《旬阳报》和《安康日报》的亲切关怀鼓励下，通过自学、请教和努力钻研，在异常艰难、复杂、恶劣的环境中坚持学习新闻写作知识……同时，今天我也是抱着向各位通讯员学习的目的而来的，我衷心地希望能够得到大家的帮助，希望通过今天的交流让我学习到大家的宝贵经验，使我在今后的学习和工作中能够取得更大的成绩！荣誉只能说明过去，活着就是要不断拼搏！在以后的写作中，我会继续努力做到更好！

谢谢大家！

这是一篇发言稿，一篇凝聚着我在极其恶劣的环境下艰难写作的发言稿，或许因为我的一些饱含辛酸、不为人知的故事带有感染力吧，得到人们一致的赞叹和鼓励。

"一分耕耘，一分收获"，"苦心人，天不负"啊！

在我的人生道路上，在我记忆的长河中，我生平第一次住进了宾馆，第一次参加这么大场面的会议，第一次得到几百名政府官员最热烈的掌声。我是最卑微的，却又是最受尊重的，很多人用相机拍下了我发言的镜头，还有人将这件事写成《农民通讯员王庭德受表彰》的报道，分别在《陕西日报》和《安康日报》上发表。这一切，是我所未料到的事儿；这一切，也

让我真真切切地感觉到了自己存在的价值。这对于我，是一个最重要的开端，就像一个虔诚的穆斯林走进神圣的麦加，心中充满着庄严的情感。

一位名人说，谁是生活的不幸儿谁就是文学的幸运儿。我的生存境遇，天性中的脆弱、敏感与孤独、勤奋，一旦附丽于写作中，我的优势和特长也就自然而然地凸显出来了。我是一个不能扶犁吆牛、握锄干农活的人，生活上无依无靠，想到了流浪，但又不愿以乞讨谋生；我也曾在安康城卖过报纸，终因体力不支而终止；我想用知识改变命运，用写作改善生存环境。

每当去市、县报社，均得到众编辑老师的热情接待、无私捐助和心灵上的抚慰，我感动得直想掉眼泪。正是有他们直接的关心，我的新闻稿件才频频见诸报端，写作也有所长进。尤其得到了当地乡政府的高度重视和社会各界的好评，乡上决定让我专门搞宣传，扩大当地的影响，为乡村的经济建设和精神

文明建设摇旗呐喊，为产业建设鼓与呼，也好让我学以致用，从而使生活上有保障。

我很欣慰，领导这么重视，大家这么

关心，我没有理由不坚强地面对生活中的坎坷和挫折。写作让我充实，笔耕使我信心百倍地笑对生活。

我还深有感触的是，命运把人抛入最低谷时，往往是人生转折的最佳时期。谁不畏艰难，积极进取，积累能量，谁就能赢得上苍的眷顾，收获回报；谁若怨天尤人，消极懒惰，虚度光阴，谁必将一事无成，悲守穷庐，两手空空。

第八章　雨季有阳光

生命中有许多段落，包括意料之中的和意料之外的。一切旧梦的结束都连着新梦的开始，宛如天空中闪烁的星斗，蓝天上飘逸的流云，常常能把我们牵引到另一个无限壮美的空间……

厄运再次降临

那是2002年的夏季，由于我上一年顽强、执着的艰苦努力，参加新闻宣传的事迹得到了社会的肯定，当年被评为乡、县的先进个人，成为闻名遐迩的"侏儒记者"。得到肯定和鼓励的我更加情绪高涨。也许命运的天平已经开始向我倾斜，我的梦想将会实现。

就在我兴致勃勃、满怀信心地不懈努力着，一如既往地钻研新闻写作，准备今年不断地写出更多更好的作品时，唯一的妹妹远嫁他乡并带走了我母亲。

亲人的远去让我的心冰冷到了极点，我从来没有这么绝望过……这里的一切已经不属于我了，不是我最能发光的地方了。

考虑到我的身体状况，妹妹提出要带我去，被我拒绝了。我虽然是一个失去田间劳动能力的残疾人，但在很小很小的时候，我就有雄心壮志，决心自食其力，不拖累任何人。

人生一世应该有所作为！应该有远大的理想，应该为理想拼搏一次！人生的意义不在于是否取得了成功，而在于是否为理想勇敢拼搏过。不拼搏无异于行尸走肉，拼搏了没有取得成功，也无怨无悔，也一样是英雄！

再说了，妹妹嫁到秦楚接壤距家20多里远的湖北辖区，那里的生活较我们家乡还要贫穷落后。婆家连她7口人，仅靠两亩多贫瘠的山坡地吃饭。妹妹领去了母亲，接替了应该由我承担的义务和责任，为此我深感内疚和不安。为了生命的自尊和骨气，我毅然对妹妹说："只要妈有人照顾就行了，我可以自食其力。"

绝不做命运的奴隶

结合自身状况，我一遍又一遍地思考过生存与发展的问题。想到城里靠卖报纸谋生的人们，便也萌生了"我也可以卖报"的念头——这样在生活有保障的同时，也能为自己的理想打拼。我白天卖报纸，晚上进行文学创作。倘若我卖报能攒一笔钱了，我想开一个书报刊亭，这样我的生活就能够稳定下来，每天还能读书看报，岂不两全其美吗？我绝不会让现实的残酷湮灭了我对文学梦想的追求。

正当我为进城的路费一筹莫展之际，恰巧《安康日报》邮来了30元稿费。正是靠这30元钱，我不吃不喝，坐车辗转到安康市这个我放飞梦想的殿堂，一个可以让我自食其力的地方。

来到了安康市，下车后，却有一种莫名的孤独感涌上心头，人生地不熟，举目无亲，没有任何依靠。

就在我左顾右盼寻找住处的时候，蓦地看到一个卖报的中年妇女，我喜出望外地迎上去问："阿姨，我也想卖报纸，请问安康的报纸发行站在哪儿？"没想到那个妇女淡淡地瞟了我一眼，没好气地说："我不知道。"之后我又努力与 7个卖报的人套近乎，了解卖报的行情，以及批发报纸的具体地点，得到的依旧是同样的回答："你问别人吧，我不太清楚呢。"见他们都不跟我说实话，我的内心感到一片茫然，突然想到了安康日报社，因为那里有我认识的编辑老师，作为《安康日报》的编辑，他们肯定也知道《华商报》的发行站了，于是我准备去那儿求援。

我又一次走进了安康日报社的大门，拜访了李大斌老师，他听了我的想法后立即赞同地说："你去吧，一份报纸赚两毛钱，一天卖上百份报纸，每月还能攒50元左右。"当即，李老师又亲笔写了一封介绍信，并强塞给我 50元钱，让我到龙窝街把信交给《三秦都市报》驻安康记者站的陈云即可。

陈云姐了解到我的情况后，十分关切地说："你曲折和悲惨的人生境遇让我们都很感动，只是你的身体状况……你能克服这一切艰难困苦吗？"我动情地说："我从小到大一直都在夹缝中自强自立地生活着，只要不放弃理想和信念，哪怕条件再恶劣，我也能坚持并快乐着。"

陈云姐微笑着说："你真的很了不起呀！"话音未毕，陈云姐见我疲倦的样子，带我去附近的餐馆吃了饺子。之后，她又带我去把他们单位对面的一间空房租了下来，还给我买了被褥、水杯和脸盆等生活用品。

望着她忙碌的身影，我感动得热泪盈眶，动情地说："陈姐，真的太感谢你了，你让我怎么报答呀？"陈云姐温和地安慰我说："小王，至于钱的问题，就算我借给你的吧，你就别想那么多了，等你啥时候卖报纸挣到钱了再还我。姐姐为有你这样坚强、勇敢的弟弟，即使付出再多也心甘情愿！"

就这样，在好心人的帮助下，我顺利加入到了卖报的行列，那一刻，我感觉我距离梦想又进了一步。

相信自己，战胜一切困难

那时候，正值天气炎热的夏季，也是我生命中又一个不同寻常的挑战和考验。

从记事的那天起，我就是一个四肢萎缩、骨节部位脱落挫损的小矮人儿，双膝以下呈50°向外拐着，平时趄着脚边儿挪动，即使空手走上半里路程，沿路至少也得歇息三次，这样还累得上气不接下气的。更何况，在烈日当头的夏季，每天去卖报。每走一两分钟，膝盖就像脱节似的坚持不住了，只好在路边的水泥坎上坐一会儿，以缓解全身的酸痛。实在不行了，我就将布包带套在腰间奋力曳着往前走，因为这样，总能招来许许多多好奇的目光，有好心人见此情形便买了我的报纸……

记得有一次，我疲惫地立于路旁，无神地看着满街熙熙攘攘的行人，他们都在为自己的生计奔波，每个人都显得紧张而忙碌。忽然，有一辆大巴车缓缓停在我的身旁。紧接着一阵纷乱吵闹的叫嚷声响起："恒口的走了，喂，爷们去恒口吗？里面大座舒服着哩！赶快上来！"还不由分说将一个看起来很老实的路人拽上汽车，可怜的老实人还没弄明白怎么回事就稀里糊涂地被弄上了车。当他终于说出自己并不去恒口时，拉他上车的那人顿时变了脸色："不去恒口你上什么车？赶紧下去！快点！别耽误时间啊！找事呢……"

见此情景，我心里一阵悲凉，有种想哭的感觉。想想自己单枪匹马闯荡安康，想想未卜的前途，我心中有些惶恐不安，因为我除了梦想和激情外，其他一无所有。

但我又被这个美丽的现代化的繁华城市吸引着，恍惚地伫立在人行道上，愕然地看着这个令人眼花缭乱的世界。一刹那间，仿佛我面前突然出现了海市蜃楼：绿树掩映的宽阔街道，鳞次栉比的摩天大楼，艳如彩霞的霓虹广告牌，让人目不暇接。多么美丽的陕南都市啊！轿车匆匆、的士忙忙，手机话来话往。看着这一切，我的心中不由得升起了一种冲动。我想，凭着我永不服输的毅力和勤劳的双手，凭着我在各类报刊上发表的上百篇新闻报道，好好地再努力一番，也许很快就会成为令人羡慕的"白领"……也许能成为我心中的史铁生、张海迪、保尔这些成功的同类英雄人物中的一员，我当时心中充满了自信和激情。

为了远大的目标和理想，我决心从卖报纸起步；为能把手中的报纸卖掉，我也经常趁机把报纸拿到大客车的车门跟前，面对车中稳坐的人们，我有些羞涩地低喊早已喊顺口的话——卖报了！终于，一个人要了我的报纸，我便觉得轻松了一些，疲惫感也减轻了一些。

有一次，有个胖胖的司机见我在车门前叫卖报纸，愤愤地跳下车，厉声呵斥道："别在这里瞎搅和，快拿到别的地方卖去。"说着就一把拎起地上的报纸抛出一米多远，我正想去拾报纸，一不小心撞在他的手臂上，扑通一声，结结实实地被绊了个仰面朝天，摔得那么干脆利落，使我一时爬不起来……

我勉强爬过去，一边捡拾着地上散落的报纸，一边回想生活中遭遇的种种不幸和打击，思绪一片凌乱，心里涌起一阵阵难言的酸楚，随即一屁股坐到地上，仰望苍天，我不停地呻吟着，两行泪水顺着脸颊哗哗滚落。也不知道我前世造了什么孽，今生要遭到如此残酷的折磨和惩罚。我这 20 多年来所承受的艰难困苦实在太多了，老天爷呀！求您可怜可怜我，看在我这一世还保持善良、有志气的份上，给我一个将功补过的机会，我一定会好好珍惜并努力修炼改造，好吗？

也许是上苍安排我经受磨难的同时，也给了我开启智慧之门的钥匙，就在我忧伤过后，突然实现了一种灵魂上的超越，并懂得了"不磨不练，难成好汉"的道理。我们每个人都有不幸，但每个人依然得寻求活着的希望，这才是一种健康的人生。相比起有些连自己的生命都决定不了的人，我已经够幸运了。尽管我身体重残，不断地遭遇挫折和困苦，但我不能一味地抱怨命运的不公，不能丧失意志、不能丢掉尊严，不能永远在别人怜悯的目光下生活，我要走出大山，然后微笑着去实现自身存在的价值。

这样想着，我心里感到无比的平衡和坦然，并有一种排除矛盾之后的轻松和快慰之感。于是我又四肢撑地，慢慢地爬了起来，捡起地上的报纸一步一步向远处走去……

在与命运的抗争中不断成长

尽管都说现在人情淡薄，但世间毕竟还是好人多。我的生活中正是因为遇上了很多的好心人，才让我一直坚持到今天。

　　好心的人们见我行动艰难，经常就多买我一份报纸；也有人每天直到我来了才买报纸；即使某一天由于我身体的原因没有按时送报纸过去，他们也仍未买别人的报纸……所有这一切都让我很感动，更让我拥有了一颗坚持活下去的心。我要好好活着。

　　我的身体有残疾，如果再遇上生病，那真的就像要我的命一样。记得那是我刚开始卖报不久的一天早晨，极度疲倦的我在睡梦中被外面同行们领报纸的说笑声惊醒，使劲睁开惺忪的睡眼坐起来，领了报纸就立刻拖着酸软的身体出门了。雾气笼罩着整个安康城，也压在我的头顶上，但这毕竟是炎热的夏季，这种雾锁烟笼的天气非但没有丝毫地消减暑天的高温，反而比晴朗天气还要酷热，沉闷得令人窒息。

　　和往常一样，我依然领取了50份报纸，好心的管理员帮我把报纸插进布袋里，然后又挂到我的脖子上，我出门才走了一丈多远，浑身就汗流不止，一颗颗豆大的汗珠宛如雨滴从头上直滚个不停，浸得我睁不开双眼。心跳加速，呼吸急促。我意识到自己生病了，但没办法，我只有赶快沿街将手中的报纸卖掉，才能够换来一个月的房租，才能解决每日的生计问题。这样想着，坚持前行了约一分钟，突然眼冒金星，身体酥软。情急之下，我勉强走到旁边的早餐店里买了一碗豆腐脑，以补充身体的养分。

　　吃豆腐脑的时候，我发现我的手颤抖得连勺子都拿不住，使劲把豆腐脑喂到嘴里也难以下咽，每吃一小口，就要趴在桌子上歇一分多钟，一小碗豆腐脑我吃了20来分钟。吃完了豆腐脑，仍感觉昏昏沉沉的，浑身瘫软得像面条一样，心里也难受极了。于是我头靠着墙，本打算闭目稍微休息一会儿，可我这样一靠就不知不觉地睡着了。当老板把我叫醒时，感觉心里稍微舒坦了一些，神志也清醒了许多，身体也较先前有点活力了，我又急着拿起报纸上路……

就这样腰弓成60°的弯，深一脚浅一脚地向前游走着。每每这样狠下心前进四五步，我的头就得朝下更低一些，把两手撑在膝盖上，让重负荷的袋子接触到地上，让我的脖子歇一歇，然后又咬牙走几步。这样不行了，我就坐在路边的水泥坎上歇一会儿。步履蹒跚着一点点往前走，我边走边对行人喊："卖报了！"我发抖的叫卖声，就像在肚子里面哼一样，显得极其低沉、奇怪，仿佛自己都有些听不大清楚似的。

"多少钱？"一位大哥上来搭讪。

"一块一份。"

"哦，看你可怜兮兮的样子，买一份吧。"他咂咂嘴说。

这是我今天卖出去的第一份报纸，我有一种成功的喜悦。

凭着锲而不舍的劲头，我奋力来到金州广场附近，这时已卖掉了10份报纸，总算减轻了一些负担。这时雾气已散，天空似乎有些晴朗了。广场上，人流如织，夹杂着此起彼伏的音乐声，显得异常热闹。

世间还是善良的人多，在广场边，从凯达照相馆走出来一名胖老板模样的人，笑呵呵地递过一张2元的纸币买报纸，无论怎样也不让我找他钱。接着他附近有十几家商店和公司的老板也不约而同地走出来，都很乐意地买了我的报纸，还和我亲切交谈着，并允诺以后每天都买我的报纸。从此我又多了一批客户，无论我每天来得早或迟，路过那里都有人出来买我的报纸。

随后，我向广场中心走去。刚到广场，一名手拿《华商报》的中年男子，见我就招手示意我过去，说："我已买过今天的报纸了，再买你一份。"

随即又有一名胖胖的男子走过来买了我两份报纸。渐渐地，我周围来了很多人，报纸也很快卖得所剩无几了。当我激动地跟他们鞠躬道谢时，一名眼戴墨镜、衣着华丽的女子，指着附近的两个男子对我说："你靠自己劳动赚钱还那么客气，那两个四肢健全的人，沿街行乞还显得理直气壮似的，根本不说什么感谢的话！"接着大家也七嘴八舌地议论开了，他们谈论这个世道的同时，高度评价了我，都说自己总是爱看报，而且买别人的报纸也是给钱，还不如买我这样的人的报纸，云云。

就这样，尽管拖着病躯，我还是卖完了所有的报纸，并悟出了这样一个道理：做一件事情，无论面对多么大的困难，只要坚持不懈就一定能够成功！

有一天，我途经育才路时，有三家店铺的三个大姐动情地对我说，这一个月以来，她们一直都在观察我，"我们为你坚强的意志和自尊叫好，你一心想靠自己的劳动生存，而不像有些残疾人那样有着依赖的思想。今天我们三个姐姐商量好了，每人拿出100元钱订阅《华商报》，只需你每天给我们送一份报纸来，我们从此再也不买别人的报纸了"。

这种出乎我意料的收获，让我感觉有些受宠若惊。我思忖着：只要我有坚韧的毅力，有在逆境中奋起的信念，有自力更生的勇气，有无比乐观的精神，不管走到哪儿，都会赢得人们的尊重和支持，这是我成长过程中的真切感触。

冥冥中遇到贵人

人生有许多事情是无法预料的。后来我遇上了一个足以改变我人生命运的人，他就是安康市阳光学校的徐兴堂校长。认识他，是我生命中又一个重大的转折。

认识徐校长的情景，虽然过去那么久了，但现在想来仍然历历在目，宛如发生在昨天那样清晰。

那天烟雨迷蒙，淅淅沥沥的小雨从早上一直下个不停。这一天，满街都是打着雨伞匆忙而行的人，摆摊的人很少，买报纸的人就更少了，直到下午两点多，我总共才卖出去了10份报纸，只够两盘蒸面钱。而此时，汗水和着雨水顺着我的脸颊不停地往下流，浑身的衣服已湿透了。不知什么时候，报纸也被水浸泡得没法卖了。看来今天的报纸是没人要了，我只好沮丧地往回走……

"啦啦啦，啦啦啦，我是卖报的小行家，大风大雨里满街跑，走不好滑一跤，满身的泥水惹人笑，饥饿寒冷只有我知道，总有一天光明会来到……"

每当我精神颓废、悲伤的时候，我总习惯根据情节和境遇哼唱类似的歌曲。而此时，我哼唱的是上小学一年级时学来的《卖报歌》。不过，哼唱的情调有些苍凉和低沉，显得有气无力。

正在这时，我突然发现，距我约一丈远的前方，有位壮实的中年男子正若有所思地注视着我。当我从他面前经过时，他笑呵呵地递过一元钱说："我买一份《华商报》。"我彬彬有礼地鞠了一躬，满怀歉意地说："叔叔对不起，今天的报纸被雨淋湿了，请把您的地址留给我，我明天给您送一份好吗？"

他微笑着说："好啊，谢谢你！请问你是哪里人，叫什么名字啊？"

我诚恳地看着他慈祥的面容说："我叫王庭德，是旬阳县铜钱关乡人。"

听到我的回答，他的目光一怔，重新浑身上下仔细打量了我一番，有些惊讶地问道："原来你就是王庭德啊！我叫徐兴堂，是安康市阳光学校的校长。阳光学校是一所培养盲哑孩子的特殊学校，在这所学校工作，使我懂得了要关心和爱护残疾人。我也喜欢看报纸，尤其关注有关残疾人的报道，你的故事我也从报纸上有所了解，并给我留下了深刻的记忆。"

"听说你给铜钱关乡搞宣传，还受到县委宣传部的表彰奖励了，搞得还蛮不错嘛，怎么又卖起报纸来了呢？"

听到徐校长关切的询问，我心里涌起一阵阵难言的酸楚，便一五一十地跟他谈起我现在不能够在乡里写报道的原因，一直和颜悦色的他，脸色随着我的陈述不断变化着，听完我的诉说，他沉默了一会儿，然后安慰我说："没事的，你虽身体孱弱，但面对生活你很坚强，你一定会有所作为的！"

说着不由分说就拉起我的手，走进了附近的一家小饭店，点了四个菜一个汤，我们故友重逢似的，边吃、边喝、边聊，而且谈得很投机。我也没有丝毫的拘谨和忐忑，敞开心扉，只感到相见恨晚。

在交谈的过程中，徐校长告诉我，世界宣明会、省市慈善协会和残联在安康市举办集美容美发、电脑、木工油漆、按摩、修锁配钥匙于一体的残疾人技能培训班，旨在让贫困残疾人学到一技之长，贫困残疾人技能培训基地选在安康市阳光学校。该项目将于2003年正式实施，2002年先招收一批残疾人做试点，吃、住和一切费用全免。徐校长对我说：根据你的身体状况，依靠卖报纸生活很艰苦，要想实现你的理想很遥远，不如借此机遇学习一门技能，以便以后能靠手艺过上安定的生活。

他为我选择了学习电脑技术，而蜗居在偏远深山的我，竟不知电脑为何物，惊奇地问他电脑是什么东西。徐校长又驱车

把我带到他们单位，让我观摩电脑的操作程序，并详尽地给我介绍电脑的种种作用和好处。

原来电脑是用来办公的，它既可以打文件、制表，还可以写作，修改也方便，能协助医生为病人看病，当商店营业员，做银行的会计……在各行各业，电脑家族的成员都能大显身手。于是我对电脑有了初步的了解，也对电脑产生了强烈的好奇心，并幻想着自己有一天能学会电脑、用上电脑。

想想在卖报纸的日子里，我三个月如一日，不管天晴天阴，每天卖完报纸后，勉强回到出租屋，总是像一摊烂泥似的一头栽在床上。

卖报的这三个多月，我的实际行动感动了很多好心人，从而奠定了很好的人缘。若不是我四肢短残，身体的力量扛不起更多报纸，我每天完全可以销售上百份报纸的，但身不由己呀。

那时候，我口渴极了，却连一根雪糕都没舍得买过，直到下午卖完报纸后，回到出租屋里才咕噜噜地一气喝几杯凉水。一日两顿饭，均吃 1 元一盘的蒸面。如此盘算着，一份报纸仅赚 0.2 元，一天赚 10 元，除去每月 200 元的房租，再除去有时阴雨连绵，报纸被雨水淋坏的情况，一个月下来，也只有五六元的积蓄，一年还攒不到100元钱。这样距离我开报刊亭的想法，真是遥遥无期。

想到我即将走进更高的知识殿堂了，内心感到无比激动。我急忙把这激动人心的消息告诉了李大斌等一些特别关注我的文友们。夜深人静，我难以入眠，实在是太兴奋了啊！徐校长的一番话，对我的内心触动很大，我对电脑充满了无限的向往和渴望，脑海中不断地浮现着网络世界的精彩和神奇。现在是信息时代了，网络信息是传播迅速和应用广泛的高科技，没想到从农村来的我也赶上了时代的步伐！

我是一只想飞的小鸟，可是没有广阔的天空；我是一只扬帆待航的船，只是没有广袤的海洋。而徐校长的出现，使我看到新的希望！因为这之前，我在沿街卖报的时候，看到过很多关于招聘打字员的信息。我想，待去阳光学校后，我一定要努力学好办公自动化、网络知识，将来自己拥有一技之长了，不管应聘到哪儿，也比我卖报纸的效果好许多，我再也不用忍受卖报的辛苦了！万万没有想到，我终于"守得云开见月明"，目睹到心中的彩虹了！

人生的道路是坎坷的、漫长的、迷茫的，但也是光明的、宽阔的、美好的。一个人，无论是遭遇挫折、碰到逆境，还是肢体残疾，也依然有自身的价值。不要说为了我们伟大的时代和可爱的祖国，就是为了不虚度此生，为了去获得点滴人生价值，来回报所有的恩人，不管前路再遥远，多舛的命运再苦再难，我也要走下去，一直走到生命的终点。

祝福徐校长和一切有爱心的人们，我虔诚地为你们祈祷——好人一生平安、幸福！

伴随着雨过天晴的清新气息，我与徐校长告别了。他说什么也要强塞给我100元钱，并紧握住我的手说："你那坚强和勇敢的精神深深打动了我，我这一点点心意，算作你来我们学校之前的见面礼吧，也是我们友谊缘起的象征，希望你来我们学校后好好学习电脑专业，将来有所作为，这就是对我最好的回报……"

走出门来，雨后的天空显得那么清新，一道彩虹挂在天上，在阳光的照耀下格外漂亮。是的，阴郁的雨季总归会过去的，当阳光来临的时候，一切都将重新开始，我也将迎着阳光开始新的征程。

第九章　难忘"五笔"情怀

时至今日，已成为五笔打字能手的我，在打字复印店里十分麻利地敲击着一份份材料。其实当初我与打字结缘还挺"意外"的，当我重新翻捡记忆深处的往事时，心里无不欣慰……

初　识

初次参加电脑培训的那天上午，天空没有彰显出光彩夺目的艳丽，而是呈现出时隐时现的浮云，散发出炎夏浓厚的暑气。也正是此时，安康贫困残疾人技能培训基地的朱文慧老师把我领进了微机室，来到第二排窗边的位置示意我坐下，打开那台唯一还空闲着的电脑让我操作。

开着空调的微机房，一股清新凉爽的空气迎面吹来。我随意环顾了四周，看到每个人身边都有一根拐杖，原来到这里学习的都是肢体残疾的青年，他们有的在聚精会神地学习，有的三四人围在电脑旁研讨问题，也有的在大声说笑着，偌大的教室里一阵叽叽喳喳声。

朱老师一边开电脑，一边给我简单介绍电脑开、关机的程序。不一会儿电脑缓缓启动了，显示屏上呈现出各种图标。我好奇地盯着那些清新、悦目的画面一时兴奋、激动得真想跳起来！

她打开金山打字指法练习，教我打字手势以及哪些手指管哪些键位，并指着 A、S、D、F、G、H、J、K、L说，这9个字母键是基本键位，也就是手指的"根据地"，不击键时就放在这9个键上，击键后手指仍放在基本键上。她让我照着桌面上的提示动作进行按键练习，三天之内指法练习必须达到"盲打"的要求。

朱老师转身离去，我左手搭在电脑桌上，右手按着凳子，"嗖"地一下撑到凳子上稳坐下来——因为我身材矮小够不着

座位，从小学一年级开始就练就了这一麻利的动作。一坐稳，我就迫不及待地抽出键盘开始练习指法。

首先寻找的是 A 键，我使劲扬起了左手，身子也随着往左倾斜将小指指向 A 键。紧接着又寻找 B 键，我知道这要运用我的食指了，于是我又低头将整个手脱离了 ASDF，全力配合食指按 B 键。这时突然有人轻拍我的肩膀，我身子猛然一惊，险些从凳子上摔下来。

我赶忙抬头向身后看去，正和朱老师的目光撞到了一起——老师什么时候站在我身后了，我怎么浑然不知呢？

见此情景，朱老师惊讶、动情地说道："你练得挺投入的嘛！但我要提醒你的是，初学打字时千万别养成低头看键的习惯。如若你一贯这样下去，将来就成不了合格的打字员。"

听老师这么一说，我方意识到低头看键盘的严重后果，便强迫自己去接受和适应盲打。我目不转睛地望着显示屏，照例摁着 W、L、E、V、M、I、U 等一个又一个键位。这时老师又说："练习打字要坐姿端正，只需十个指头灵活运动，无须身体东倒西歪，更不能胳膊肘儿和整个手臂挪动。你这样累不累呀？"

我身残臂短，而且有些骨节已脱落挫损，一双蚕蛹似的小手显得软绵而毫无力量，倘若没有整个身体的配合，这样端端正正地坐着，那我的手是怎么也够不着键盘的！一时我不知所措，但又不得不跟老师说明，于是便喊道："朱老师我的手太小了，实在不能把手指扎在基本键上灵活击键。"

朱老师走过来低头瞧了瞧我的手，若有所思地说："你的手指是很短，但打字的第一步就是练习指法，掌握正确的指法是打字最基本的条件，而你这样实在太慢了，将来又怎么能够接受快速的五笔打字呢？"

正在这时，徐校长专程来看望我，关切地问我："练得怎么样？"朱老师忙介绍说："他指头太短了，每按一个键全身都要动不说，手膀子还很费劲儿，我担心他将来跟不上打字的速度。"

"是啊！我们学习的目的就是将来能够养活自己，不管你将来是自己开店还是外出找工作，达不到每分钟打出八九十个字的水平，那是绝对不行的！"

"那天我见他在街上卖报纸确实很艰难，当时我就有意借助这次机会让他学习一技之长，但当时没注意他的手指，怎么会这么短小无力呢？"

"唉！"

……

听了朱老师和徐校长的谈话，我感觉极度失落、惶恐和伤心，我生怕他们不让我在培训基地学习了，一时坐立不安。我虽没有《平凡的世界》中孙少平那健全的体魄，但我跟他一样满怀激情，执着地追求着自己的幸福和理想，有着坚定的信念，对生活也充满着无限的热爱……

"徐校长，我的手掌虽然只有三岁小孩子的大小，完成打字动作很艰难，但只要刻苦努力，我也照样能克服这一障碍的。请相信我，好吗？"

听了我无比急切、诚恳又镇定的解释，徐校长显得有些兴奋，微笑着拍拍我的肩说："哦，是吗？那你好好练吧，好样的，我相信你！"就像当初张大诺老师相信我能写一本动人的好书一样，徐校长的这番话给了我莫大的鼓舞。

说真的，当时看到同学们在键盘上潇洒自如地敲打着，我自愧不如，一颗要强的心确实很难受。可是我又不甘示弱，起先有一段时间，整天就像木偶人一样，反复在键盘上练习敲打。当同学们在教室说笑闲聊的时候，我从不参与，一门心思地闷头练习、练习、再练习。我短小的手指从未接触过这项训练，才开始练习了一个礼拜，手指头就一点也不听使唤了。肩膀以下的每个部位都僵硬、酸痛，指头疼痛得实在害怕去进行摁键练习了，有种招架不住的感觉。每摁一个键我就在电脑桌前趴一会儿，头上不断地滚落着汗珠子，似乎微机房的空调也不起作用了。每当此时，我都会在心里安慰自己：也许因为我的手有缺陷，我练习一样新东西，就需要有一个艰难的适应、接受过程，不过，再难的事情只要练的时间久了就能像常人一样轻松自如的。我唯有坚持练下去，达到正常学员的打字速度，这样我才能拥有和健康人同样的技能，才能成为一名出色的打字员，才能有一碗饭吃。

中午放学的时间到了，同学们一个个走出教室，朱老师说：

"王庭德，你咋不去吃饭呢？我要锁门了，下午两点再练吧。"我说："老师您把门锁了吧，我一点都不饿，我想在里面多练一会儿。"实际上，当时我的肚子已在咕噜噜地叫了，只为能够多有两小时的练习机会，我才说不饿的。

静静的微机房内，唯剩下我在摁着一个键又一个键，除了摁键的响声外，一根针掉在地上都能听见。持续做按键练习，手指僵硬，每按一个键就一阵酸痛，我龇牙咧嘴，头上那豆大的汗珠不停滑落着……我在反复地与不断出现的无奈和绝望作斗争。

像我这样的摁键速度，慢得出奇不说，每摁一个键还必须忍受手指钻心的疼痛，这需要巨大的勇气和坚强的意志。但对知识的渴求和向往，也是为了将来给自己有一个安顿，再苦再难，我也一定要坚持练下去。为此，我在这静静的微机房里为自己定下了目标——必须在下午放学时，力争达到主键区练习不用思考就能自发击键的程度！

相信自己，一切皆有可能！这，就是我长期坚守的信念。

苦　练

这是我来培训基地第9天早上的情景。

朱老师让我们带上笔和本子，给我们讲电脑的作用、发展和起源，Windows98系统的恢复、覆盖安装以及系统的组成和应用等七个方面的基础知识。她那娓娓道来的授课十分精彩，生动传神，犹如一盏明灯，为我这个在知识的汪洋大海中初航的人导航，引领着我通向成功的彼岸。

两个多小时的基础理论课讲授完毕，朱老师又带我们回到微机房，并调出金山打字英文文章说，在学习了计算机系统程序后，接下来的主要任务是练习打英文文章，并要求我们力争达到每分钟 25 个单词的速度，一星期后她还要教我们五笔打字呢！

三天后，眼看同学们的英文打字速度已达到每分钟 15 个单词，我还徘徊在每分钟 5 个，这距老师的要求相差甚远，也

是 30名学员中速度最慢的一个。为了使英文打字速度赶上其他同学，我仍然坚持中午放学不去食堂吃饭，一个人在寂静的微机房内勤学苦练。上课时间，我也从不跟同学搭话，集中精力一心一意练习打英文文章。

"我没有做脊梁的能力，但是我有做脊梁的信念！"名人的格言无疑是一剂良药，给了我坚持的理由，在承受苦痛和失落的同时，我总想多练习一会儿……

时间就这样在紧张而艰难的打字练习中一天天度过，我在忍受着双手打字不力的痛苦煎熬，同时，又为自己的一点点进步而幸福快乐着。

转眼过了三个星期，老师正式教我们五笔字拆分的技巧和方法，着重要求我们时时练习字根，同学们个个都是喜气洋洋的，唯有我呆若木鸡一般望窗兴叹。看着窗外走廊边那排如云似霞、满树烂漫的红色紫薇花，细碎的花瓣让人感觉又柔又美，雨后落英缤纷的样子颇有黛玉葬花般的凄美意境，心想还有更艰苦的挑战在等着我呢。

接下来的练习让我更感无奈。在经过了长达150小时的苦练后，我胳膊肘以下明显红肿，短小笨拙的小指头已麻木、僵硬了，已到了不能自如伸缩与弯曲的地步。在这种情况下，练习字根的难度，自然可想而知了。

短短的指头，就这样不知不觉地长粗了一半，可以说是指缝已无，手指紧贴在一起了。打字时弯不下去指头，我咬牙坚持每摁一个键，就狠狠地把指头往拢勾一下，即使疼痛难忍，也要坚持。不管最后的结局是什么，毕竟我为此尽力付出过了，诚如古人所言："尽吾志者而不能至也，可以无悔矣。"

朱老师说："你手肿成这个样子了，恐怕不敢再练了吧。"可为了我美好的人生理想，我鼓起勇气强装笑颜，说："没事的，我能行。"其实我哪里能行呀！每按一个键位，就像钢针扎心一般疼痛，眼珠子不住地往外凸。朱老师一直在观察我，大约又过了10分钟，她说："你不能这样了，走，我带你到外面打消炎针去。"

就这样，朱老师强行将我抱下凳子，拉我到校门斜对面的小诊所看病打针，又给我买了消炎药。这是我生平第一次吃药打针，显得既紧张又新奇。朱老师看似寡言内敛，但通过这件事，我真正感受到了她善良的一面。

如此的爱，温暖着我，让我怀揣一颗深深的感恩之心，以积极向上的人生态度，增强面对困难和挫折的"免疫力"……

为了不放松学习，努力提高打字速度，下午我又全神贯注地投入到紧张的练习中，非常惭愧的是，我的手指已完全脱离了在A、S、D、F、G、H、J、K、L键的主阵地，每按一个键位，身体都要倾斜。因为只有这样，才能使手指到达按键的方位；还有就是，譬如摁左键，我就用右手臂给左胳膊送劲儿，按右键时我须用左臂给右胳膊肘儿送劲，使其达到所要敲击的键位。就是用如此方法，最终达到摁键的目的。这时的我，顶多摁三下，那锥心的疼痛就使我头冒虚汗，这真是力不从心却又无可奈何，有时尴尬极了，只好又趴一会儿。这就是我克服困难练习五笔打字的一个缩影，一遍又一遍，一遍又一遍，极其狼狈，痛苦不堪。

我已在键盘前经历了数十天的磨炼，整个人都已变得无比虚弱了。胳膊已抬不起来，手指头也越来越像打了麻醉剂一样失去知觉，键盘如同滚烫的烙铁一样，手指每触摸一下键盘，胳膊就疼痛难忍，一遍又一遍地迫使我产生停止练习的念头。

每当我坚持不下去的时候，总在心里不停地、一遍又一遍对自己默默地说：王庭德啊王庭德，你的学习机会实在太难得了，若不以红军二万五千里长征途中翻雪山过草地的毅力和决心来突破自身的缺陷、克服重重困难，把技能学到手，可就辜负了举办贫困残疾人技能培训的那些爱心大使的期望了啊！

周末的午后，同学们都出去逛街了，静静的宿舍里只有我沉默着，看到自己不能动弹的双手，回想生活中遭遇的种种不幸和打击，泪水在眼眶里打转转，忧伤至极。但当想到今天这个来之不易的机会时，我又重新调整自己，让自己振作起来，不向命运和困难低头。于是，望望窗外，接受阳光照射；望一望那蓝天，我的心胸也变得如同蓝天一样宽广明亮；望一望那流云骄阳，我的精神也像雄鹰展翅一样轻松而坚定。

超　越

中午开饭了，这是一个艳阳高照的三伏天，烈焰毫不留情地烘烤着大地，安康贫困残疾人技能培训基地——电脑、木工、油漆、粉刷、裁剪、美容美发、按摩等各个班上的学员纷纷拿着碗筷到食堂打饭了。不难看出，在这群人中，有安装着假肢的瘸子，有双手不停地比划着的聋哑人，当然还有矮小如我，走起路来张牙舞爪、摇摇晃晃的人……每个人的脸上都流淌着汗珠，承受着闷热难耐的酷暑。

小宋同学照例又帮我捎去了碗碟，并打好饭菜送到我面前。

我的手跟开水烫了一样，肿胀得圆鼓鼓、红彤彤的，僵硬得丝毫不能弯曲，自然就不能捏筷子吃饭了。我的下巴颏儿正好与桌沿平齐，我只好用两条手臂抱着饭碗，慢慢将碗倾斜，使碗里的饭溢出碗沿儿，趁势连忙张嘴吞舔往外倒出来的饭菜。由于手臂也疼痛，一触摸到滚烫的饭碗便火烧火燎似的难受，所以每从碗里倒出一口饭，我必须又把手缩回来停歇一下，然后又接着继续吃。

也不知道什么时候，同学们一个个都走光了，铁棚下那宽敞的餐厅里，只剩下我一个人还在一口一口地咀嚼着，每吃两三口，还要用手臂抹去满脸如注的汗水，一不小心汗水就会滴进饭碗里。通常是同学们半小时后就相继离开了，可我却硬要一小时才能吃完碗里的饭。每当这时我就一次次地扪心自问，我这到底是吃饭还是遭罪？

是呀！双手不得力，我无法料理自己的基本生活，每天晚上只有和衣而睡……

一个多月以来，多亏了小宋同学一直帮我打饭，上厕所也是他帮我解裤带，点滴挂完毕了也是他给我拔针头……

小宋的帮助，缘于那天吃早餐，我双臂抱着碗想把碗递进橱窗，可怎么也无法递进去，徐校长发现了，帮我把碗递进去，同时看到我的手肿胀得如同面包一般，不无忧虑地说："你手都肿成这个样子了，连生活都不能自理，又怎么能够学习电脑打字呢？"

徐校长得知我本就不太有力的手臂因为刻苦练习打字而致伤，生活无法自理，但仍坚持练习打字，丝毫没有放松学习，着实很感动，他给予了我高度的评价和赞赏。学校对我的身体健康和生活十分关心，于当天下午就拿出专项资金让我去做康复训练和心理健康治疗，并让我继续打针、吃药，另外还安排小宋同学照顾我的生活起居，因为小宋跟我在一间宿舍，他残疾程度也轻一些，只是一条腿有点问题，平时拄着一个单拐。

小宋同学已照顾我四个多星期了，他也是一个残疾人，我怎么好意思长期让他照顾？我也想通过自我磨砺而成长。于是我婉言谢绝了小宋的帮助，在刻苦练习打字的同时，坚持自己洗衣、吃饭，培养独立生活和自理的能力。经过一段时间的治疗，我的手慢慢地开始消肿了，手指头剥落下来了一层皮……

只要功夫深，铁杵磨成针。

我每天坚持练习两小时的程序操作，下午放学后认真看理论书、背字根表和五笔口诀，其余时间我全部用在紧张的打字练习中，我的手逐渐康复了。后来我在练习 word打字排版的同时，随心所欲地写了一些小文章，还给培训基地写了一些新闻报道，并在《安康日报》刊登出来，得到了培训基地的重视和夸奖，还给予了我优厚的奖励。

转眼四个月的电脑培训就要结束了，在这里我收获了老师和同学们最珍贵的友谊，还认识了校内外的很多人。最值得庆幸的是，我突破了自身残疾的局限，战胜了重重困难，学完了办公自动化知识，掌握了电脑排版技能，学会了注册邮箱、博客、淘宝店，熟悉了网站，每分钟还能打 65字以上。虽然速度还不是很快，但我深深体会到，在追求知识的过程中，我获得了一种前所未有的充实，哪怕结果也许不是最理想的，我也绝不遗憾！因为过程远比结果重要。尤其像我这样手指极短的残疾人，花费了比正常人多许多倍的工夫和心血，经受了无数次挑战与考验，终于也能像正常人一样在键盘上敲打出美丽的文字了。

第十章　期待未来

　　深夜，城市的喧嚣已渐渐消失，我的内心却无法平静，一份激越的情愫在心头汹涌。盛夏的炎热早已远去，阵阵秋风已起。当我伴随着屋外萧瑟的秋风、凄苦的秋雨写下这些文字的时候，我的心中虽没有花落果结的欣慰和满足，但是仍然相信那些点点滴滴的收藏足以诉说我的过去和现在，支撑我饱含激情地期待美好的未来……

在旬阳县残联见习

　　结业了？

　　是啊，结业了。

　　真的结业了吗？

　　是结业了啊！

　　世界宣明会，省、市慈善协会和残联共同举办的安康首届贫困残疾人技能培训——为期四个月的电脑培训班，一转眼就到了结业的时刻了，结业了，该如何是好呢？上天在把微机、网络那博大无边的东西呈现给我的同时，也给了我一些迷惘和困惑。天地之大，何处才是我的容身之所呢？是成是败，如意失意，一切尽在未知中。

曾记得，在那段时间里，我还是非常兴奋的，因为那是我收获最丰的四个月，它为我的人生道路奠定了重要的基础。现在的我，可以自食其力了，可以展开理想的翅膀，实现我的抱负了！

结业典礼的那天下午，市慈善协会熊邦高老会长握着我的手，语重心长地说："王庭德，听说你还有个残疾叔父，对吗？你跟他们求求情，看能否容你暂且先寄居一段时间；你的情况很特殊，我们会酌情考虑的，但得有个过程的。你自己也要通过多方努力去寻找就业渠道……"

我心存感激地揣着技能培训基地发的 100 元路费回到了家乡旬阳，因为没有亲历电脑操作实践，对于找工作的事儿，我也有些不自信。当时我最大的心愿是，先找到一个实习的地方，等我真正具有过硬本领了再去应聘。

于是，我兴致勃勃地来到了旬阳县残联，把我参加培训的事情和所面临的困难向残联领导作了汇报，请求他们帮我找一个实习的地方。旬阳县残联得知这些情况后，积极协调，最后给了我在县残联见习的机会。

在残联见习期间，罗兴喜理事长从家中给我搬来了床，单位给我买了炉子、被子，大家还从家里给我带来了锅、碗等生活用具和日用品，邓昌琼、袁霞两位大姐经常从家里给我拿米面，省残联刘金艳理事长来旬阳检查指导工作时，了解到我身残志坚的情况后，当即掏出200元钱塞给我，并鼓励我在今后的人生路上要坚强自信、奋发有为……

在残联和爱心媒体的大力宣传推介下，我荣幸地应聘到了C公司，开始了不同凡响的新生活。

到C公司求职面试

参加应聘面试的过程中，我既兴奋又害怕，开始心里紧张极了，我不断地告诫自己要放松。可是，到达公司的那一刻，内心还是有些无法平静。

等待，实在是一种煎熬啊！公司负责人正在浏览我的资料，屋里安静得让我觉得压抑，只好静静地坐着，期盼着面试的开始。接下来要发生什么我根本不知道。

终于三分多钟过去了，那个胖胖的负责人看完了我的简历，然后翻了一下我的一摞获奖证书，接着从我在多家报刊上所发表作品的剪辑本中，阅读了其中的三篇文章，他撇撇嘴说："一般的打字员都是女孩子，但你的经历感人，又能写一些文章，我们今天就破格给你一次应聘机会，但我得测试一下你的微机水平。"

"我们经理昨天写了一份材料，一共是六页手稿，你通过

Word的方式输入电脑，然后编排好，用A4纸打印出来。

"另外，我这还有三张附表，要求你用Excel把它制作出来。其中表一、表二用A3纸，表三用A4纸。

"现在是上午10点钟，我要求你在10时40分完成这一切……"

说实话，在那五分多钟内，我一直是十分焦急、哆哆嗦嗦地坐在那儿等候着，双眼睁得圆鼓鼓的，张望着正在看我资料的负责人，充满了期待，犹如等了半个世纪那么漫长，现在总算迎来了我接受面试的时刻，我一时激动万分，慌乱的神经有些茫然不知所措了……

所以，他的话音未落，我就迫不及待地朝旁边的电脑桌奔去，猛往桌上一趴，下巴颏儿险些碰翻了桌面上的键盘。

也难怪了，因为在办公室内，我好不容易熬过了坐立不安、焦急等待的过程，终于在极度紧张中开始了希望的历程，我咋能不喜出望外和激动呢？！

也真是的，所有事物就跟铁面无私的包公一样，你越是激动万分，它就越是事与愿违，一点也不如我所愿。

那把椅子，我半天也爬不上去。当我费了很大的劲儿，刚匍匐上去了半边身子，正准备用手撑着转过来坐上时，没想到一不小心又溜下来了。紧接着，我又赶紧往上爬……

花很大力气倒也勉强爬到椅子上坐下了，但定睛一看，我傻眼了！

一个英文网站占据了整个屏幕，连工具栏也没有。天呐，我该怎么办？我的心急得怦怦乱跳，简直快蹦出嗓子眼了。无奈地冥思苦想了近一分钟，我终于急中生智地想到了按 ctrl和F4键……

哎！真的好难过啊，计算机用着不顺手，文稿的字迹也太潦草，一开始我连题目都认不出来，又急切地拿起文稿凑到眼前瞅了一会儿才勉强看清，是"C公司发展回眸"的字样。

此时我心跳不止，急得头上直冒虚汗，十个指头按键也不听使唤，身体像是开起了小差，浑身像筛糠一样发抖，我确实难以控制我满腔复杂、紧张的情绪，我的真实水平完全没有发挥出来。

这时我隐隐瞥见一个人影进来，也就是我后来的同事芳菲。当时紧张的我来了个"火力侦察"，下意识地朝她斜视了过去，发现她显然也在仔细注视我。

"这个残疾人是来应聘的吗？看样子好紧张哦。"果不其然，她已跟那名负责人说起我了。

"是呀，他无父无母，挺可怜的。但他身残志坚，迄今在报刊上发表了很多文章，还获了不少奖呢！"那名负责人也好像看到了我的窘态，说着便朝我走了过来，拍了拍我的肩膀说："心态放平静一点，千万别紧张哟，时间还早着呢，嘿嘿！"

于是，我又坐正了姿势，抬头凝神屏气地平定了一下心跳，急匆匆又低头投入到打字的状态。

"早在20世纪60年代，美国的心理学家斯坦利·米格兰姆（Stanley Milgram）就提出了六度分隔理论，即最多通过6个人你就能够认识任何一个陌生人。博客这种方式提供了便利，节约了成本，使这个理论更容易成为现实，为拓展自己的人际网络获取更多的机会……"

——第一段文字都还没有打完，我突然又停顿了一下，忙碌中瞄了下电脑右下角的时间。

心想："怎么不知不觉间，时间就过去七分多钟了呢？可我……"

"这些字迹太潦草了，辨认的过程超浪费时间！"

"王庭德啊王庭德，这是一家令你心仪的公司。这一次的应聘测试，也关系到你的前途命运，你只能成功不能失败呀！"

那一刻我惶恐到了极点，时间又太紧迫，所以一时手忙脚乱。但一想到机不可失，就一边默默地为自己打气，一边聚精会神地紧盯文稿内容，急匆匆"啪，啪，啪"地敲击着键盘，心中十分忐忑和拘谨，因为怕一不小心造成误输或漏字，我怕、我怕呀！我怕失去了这次机会，可该怎么办呀！

时间在一分一秒地过去，我在争分夺秒地、紧张地敲着键盘，我的思维就像《骆驼祥子》里的三轮车上的轱辘，不停地运转——根据我曾经在残联打印文件的经验，凡是我所不认识的字，就通过整句，甚至整段话的意思去分析理解，辨别它到底是什么字或什么词，坚持使其和自己的感觉一致，读得通顺才算了事。与此同时，在不知不觉间，我的心有所平静，开始清醒地知道了自己在干什么、该怎么干……

终于要开始打最后一段文字了，我又扫视了一下电脑右下角的时间，10时28分。

虽说打材料已接近尾声了，但还有三张表格未制，我依然不敢有丝毫的松弛和怠慢。惊心动魄中，我再次张口深呼吸，又强自镇定，缓解了一下情绪，赶紧又全神贯注地投入到和时间赛跑的战斗中，激动不已呀！

又是几分钟过去，文字材料终于打完了，我开始设置Word页边距，然后进行文字排版。与给残联打文件一样，先是将文章总标题加大加粗，继而又将副标题加大加粗了一点点，还有下面三个方面内容的小标题，我也相应地用鼠标点"B"加粗……

接下来，我要开始履行制表的操作规程了。

所幸的是，让我打的三张表格都是空白表。我数了又数，其中表一、表二都是17列11行，一看就是横向型的。至于表三嘛，我又数了一下，确定它是 9列17 行，自然要运用页面设置将其设置为纵向了，待我给表格输入进去了文字，构成表体的框架之后，再在设置里选择 A4纸型就是了。总之，这三张表格都还简单，比起我曾在残联打的表格，要简单好多倍呢！

终于，我在战战兢兢、极度紧张中制出了第三张表格。

"哇！原来这台打印机，跟我在残联用的打印机一模一样，正巧是一个型号的：Canon LBP-730。这对于我来说，简直再熟悉不过啦！"

虽说我的情绪高度紧张，但凭着对办公自动化娴熟的基本功，我在无比恐惧和呼吸不畅的双重折磨下，一路过关斩将，总算按照要求完成了这一切。这时我心中窃喜——终于没有丢盔弃甲，没有像一只斗败的公鸡那样灰溜溜地走出来，没有遭到大的尴尬和窘迫，而是完成了使命，品尝到了"凯旋"的滋味。

见我开始打印了，负责人再度走了过来，问我："所有的材料都打好了吗？"

我神情自信而声音却颤抖地说："嗯，好了，好了。"

这时他拿起表格看了看，又开始认真校对起我的另一份"战利品"。我也紧紧地盯着看他检验我"战利品"时的表情，见他脸上时不时露出欣喜的笑容，对我的操作技能表示非常满意，最后又爽朗地笑了，说："嗯，你还挺老练的嘛！打的东西几乎没有错别字，挺不错的哦。""从此，你就是我们公司的文员了。"

结束了！第一次心惊胆战的面试结束了。

至此，我心里的一块石头才落了地。随着默默的一声慨叹，我长舒了一口气，徐徐吐出聚集在胸中的那口闷气，感觉整个世界都在旋转着飞升。我喜极而泣，范进接到喜报时的反应，也不过如此……

就这样，我光荣地成为 A 城 C 公司的文员——那次面试，可真是我人生中又一次不可多得的宝贵经历，让我知道了机会是留给有准备的人的。虽然刚开始时我有点手忙脚乱、六神无主，但我对电脑操作技能、打字等掌握得非常熟练，有平时练就的过硬本领，才使得这次应聘获得成功。

"不经一番寒彻骨，怎得梅花扑鼻香！"

这是我到 C公司应聘面试能够过关的真实写照，事后我一直若有所思地体味、感触着……

因为这一切，都归功于我在贫困残疾人技能培训班上付出的努力；还有在县残联实习时，我也学得很用心很用功，每天除了洗衣做饭外，所有的时间都扑在那台电脑上，练习打字到很晚才睡觉，有不懂的地方，哪怕半夜了还在电脑前捣鼓，直到弄熟练为止——因为自尊心一贯极强的我，所有的难处，都会想方设法通过自己的努力去解决，我要以自己的实际行动告诉别人，我能，我行，我不弱势！

梦想不能丢

我能够应聘成功，其实说白了，也就是 C公司照顾我，同时安排我干的都是我力所能及的工作。我的工作就是在办公室华主任的领导监督下，协助他干好以下七项事务：

1. 接听电话。

2. 负责简单通知、奖罚制度的起草。

3. 档案等文件的整理。

4. 做好经理例会的会议纪要。

5. 负责经理的邮件的转发。

6. 负责传真件的收发工作。

7. 按照公司管理规定，保管使用公章，并对其负责。

以上这些业务，充分发挥了我在电脑操作和写作方面的优势。也就是说，在这里我不仅挣到了工资，还增加了阅历，增长了知识，增强了能力，可谓人生的收获不小。

没有想到，我也终于找到一个施展能力的地方了。"吃水不忘挖井人"，没有 C 公司安排残疾人就业的善举，又怎么会有我这个残疾人的今天呢？

在 C 公司，有华主任的言传身教，在他的真心扶助和指导下，我也很快适应了工作环境。一周下来，我就已经基本进入了工作状态。

周末，周末到了，我在 C 公司工作的头一个周末。我终于无牵挂地睡了个安稳觉，直到早上 8 时才起床，接着打扫卧室和场院内的卫生，然后洗漱、做饭、洗衣服……当我完成这一系列的琐事后，已是下午 1 时 30 分。

这时我随意地翻阅着报纸，却怎么也看不进去，这样的感觉使我神情有些迷糊，更有种说不出的寂寞、空茫，心里闷得慌，一如外面的天空收敛了晴朗一样，只渴望酣畅淋漓地发泄出来……

　　或许一周下来太累了吧，潜在的思维意识告诉我：不能这样死气沉沉地待下去，我应该出去溜达溜达，以逛街的方式来缓解一周的紧张和烦闷，让精神得以适当的调节和放松。

　　这天逛街，我在街上迷迷糊糊地走着，听不见任何声音，看不见任何景物，整个世界好像就只有我一个人，脚下的路似一条漂泊的船，有一种晃悠悠的感觉，眼睛像在酱缸里酱过的萝卜，皱皱巴巴，没精打采的。

　　由于我酷爱写作的缘故，在安康城我也逐渐认识了一些文友。这不，今天出门，没走几步就遇见了刘老师，他热情、关切地招呼我说："咦，王庭德啊，你还在学电脑吗？"

我情不自禁地说："我已经结业了，现在在 C 公司上班呢。今天是周末，正好没事就出来转转……"

"那好啊，你能进 C 公司就已经很不错了！"

"嗯！嗯！嗯！"

不一会儿，又与赵老师、马老师两位作家邂逅了，当得知我进 C 公司的消息，他们也一样很激动地感慨道："那可是一家很有名气的公司哟，你可要好好珍惜呀！"

我依旧是心潮澎湃，连连不住地点头"嗯嗯"应答，当然这种感觉是无比自豪、得意爽朗的。

正是这样的偶遇，使我原本低迷、郁闷的情绪豁然改变，忘却了孤独和不快。我一路高歌返回居室里看书，内心安静而平和，于是，摊开稿纸，抒写我新的"人生"。

从此，打发每个周末的方式就是先出去逛一逛，我多半爱去江边漫步，更爱光顾新华书店或图书馆。

因为，每每去那些地方，总会使我获得一种平静和安稳。

C 公司离江边很近，我经常去江边堤上漫步、散心。当腿脚不支时，我便静静地坐在岸边，望着奔腾的江水滔滔不绝地向前涌流，很快就带给我一种无比清新的气息，感觉自己就像一粒脱壳的麦粒，乘着一股从远方来的风，远离故乡的田野，落进他乡的土地上，猝然获得了一方供灵魂自由栖息的土壤，自然是别有一番滋味在心头了……

工作一天，每到了傍晚时分，我总会若有所思地关起门来，满怀感触地投入爬格子的状态，坚守属于我的那份心境……

发工资的窘境

"步总，今天是王庭德来我们公司一个月试用期满的日子，你对他有何评价？"

"呵呵！我看他表现还不错，按原计划执行，你去给他支付300元钱。"

然后，步总转过身来，笑逐颜开地对我说道："小王，这一个月以来，我们一直都在留意你、考查你，觉得你在电脑操作上也的确具有过硬的本领，而且你也很朴实很勤恳，对工作认真负责的态度令我十分欣慰。以后还希望你一如既往地坚持写报道，多给我们公司搞宣传，从下月起你就拿400元的薪水啦……"

"是呀，我也觉得小王很优秀。"

"对，小王是个好同志啊！"

"小王现在能挣钱了，你真行呐！"

大家亲切的夸奖，给了我莫大的信心和鼓舞，像一粒秋日里的微尘，被温情的阳光抚过，瞬间落定，化为芬芳的泥土，让我这个口齿欠佳之人，激动得不知说什么好……

华主任伴着大家的说笑声走过来，手里攥着红红的人民币，微笑着说："小王，给。"

那一刻，我像注入了强烈的兴奋剂一样百感交集，浑身的血液犹如决堤的水一样，抑制不住地涌动着，甚至兴奋得快要流出眼泪来，手忙脚乱的不知所措，实在掩饰不住此刻激动的心情……

此时，我已全然忘记了这一切——自己是爬上了椅子的，坐正后也是双脚悬空的状态，脚踩在椅档上向前迈步，准备礼节性地去接华主任递来的钱。眼看我就要从椅子上掉落下来，就在这千钧一发的时刻，幸好华主任零距离地站在我面前，他双手紧紧将我抱住，不无担心地说道："哎呀，你慢点咯！"

他手中的 300 元钱，也撒落到了地上。这时步总以及其他 5 名员工，也不约而同地离开了座位，都是一副急切地奔过来保护我的姿态，并惊诧得面面相觑。

"我的妈呀，吓死我啦！"

"若不是我们主任及时把你抱住，你这一跤可摔惨了！"

"幸亏在这节骨眼上，你把他扶住了！"

"可不是吗，真的好悬呐！"

……

华主任也补充道："是呀，刚才那一幕的确很惊险，眼见他就要栽下来了……"

我竟然在这样的场合丢人现眼，简直尴尬得无地自容了，脸红脖子粗的我不住抖动着，而且悚然汗下，后脊背已经有汗流下来了，不是热汗，是冷汗。心率极快，使我动一动就心慌气短，难堪得说不出话来，实在有些受不了。那些翻滚交织的热浪早已哽住了我的咽喉，本就口齿不清的我，嘴巴嗫动了好一会儿,唯唯诺诺地费了好大的劲儿,才勉强说道:"谢……谢,谢……谢……呀!"

这是癸未年十一月一日，C公司第一次给我发工资时所发生的事情，那一刻的情景让我刻骨铭心。

也不知道什么时候，一抹阳光透过窗户射进来，把眼前的办公桌照得亮堂堂的，辉煌了整间屋子……

C公司老总及全体员工对我的认可，使我备受鼓舞，并陶醉于幸福温暖的港湾，感觉梦幻一般，简直不敢相信这是在现实的世界里。此时此刻，我那劳碌而沉重的心，得到了一股清风般的抚慰……

按照 C公司的规定，我在这一个月内，达到了他们的试用要求，现在已是 C公司的员工了！这是我有生以来第一次正式走进公司，第一次做这样力所能及而有意义的工作，第一次有了"辉煌"的前景……

说实话，我是一个从小就遭受冷眼、嘲讽和歧视，一个被人们及伙伴嫌弃而离群的"丑小鸭"，也曾在屡遭苦难、孤寂、绝望、蔑视而承受不住时想到了死。但最终在好心人的帮扶下有了转机，又在生命的痛苦磨难中，顽强地活了下来。

命运给了我缺陷，但C公司在我充满艰辛和困难的征途中，为我的苦难找到了一个出口，从而使我走出了大山。来到 C 公司所在的大城市工作，融化了我人生冰封的河流，成为我人生路上最美的花朵，芬芳嫣然。

"终于有一个地方肯接纳我了，能让乡亲们对我另眼相待了！"这是苦难岁月中的亮点，这是 C 公司实施的最纯真的善举，接连两个多礼拜，我一直不停地念叨着这句话，实在掩饰不住内心的喜悦。晚上总是激动得睡不着觉，冥冥中我仿佛感觉到理想的轮船也正在起航！真的，这么多年来，经历了那么多流离失所的艰苦生活，如今总算熬出了头，有了固定的工作和住所，有了赖以生存和实现理想的资本，这预示着我的人生轨迹将步入一个辉煌的星空。

美好的生活

生活就像一个即将临盆的孕妇，虽然步履蹒跚却充满着新的希望。第二个月，C 公司真的给我长了一级工资，而且还是提前 20 天发放的。

老总拍拍我的肩膀说："今天我们提前给你发工资，中午你去买两套衣服，打扮入时一点儿，这是一个形象的问题。总之你要好好干，以后还有涨工资的机会……"

是呀，爱美之心人皆有之。更何况，现在早已进入冬季了，别人都穿着厚厚的棉衣，可我还穿着单薄、破烂的衣服，尽管是晴朗的早冬，也照样有着一份咄咄逼人的寒气，昼夜的温差也大。每当凛冽的寒风吹来，我都会浑身打冷战。离开残联时，他们给我的 200 元钱，只能每天勉强买两顿简单的饭吃，也不能有其他奢望。

其实，上个月C公司给我试用期的300元钱时，我就想给自己买件体面的衣服，想把自己打扮得入时一点儿……可是，当时睡无完被，生活起居也更是毫无着落。于是我添置了被子、锅碗灶具，以及粮油等生活必需品，从而致使买衣服的愿望落空，只期盼着这个月飞快地流逝，好用本月的工资来买几件衣裳。但万万没想到，C公司居然提前给我发了工资，他们想得可真周到，我感动得差点上去拥抱他们！

当时，我紧紧攥着那四张崭新的百元大钞，犹如智力障碍者似的蠢蠢欲动，任由心海波澜壮阔、起伏不定，仿佛身体里有团火在肆意燃烧，仿佛要把五脏六腑整个翻过来一样，我想尽量让自己平静下来，可无论如何都无法做到，思想感情的潮水还在汹涌澎湃着……

上苍可知道，我生活在深山老林里，从小就没有父母的关爱和呵护。我在许多人眼里就是个"废人"，根本就得不到他们的尊重。在世俗的观念中，我是个只会吃饭，而对其余的一切都不懂不想的"傻子"，很多人看我时总是用那种轻蔑、厌烦，甚至不屑一顾的目光。

曾记得，当我不间断地在村小学教室外的窗台下偷听教师讲课，从而感动校方，好心的校长恩准我免费上学时，一名姓杨的乡亲说："真不明白，这样的人为什么还那么想要上学？！"

一次村上放电影，村干部见我就说："你也看不懂电影，还不如在家好好待着……"

比较以往遭遇的种种歧视和打击，我现在的生活可谓发生了翻天覆地的变化。

今天这400元工资，是我在C公司那个施展才能的舞台上，带着无比光荣的使命，用勤奋的工作换来的劳动成果。我捧着它，有种从未体验过的欣慰和满足。

这是改革开放的 2003年，我像从一部无声黑白影片中忽然来到了彩色时代。我发现比起在乡里写报道，在西安流浪、给人洗碗，以及在城里卖报的那些经历，如今的生活真是绚丽而优越、神圣而伟大。我深切地感觉到，只要我全身心地投入工作，思想的火种也随之熊熊燃烧起来，人生就像芝麻开花，不断地在向高、向远延伸……

我要把这里作为我走向成功的第一步，我坚信随着公司的发展，一定能实现我的价值！

这件事都过去半个多月了，可我的心仍激动不已，每晚在睡梦中都笑醒了，情绪澎湃不已，实在是太幸福、太高兴了！

在我许多年来坚强不屈的摸爬滚打中，一直期盼着通过自己不懈的努力，能够自食其力，不成为社会和家人的负担。如今我做到了，现在的我不仅不是社会的累赘，而且能为社会作出自己的一点贡献，挣到了工资，有能力买时髦的衣服，可以让人正眼瞧了……

就在当天中午，公司刚一下班，我连饭都没顾上吃，就赶紧到服装店去买衣裳。我跟六七岁的小孩一般高，但身体却比小孩的粗得多。我一连去了好几家商店，也没能买到适合我穿的衣服——不是长，就是短，有的长短适宜，却又太瘦了，我一概都穿不上身。在我不知所措时，一个时装店里的阿姨看了看我说："像你这样的身材，时装店是不可能买到合身的衣服的，唯有去缝纫店定做才成。"

"对呀！我们公司斜对门就有家缝纫店，我怎么就没有想到呢？"

于是，我准备前往夕阳红缝纫店，可我早已满头大汗，双腿感觉就像被注了铅似的，每迈一步都是那么的吃力，腿脚酸痛得实在走不了路了，只好静静地蹲在商店门前，看着川流不息的街面……

这一蹲，我似乎站不起来了。为了尽快定做衣服，不耽误返回去上班，我赶忙爬起来，平生第一次奢侈了一回——乘出租车。

在夕阳红缝纫店下车后，我恨不得三步并为两步，十万火急地朝店内奔赴……

走进店铺，我气喘吁吁地说道："我……我……来……做两……套……衣服。"

"呵呵！过来，坐下慢慢说，别急！"店主递给我一个小凳子，热忱地与我搭讪起来……

当她听明白了我的来意后，麻利地为我量尺寸，并选好了布料，随即又熟练地写了张收据递过来说："你给我交 120元钱，过 5天来取衣服。"

……

我对新衣服太渴望了。为了能尽快穿上新衣服，我迫不及待。耐着性子挨过了一天，第二天公司刚一下班，我忍不住等待的煎熬，急匆匆地到夕阳红缝纫店去看个究竟。不承想，得到的却是店老板的数落："我不是说了叫你过 5天来取吗，怎么今天就来了呢？"

她的话，像麦芒一样，刺得我好难堪！

那种煎熬，那种漫长的等待就像藤条一样缠缠绕绕，总让人欲罢不能。除了工作之外，我是"捻断千根须，彻夜不得眠"，睡觉也在想，吃饭吃不香，时刻牵挂着我那两套未曾见过也从未穿过的新衣裳啊！

在苦苦的期盼中，终于度日如年般地又熬过了 4天。这天正好是周末，我早上天没亮就去夕阳红缝纫店门外等待了。可都已经8点了，还不见开门营业，真是急死我了！念及曹操，曹操就到了，不一会儿，夕阳红店铺的老板出现在我的面前，她边开门边打量着我说："我给你做的可是两套高级西服哟！"

"看你身上的衣服，里里外外的穿着都很破旧，你再到隔壁服装店买两套羊毛秋衣，再弄两双鞋袜搭配一下……"

真是一语惊醒梦中人，取出衣服我又亢奋地朝裁缝店旁的商店走去……

最终我花去了80余元，买了两套厚厚的、有弹性的羊毛衫，还有内衣及鞋袜。

抱着这些东西，我的兴奋程度无法形容，不知哪来的这么大的精神，我不顾一切地一路飞奔，向公司的方向跑去，因为我急切地想要尽快回到卧室更换新装。

我慌慌张张地回到寝室后，"哐"地关上门，急切地往钢丝床上爬——我两手撑着床铺，也忘记了侧身试探了多少次，右脚才勉强跷起来架到床沿上，而后又慢慢朝上移。欣喜地一爬上去，就快速坐起来，迅速却小心地用手一件一件脱去破旧的衣裤，接着又慢慢套上新的衣服。大约10分钟后，我终于换上了新衣、新鞋，侧身翻到地上。你们可能不知道，穿上一划新，在我有生以来，可是第一次。穿着这里里外外都崭新的衣服和鞋袜，一股无比兴奋的喜悦之情喷涌而出，迅速扩展到全身的每一寸肌肤……真是焕然一新了，当然，这种感觉是焕然一新的，又惊又喜！

顷刻间，我两手紧拽床沿，不停地"哇哇"直叫，狂蹦乱跳起来……

我像走进了一个快乐王国，欣喜若狂，狂喜得缓不过神来……

就这样不知不觉间，鬼使神差地来到了喧嚣的街面上。走在热闹的大街上，我心旷神怡，欢呼雀跃起来。这是超常激动所致，使得我忘乎所以，口里还哼起了小曲，只听见后面一片哗然："你看，那个小矮人儿犯神经了！"

这是一种从未有过的超凡脱俗之感，激动的心情无法用语言来形容，自然也毫不顾忌旁人的不解和嘲笑，只觉得满街的人都在用异样的眼光看我，使我更加洋洋得意，激动的神情不断高涨，我深深地感受到，打扮入时的气质竟是那么神圣和高贵。

在街面上，我也忘记了自己腿脚不便，走起路来十分作难，而一点点潜在的意识，让我朦朦胧胧地感觉到，一路上，我张牙舞爪地横冲直撞着，深一脚浅一脚、一瘸一拐漫无目的地走着；有时又觉得，我形似孙悟空站在了筋斗云上，有腾云驾雾般的畅达、雄壮、神气，我每每这样走几步，就会无比自豪地自我欣赏一番，看我浑身上下崭新的衣服和鞋袜，是那么的光彩艳丽，夺人眼目。

满怀激昂的情绪，感觉头脑此时就像气球一样无限地膨胀。后来，也不知自己是以怎样的姿势跌跌撞撞沿路返回去的，只是隐约记得，一辆客货两用车突然"哐当"一下劫匪一般横在我面前，紧急刹车的帅气小伙子愤怒地吼道："你怎么走路的，眼窝瞎了？要不是看你是个残疾人，我恨不得给你几耳光！"

记得之后还有两辆公共汽车和一辆小轿车，也是险些跟我相撞，但我均没有感到害怕，只是恍惚的神情中，一点点清醒的意识，让我徘徊着闪避开了。这种陷入心花怒放的境界，实在难以自拔，即刻又神采飞扬、狠命地狂奔、游走……

不知是新衣服本身太保暖了，还是我极度兴奋的狂喜所致，才走了不到三百米远的路程，我浑身就起了热浪，一阵一阵涌上来，汗珠如雨，嘴里钻进了咸咸的味道。

也不知道我是什么时间、以怎样的方式返回的。

"嘿，小王把新衣裳都穿起来了哇！"

"昨天去取的吗？"

"小王虽然体形矮小，但穿上新衣服，从面部看来，还是挺帅气的哦！"

……

第二天上班，大家见我穿着新衣服，又都议论起来，使本就激情难消的我，又是一阵更加热烈的狂喜。整个上午，我都很难静下心来干活儿……

中午下班后，我来到寝室，没有像往常一样去煮饭，也没有丝毫的饿意，一颗狂热、亢奋的心，怎么也平静不下来。

不知过了多久，我默默地仰面望着高高的天花板，禁不住泪流满面。我不是感叹自己的命苦，而是为自己高兴，终于在熬了 20 多年最艰难的日子后，脱离了非人般的生活，有了体面的工作，可以挣钱了……

这一切，就像星星长挂在无边的夜空彻夜闪烁一样，我因不可抑制的喜悦，夜里十多次从睡梦中惊醒。

除给自己添了新衣服外，为使这笔珍贵的血汗钱用得其所，我又去邮局给妹妹寄了100元，妹妹赡养了母亲，接替了我应该承担的责任。如今我通过自己的努力，初次换来了对我来说不菲的劳动果实，我也想要孝敬母亲，这是我应该做的事情！

另外，我热爱读书，又去新华书店选购了一本我早就想要的书籍《钢铁是怎样炼成的》。也正是这本书，伴随我度过了后来失业后那段黑色的人生之旅。

一个晴朗的午后，我趴在微机室的窗口，向久违了的街头张望，微凉的风隐约携带着一股幽兰的香气，从敞开的窗户徐徐吹来。我深吸一口气，那空气仿佛是一杯甜香冷饮，滋润着我炽热的肺叶。不远处一家店铺传来歌声："青春的花开花谢 / 让我疲惫却不后悔 / 四季的雨飞雪飞 / 让我心醉却不堪憔悴 / 轻轻的风轻轻的梦 / 轻轻的晨晨昏昏 / 淡淡的风淡淡的泪 / 淡淡的年年岁岁……"这歌声，像一只小手，一下一下抚平我皱皱褶褶的心……

这时，我看见一名沿街爬行乞讨的残疾人，当时竟没有一个人给他施舍。眼前这一幕情景，使我的心里涌起一阵阵莫名的酸楚，同时又深深地感受到自己是多么的幸运……

我愿从小事做起，从现在做起，虚心尽责，勤奋工作，全心全意为公司效劳，以我坚韧不拔、百折不挠的信念，认认真真、兢兢业业地工作，再苦再累也不在乎。我决定用实际行动来感谢领导对我的关心和重托，把我力所能及的一切工作做到百分之百的完美，在实践中不断学习，发挥自己的主动性、创造性，竭力为公司的发展添一份光彩，决不辜负领导对我的期望。

妹妹接替了本该由我赡养母亲的义务和责任，远嫁湖北沟深峡长的地方，可谓是荒山野岭，其经济状况可想而知。我曾多少次地深思着，要在一年之内，待我在这里站住脚了，在 C 公司附近租一间房子，把母亲也接过来居住。即使不成，我也要按月给妹妹寄钱过去，以尽我绵薄的孝心……

痛并快乐着

在《悲惨世界》中，小女孩儿珂赛特夜晚到林中去拎水时，第一次遇到了冉·阿让，冉·阿让说："我的孩子，你提的这东西，对你来说，太重了一点儿吧。"于是替她拎着那桶水……

书中接着写道："那人走得相当快。珂赛特却也不难跟上他。她已经不再感到累了。她不时抬起眼睛，望着那人，显出一种无可言喻的宁静和信赖的神情，使她感到心里有种东西，仿佛是飞向天空的希望和欢乐……"

时至今口，当我捧读这本书的时候，脑海中不时浮现在 C 公司时的情景，觉得珂赛特当时的心情，就跟我曾经在 C 公司时的情境相似。像我这种贫困、残疾的男孩儿，居然能够走出大山，来到城里这家大公司就业，深怀感恩的心，我在 C公司的点点滴滴，仿佛就是珂赛特这个故事的翻版。

那是我来C公司第三天下午，18时公司下班，临走时步总对办公室负责人说："把大门钥匙给王庭德留下，以后我们下班走了，就让王庭德负责锁门吧。"

"行，我这就给他卸钥匙。"华主任说。

"你可得把钥匙带好哟，记得进出把门锁上，别带陌生人进来。"经理再次强调。

"嗯，我会负责任的。"我不容置疑地说。

C公司是一栋三层的楼房，门前是一条宽阔的大街，走进公司的大门，首先映入眼帘的是另一家公司的后檐墙，中间是一个长26米、宽10余米的停车场，靠街是一道铁栅门。也就是说，每次大家下班之后，我也是可以自由出入的。在公司院内除了能听到外面车流的鸣笛声以及街上行人的说话声外，这里就是我一个人的世界……

公司的车刚一开出大门，我就赶忙去合拢铁栅门上锁，在返回居室的途中，看到走廊及走廊的铁栏杆上有许多灰尘，于是我想，我该为C公司做点力所能及的事。于是我又转过身，到卫生间取出拖把，又丢进水池里接水浸洗了拖地。

这是一个大大的布扎拖把，在水池泡涨后，感觉足有10余斤。对于我这样弱不禁风的小矮人来说，勉强提起它，感觉犹如驮了三四十斤重的行李……

记得平时，我双手并用的情况下，拿10斤重的东西都很费劲儿，更何况我此时手拿水淋淋的大拖把呢？

尽管C公司没有安排我打扫这里的卫生，但他们能够安排我这样的残疾人就业，我为公司做点事也是应该的。

虽说残疾人是社会的弱势群体，但我却是一个相信真情可以把沙漠染绿的人，处处细心行事，哪怕能为 C公司多做一点点事情，我也心甘情愿！

C公司的水池，位于东头厕所旁的楼道拐角处，我把拖把浸湿，然后又提起来使劲拧几下，再费力登上七阶楼梯，又吃力地向走廊西边狂奔，三番五次地来回奔跑，从西头拖到东头的水池边时，我已气喘吁吁，说不出话来，像要晕倒似的，但内心却十分高兴，流露出了胜利的喜悦。稍作歇息，我又开始跟孱弱的身躯作斗争，继续投入到了拖走廊的工作中。

嗨——呀嗨，嗨——呀嗨……

我双手握住拖把，像只大虾一样拽着几乎不可胜任的重荷，在极端困难中行进。不一会儿，气力减弱，动作迟缓，热汗聚集。我背上的衣衫也湿透了，很黏地贴着身体。也不知道这样拖了多久，我头上好像被水泼了一样，汗水顺着脸颊滑落下来，落在地板砖上，又被我的脚踏过，我脚步极慢地后移着：一寸、二寸，一寸、二寸……

我握拖把的双手，感到力量微弱到了极点，似乎拖把也越来越重，我越来越拖不动了，好似有什么东西使劲拽着。我只能"嗨——呀嗨，嗨——嗨呀"喊着拖几下，然后再挪步后移一下，再使劲拖几下，再后退一下……

直到精疲力竭，确实一点都挪不动了，我只好顺势拽着拖把蹲下来，稍作片刻的歇息后，我又双手紧拽拖把，像是在水面上撑竹排一样，背靠铁栏慢慢扶着拖把使劲撑着往起站，继续坚持拖地。

渐渐地，拖把上的水分明显减少了，这样下去是拖不干净地板的。我只好转过身来，拎着拖把向水池的方向奔去！又过了好一会儿，来到刚才拖过的地方，如此反复。

嗨——嗨呀，嗨——嗨呀！

嗨——嗨呀！

嗨——嗨呀！

一寸、二寸！

一寸、二寸！

……

"我……终……于……拖……完……了。"气喘吁吁，我如释重负地喊出声来！

最终，我把二楼和三楼的走廊全部都拖得干干净净的！总共有 300 多米长的地板。

这时已是晚上 10 时了，四周已相对静了些许。站在三楼的楼廊，我凭栏远眺，似乎所有的事物都流露出一点缥缈。仰望苍穹，有几颗星辰早已开始展露笑靥，一缕飘逸的风似乎将我吹起，吹得好远，好远……

衣服贴在身上，黏黏的很难受，连天的哈欠，把我拉回现实，捋起裤管，这才发现，整个小腿都肿胀了起来……

黎明 5 时，当我在酣睡中隐约听见街上清洁工"哗啦，哗啦"的扫地声，猛然惊醒，第一反应就是走廊的铁栏杆还没擦呢！于是，我赶紧睁开惺忪的眼睛，急忙坐起来，朦朦胧胧感到身体还很酸痛，但我仍然开始穿衣、起床……

8点公司上班了，当大家看到走廊栅栏擦得光亮，地板拖得一尘不染时，我想象或期待着大家那动情的话语："自从王庭德来到我们公司之后，每天早上来公司上班都能感受到焕然一新的气息。"这是对我感恩举动的慰藉，我能从中获得自强自尊的认可和鼓励。

这天，一名记者到C公司采访我，询问我们步经理："小王在你们这儿干得怎么样啊？"

"很不错的！小王工作很认真，也很勤快，每天坚持把室内外打扫得干干净净的。"

"是的，小王是个懂得感恩的人。"

"在这里，我们谁也没有看轻他。"

……

大大的办公室里，大家各抒己见，争相发表对我的美好印象。那名记者又转过身来，握住我的手说："C公司的人对你的评价很高，他们都说你能干，我也更加敬佩你了。"

　　然而我明白，就拖地这件事而言，对于正常人来说，也许是小菜一碟。人们所看到的，只是我勤劳的一面，殊不知为此我付出了比别人多得多的努力。

　　我在为 C 公司做这件分外之事的过程中，付出了常人难以想象的艰辛。为了这份宝贵的工作，我不仅要适应常人能做的工作，我更懂得感恩和回报，做自己力所能及的事情，得到别人的认可、理解，融入健康人的生活，从而获得真正的快乐！

　　"人过留名，雁过留声，多少平凡已成不朽。"我不期待自己"不朽"，我只期望自己能和正常人一样，有共同的、没有差别的人格！

天有不测风云

　　转眼间，我来 C 公司已 85 天了。这天上午，我像往常一样工作着忙活着……

　　近三个月以来，我满怀激情地工作着，心里不时泛出阵阵甜蜜。我沉浸在喜悦里，根本没想到，这一天，我的命运将面临一个意想不到的转折。

　　最近，公司的几位女士都出差了，上午依旧是我跟华主任两人上班，办公室里比平日冷清了许多，我和华主任正在装订档案，这时听到门外有脚步声，我循声望去，只见步总表情威严地走了进来，后面跟着一个 20 来岁、面目清秀的女孩。就在那一刹那，我跟步总的目光触电般地对视了一下，步总一边朝屋里走一边喊道："小华，这个女孩是来应聘的，具体事宜你给安排一下。"

接着他又庄严地对我宣判道："王庭德，你的体质只适合在办公室里打字、接发传真、整理文件，而不适合干其他业务。经过慎重考虑，我准备让这名女孩来接替你。"

"说实话，解雇你，我还真有点舍不得呢，但毕竟你是重度残疾人！"

……

步总的一席话，字字如箭，针针见血。对我而言，真是晴天霹雳，如同五雷贯耳一般，心里咯噔一下，脑子顿时一片空白。这样的宣判来得太突然了。我实在不敢相信自己的耳朵，我不敢相信这就是事实。我的心情，是那样阴沉、寒冷，被无情的西北风翻卷着。

春风得意的日子，是如此的短暂！我的心里火辣辣地莫名剧痛着。

我纹丝不动、呆滞在办公桌前，眼睁睁地愣在那里，理想像肥皂泡一样破灭消失了……我似乎觉得自己沉重的面孔犹如被困了一个冬天的地瓜，面无表情。但我仍旧没说一句话。紧接着，掩饰不住内心无助和委屈的泪水泉涌般流下来，顺着脸颊"簌簌"滚落……

我为自己前途命运的又一次变故而掉泪，为失去这舍不得的工作而伤心，这真是：天有不测风云，人有旦夕祸福。

步总见我伤心落泪，连忙微笑着安慰我说："小王呀，留得青山在，不怕没柴烧！"

"你既聪明又实在，凭你现在精湛的手艺，何愁找不到好工作呢？"

"哦，对了，这个月你干了25天，但我们还是按一个月给你开工资。"

步总的声音，就像配备了扩音器一样，显得特别扎耳，我感到失去了依托，仿佛被一种恐惧紧紧攥住了，不停地摇手，踢腿，身体打着激灵，情绪惶恐，像一个失去支撑的木偶，几乎要倒下……

第一次感受到失业的滋味，在没有任何退路的情况下被迫离开，仿佛还没有做好游泳准备的人，却忽然被人一脚端下了水。未曾有过任何征兆，一点思想准备都没有，我又要开始流离失所的生活了……

我是极不愿意承认失败的人，尽管此事让我有一种无力回天、极为沮丧的挫败感，当时我也很想长叹一声，透出一口轻松的气息，但不能哀叹！绝不能在他人面前示弱！我及时提醒了自己。我硬是把一声叹息卡在喉管里，生生地吞咽了下去！我感觉自己有些站立不稳了，不知是自己在摇晃，还是别人在摇晃。我稳了稳神，怕自己站立不住，急促地强令自己不要倒下。倒下就是失败！

虽说人生的第一份工作失去得很突然，但它之前来得也太顺利了，以致让我忽略了现实中的艰难。

当时，涉世未深的我，自以为还像当初进C公司一样，只要你努力表现、埋头工作、吃苦耐劳，就一定能赢得大家的好评和公司的认可，我想得多么简单，太幼稚了。

一瞬间，我的脑子突然高傲地意识到，我这样窝囊、徒劳地在此蹉跎时光，也太没出息啦！既然希望之星已经陨落，我也应该罢手，这其实就是现在求职中的一个普遍的现象。在一个单位或是公司，如果确实不能继续留用了，与其呆若木鸡地傻傻悲伤，还不如另找工作去！反正我现在有了技术，不管在哪干都一样，干吗非要待在C公司。

天无绝人之路！人生在世，也从来就不会一帆风顺。

话又说回来，C公司现在招聘的这名女孩，人家没有丝毫的残缺，她来了能为C公司做更多的事情，C公司用她也是情理之中的事。我能够在C公司工作三个多月时间，就已经很荣幸了。这里的一切，无不给我留下了美丽的回忆。我心里曾有的那种自豪感是无法用语言来表达的，而且会永远清晰地浮现在心头。此时与其怨天尤人，黯然神伤，不如心怀感恩，扬帆起航。此可谓：牢骚太盛防断肠，风物长宜放眼量。

不过，人年轻时，不经历一些曲折和起伏，青春也会少了些许光彩。

在人生的旅途中，待人接物要量力而行、适可而止，不然会害人害己!

于是我坦然地来到卧室收拾东西,准备走人。由于身体的原因,我在C公司新置的铁锅、衣被、饭碗等生活日用品,是无法带走了,只选择了带走心爱的书籍,还有我曾发表的文章的剪辑本、日记本和获奖证书……

就这样单枪匹马的也好,"赤条条,来去无牵挂"嘛!

悄悄的我走了,

正如我悄悄的来;

我挥一挥衣袖,

不带走一片云彩。

我背起行囊,准备毫不犹豫地离开。可当我路过办公室门口时,却不由自主地走进了微机房,十分眷恋地看了看我工作的地方,仍是不可名状的伤感,泪水再次止不住地流淌下来……

紧接着,我头也不回地走了出去!

我孤身翱翔,是幸福?是惆怅?是坚定?是彷徨?我来不及思考,可我坚信不会再流泪……

天空不留下鸟的痕迹,但我已飞过。

我有我的远方,总被烟雨笼罩,总是诗意万象:

有过绚烂

有过落寞

属于自己的生命色彩

总让人难以捉摸

泥泞遍布的漫漫人生路上

没有可能停止颠簸

只能牢牢把握自己

从风风雨雨中艰难走过

梦在长天野地

挣扎？狂奔？呐喊——

是冬天

就让雪花飘落

在绝望中挣扎

人生无常，生活的下一时刻从来都是无规则的，可以偶然间闯入异境，也可以偶然间误入迷途……

当时，我坚决地走出公司大门，离开这个已经与我无关的地方。走在街上，一切是同样的陌生。盯着皑皑白雪，目瞪口呆——只见整个城市被打扮得毛茸茸的，大地银装素裹，所有的道路都被冰雪覆盖着，车辆行驶在那洁白的绒毛上，车轮碾出一条条黑色的印痕，好像谁家的孩子用蘸满墨汁的毛笔随意画下的线条，七歪八扭的……

我犹如森林里游荡的孤魂，飘飘忽忽，不知道何去何从，在雪地里不知所措地站立着，站立着，头脑一片空白。

也不知道这样站立了多久。不知不觉间双腿不听使唤地软了下来，一屁股滑坐在雪地上。我干脆顺其自然地席地而坐……一任冰凉的地面拥抱我，一任寒风刺骨狂袭，一任雪花飘落盖满身。

人在意志消沉的时候最容易迷失自己。就在皑皑白雪中解脱和小憩吧！这是天马行空、无牵无绊的不羁人生。任脱缰的骏马在原野上纵情驰骋……

我一下子成为这条街上的焦点。

"妈妈，你看那个小矮人坐在地上了。"

"快走，他脏兮兮的样子，恶心死了！"

"这孩子，如此天寒地冻地坐在湿漉漉的雪地里，咋不嫌冷呢？"

路人的不解和纷纷扬扬的议论声，把我从幻境中拉回到现实，我顿时清醒过来，内心梦想的激情一下被浇灭了。

或许这一幕看着让人揪心吧，霎时间，我的身边也聚集了一些围观询问的好心人，他们关切地过来帮忙。

"你是不是站不起来呀？我扶你起来好不好？"一位看上去大约 40 岁的男子走到我面前亲切地说。

"没……没事，我能……站起来的。"

直到此时，我才感觉到，浑身已冻得不住地发抖，实在招架不住了，随即我就势翻了一个身，胸膛匍匐于地，然后用四肢慢慢撑着往起爬，有位女士怕我爬不起来，赶忙拉住了我的手。

我站立起来了，开始极其缓慢地挪步前行，围拢的人们才逐渐地散开。

可实际上，站起来后，我的双脚陀螺似的摇摆不定，酸痛得要命呀！我狠狠往前奔走几步，就用两手扶在大腿上，以缓解腿脚的艰难不支。

正在这时，我抬起头来，看到了 J 公司的门牌，心头掠过一点点欲望。因为早在两个星期前，我就听说 J 公司也在招聘打字员，而且 J 公司的领导和员工也经常到 C 公司来玩，他们对我的情况有所了解。有一次，J 公司的领导在看我打字的时候，还欣赏地夸赞过我，说："真没看出，你打字还蛮快的呢，好样的！"

于是我抱着试试看的想法，挪动着碎步急切地往 J 公司奔去……

可是不凑巧，那天 J 公司的领导不在，据公司一位部门负责人说，他们在一个礼拜前就已经招到人了。

接待我的是一名英俊帅气的年轻小伙子。他一见我就说："呵呵，C 公司的文秘来了！请问你今天到我们这里来，有什么事吗？"

当得知了我的情况后，他诚恳地说："你在 C 公司表现很好，若不是我们刚刚招到人，今天你来了我们肯定会考虑你的。只是，今天你裤子浸水了，湿漉漉的我也不好让你坐，真有些对不住你。像你这种情况，我估计，找工作也不是一件容易的事，还不如先回去，这样起码还有父母照顾你。"

"走，我帮你拦个出租车，你到车站坐车回家吧。"

他说着，就拉起我的手往出走了……

他哪里知道我腿脚的残疾！我的脚掌着不了地，每挪一步，都是晃晃悠悠。在这样的情形下，他使劲提着我的手，紧紧地拽着奋力前行，我的左手感觉快被他扯掉了一样，疼痛得要命，身子蜷缩成了一个球形，就这样，被强行拖了出来，在街道路边等候出租车。

顷刻间，记忆出现了断裂，原来应该是最清晰的东西，此刻变得模糊不清，我感觉自己就像一片落叶在天空中飘零，在翻动的风中冲撞，犹如在时间的隧道里突然断电，我被拽着走在一长段一长段黑暗的真空里……

我怎么能回家去呢？我的生活只能靠我自己，哪里还能有什么父母照顾？

三个星期前，我回家乡办事，穿着一套稍体面的西服，脸上流露着幸福的光芒，看见村里的小刘，便爽朗地微笑着跟他打招呼，然而他不屑和我搭讪："哇！你穿的是一套新衣服呀！感觉你现在精神多了哦！在哪里发财哩？"

"我现在有工作了咯！"这是第一次，我以扬眉吐气的口吻，得意、自豪、爽朗地跟人说话。

"什么，你说你找到工作了？这是真的吗？"

"那当然了，我什么时候说过假话呀！"

"那你还是厉害，现在终于熬出来了，咸鱼也会翻身啊！"

我在C公司就业的事儿，就像长了翅膀似的，当天就在村里传开了，邻组的小陈、小胡、小崔等一些刚刚步入社会的待业青年，无不羡慕地嗟叹道："没看出你这样的人，却比我们都混得好。"

可是，现在我回去，他们又会怎样说呢，我会很惨……

"你个鸡巴残疾人，还看什么报纸呢？"

"你咋不去民政局要钱呢？"

"是啊，你这样的人，还讲个什么面子，他们不给你钱，你就赖在那儿莫走了。"

"歪歪，你要是把那个女子谈成了，我也可以叫黄河的水倒流。"

"他要是把那个女娃子说定了，我送他一座10层楼房。"

"我也送他一百万，怎么样啊？"

……

看，这就是我在父老乡亲们眼里的地位。此时此刻，这些不堪入耳的话语，不停地在我脑海中闪现。倘若我又这样回到村里，还有何尊严可言？！

我一定不能回去。

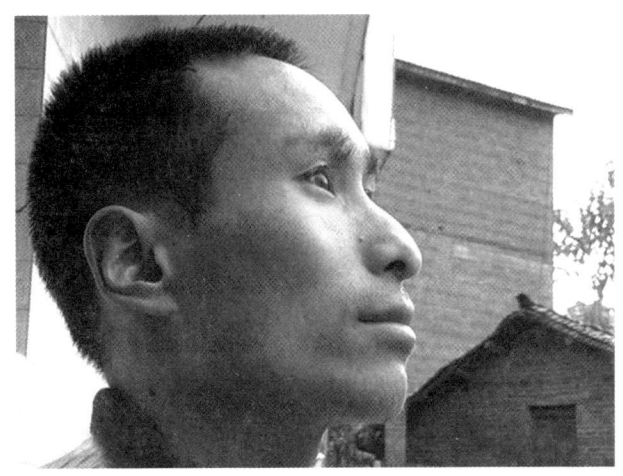

但无奈，这里不给我交流和倾诉的机会。

我已记不清，这一路他是怎么拖着我走出来的，也忘记了在街上站了多久。

当我的思绪回到现实的时候，一辆红色小轿车，忽地停在了我的面前。他拉开车门，迅速把我抱到车里的座位上，又很快掏出几个硬币对出租车司机说："给，请把这个残疾人送到车站。"

出租车司机是一位年轻漂亮的女子，她热忱地和我说起话来。

"那个人，是你的亲戚吗？"

"不是。"

"哦，那他很善良。"

……

我心不在焉地回答着她的话，心里却矛盾重重，再度被许多说不清也道不明的思绪压抑着，烦乱透顶。

"难道我有了技术，生活也毫无改变吗？"

"人们都说，电脑这东西，过一段时间不去操作，很快就会淡忘了。"

"如果是这样，我岂不是白学了这门技术？"

"我这样回去，生活又没着落了，那该如何是好哇？"

我这样扪心自问着，燃起的对生命、生活的希望之光，在此时好像都要破灭了，心里乱成了一锅粥。

我从来都是一个不轻言失败的人。

"不行，我决不能这样回去。"

"我要以实际行动，打碎人们的认识偏见。"

"我要找到工作，我一定要找到工作……"

于是，我便大声地喊："停车，停车，停车……"

"不是叫我把你送到汽车站的吗？怎么……"

"不，我有事。我要下车。"

这个冬天好冷

从温暖的车里出来，凛冽的寒风扑面而来，跟刀刮似的，浑身也不禁地打寒战，跟车内的温暖，正好形成了鲜明的对比。如果说车上是天堂，可以让我暂时得到温暖，那么下车后的寒冷堪比地狱，我不知道接下来等待我的是怎样的命运……

为了寻求第三次的就业机会，下车后我径直一步一步地向 Y 公司挪去，两条腿像灌了铅一般沉重，每迈一步都要用尽全身的力气。

走进 Y 公司的大门，首先映入我眼帘的是他们办公楼墙上的钟表，此时正指向 16 时 50 分——公司快要下班了，屋里聚集了三男四女七名员工，他们滔滔不绝地高谈阔论，整个屋子里的气氛很热烈。而我的到来，恰恰破坏了这种热闹的氛围。一个女孩打量了我一眼，说："你干什么来着？"

"你好，请问这里招打字员不？"

"哦，我们这里不用打字的，你走吧！"

那女孩的话音刚落，一名男士主动跟我搭讪："你叫什么名字呀？我怎么感觉有些眼熟呢？"

"我叫王庭德。"

"原来，你就是写文章的那个王庭德？！"

"嗯，是的。"

"你好像是在 C 公司做文员吧？我在报纸和电视上见过你的。"

"你不是在那儿干得挺好的吗？怎么又在找工作呢？"

"人往高处走嘛！"

"我说句不中听的话，像你这种人噢，能有一碗饭吃，就已经是天大的荣幸了哇！所以说，你根本就没有资格挑三拣四的，一旦跳槽，说不定就难再就业了。"

另一名女孩插嘴道："该不是人家不要你了吧？"

……

听到这些话，我的头"嗡嗡"直响，一下子失去了听觉，他们说的什么我再也听不到了，只感觉血往头上涌，头胀得像要炸开。

"不，不是你们说的那样。"我真想和他们理论一番，可是我努力忍住了就要脱口而出的话。

可是，可是……他们，又是用着怎样的一种语言，去伤害一颗与命运作抗争、努力向上的奋进之心！我心里酸酸的，一句话也说不出来，只想找个地缝钻进去……

"今天真是一个凄凉的日子！"语音未落，一串泪珠像雨一样落了下来。此时我的灵魂似被掏空，血液似被抽干，情绪凝重、浑身麻木了，眼前一片灰暗。

人心就是一面湖，投进一块小石子都会荡起一串串涟漪，更何况巨石咚咚地往里扔。

曾经的辛酸与痛苦，又历历在目了……

此时街面上霓虹闪烁，天色已逐渐暗了下来。我早已冻得嘴脸乌青，浑身起了鸡皮疙瘩，不停抖动着身体，牙关咬得咯咯直响；尽管眼前就是旅社，但我一时也没有进去住宿的想法，只是像一个木偶一样，静静地蹲在路边，呆呆地靠在街边的大树下，刺骨的寒风一阵阵地迎面吹来，在剥蚀我未愈合的伤疤，我的梦想也随之化成一堆碎片，覆盖在我支离破碎的心上。

雪花还在飞舞，除了白的雪看不到任何别的景物，家家户户都亮着灯光，从这些灯光中透射出每个家庭的温暖。或许，他们都坐在暖暖的炉火旁，锅里炖着鸡汤，滋滋地冒着热气；老人窝在沙发里，叼着烟斗，看小孩儿在膝边嬉闹。我想起了亲爱的母亲，自从被妹妹带去湖北同住后，我已大半年没见过她了，她还好吗？此时我无比牵挂她，总觉得不踏实，何况这么冷的天。

我抬起头，呆呆地仰望头顶黑乎乎的天，眼泪不觉悄悄落下，渐渐地越来越多。我怎么这么背时呢？我终于忍不住在路边抱头痛哭起来……

是呀，我今天毫无预兆地丢掉了心仪的工作，现在应聘又遭到这般欺辱，如此情景，不断在我的脑海里回放再回放……回望我充满艰辛的成长道路，此时此刻，我又显得那样无助和茫然，伤心地嗟叹道：“我什么时候才有出头之日啊？”

这时一位手拄拐杖、胸前挂着《华商报》艰难挪步的残疾人，以清脆的声音叫卖道：“卖《华商报》喽！卖《华商报》喽！”

正是华灯初上的时候，那声音在寒冬的傍晚回荡，刹那间让我肃然起敬。想起今年夏季我也曾这样沿街艰难卖报的日子；想起在西安给人洗碗的生活；想起为了求学上坡砍柴、砍青竹、扒野麻皮、挖黄姜卖钱；还想起在乡里照相、写新闻报道之事。

我所做的这些努力，不也是为了能够自食其力吗？

"无论如何……明天，我……还将……继续努力。"

"总该有一个地方能够接纳我的。"

可当我想站起来的时候，我才意识到，我哪里是蹲在树下，纯粹是坐在湿漉漉的水泥地上。两腿向前斜伸着，衣服湿透了，雪水顺着我的脸颊往下滚，整个身体哆嗦个不停，牙关也"咯吱咯吱"紧咬着，挣扎着站起来……绝望、无奈、难堪地靠着大树，寒风中，我双手捂着胸口，不断地对自己说："我一定要找到工作。"

一定要找到工作！一定！

可以说，我在自言自语地下定决心，也在虔诚地祈祷上天的保佑，遇到好人，不由自主地又进入了亦真亦幻的世界。

这时我隐隐感觉到，有人凑在我耳边拍着我的肩膀说："嗨！你怎么了，天黑了不歇旅社吗？"

就这样，我又被拽回了现实。一个40多岁模样的女人蹲在我面前，她用惊奇和疑惑的眼神打量着我。

对，不管它三七二十一，先住下来再说，好冷啊！我心想着，便发出微弱的询问，"多……多少钱……一晚上……啊？"

"最便宜的10元，你有钱住吗？"

"有，我……住。"

第十一章 漫漫寒冬

对贫穷的人来说，冬季是一个非常难熬的季节，但是没有寒风凛冽的冬天，又怎能迎来阳光明媚的春天？对我而言，这个冬天尤其漫长，格外寒冷。被C公司解雇后，跑遍了县城大大小小的单位、店铺，都以失败告终。

云横秦岭家何在

这一天，依旧冷得出奇，腊月里凛冽的寒风呼呼地刮着，吹在脸上像刀割，我的手冻得像个烂茄子，青一块，紫一块……为了生存，我一摇一摆，拼命地在求职路上挣扎着、寻觅着，好不容易又遇到了一个招聘现场。

看着那些或得意或惆怅的应聘者，我站在那里，犹豫了很久很久，最终还是鼓起勇气，忐忑不安地将已经在手心里捏出汗的简历递给了一个招聘单位的面无表情的女士。只见她用看外星人一样的神态足足看了我 30秒后才漫不经心地问道："姓名？"

"王庭德。"

"年龄？"

"22岁。"

"性别？"

……

真不明白，人都站在你面前了，还假装糊涂！女士那盛气凌人的架势，激起我莫名的愤怒。要不是为了工作，我才懒得理她呢。我心想着。但是，人在屋檐下不得不低头，我强迫自己按压下心头的愤怒，强装很认真地回答着。

"什么？ 男！"

"我们要招的是四肢健全、形象气质俱佳的女孩子！"一个像是负责人的人突然高声斥责道。"我……"我顿时语塞，脸腾地红了起来。面对她们异样的目光，我一刻也不愿意多待，扭转身，落荒而逃……

呼哧，呼哧，呼哧……我大口大口地喘着粗气，艰难地向前滑行，只想尽快离开她们的视线。走起路来就像芭蕾舞演员在台上表演一样脚尖点地，左右摇摆；又像杂技演员在走钢丝，随时都有摔倒的危险。

"喂，怎么样？"

"搞定！老板让我明天来上班。"

一对兴高采烈的男女从眼前走过，女孩眼里闪烁着喜悦和幸福的神采，男孩也同样高兴无比。

看着别人兴高采烈的样子，我的心里一阵悲凉。在每一个面试现场，那些四肢健全的求职者，如过江之鲤，轻快地游来游去，寻找更适合他们的单位。而我这样的人，又算得了什么呢？我感觉自己仿佛是一只受伤的小雁，更像是一只惊弓之鸟，再也没有勇气去应聘了……现实距离我心中向往的蓝天，是那样的遥不可及……

可是，我又怎能走回头路，就像拉满的弓，只能放不能收。我的生计又怎能允许我停止脚步呢？我总觉得，再卑微的生命，也会有自己远大的理想。20多年的生活磨炼使我明白，身体的残疾仅仅是生理缺陷，而灵魂的残疾才是人生致命的残疾。我虽然没有健全的体魄，但我的思维能力并不比正常人差。再说，我也多次在报纸上看到打字复印、接发传真、文秘等工作的招聘信息，只要人们肯给我一次机会，这些我都能够胜任。我就不相信别人能找到工作，我就不行！真的，豁出去了，就是输也要像楚霸王项羽一样输得轰轰烈烈，不撞南墙决不回头！我反复默念：苦心人，天不负；有志者，事竟成。于是，再次鼓足了面对生活的勇气。

一家、两家、三家……我都记不清这是多少次去面对招聘者了。

联想计算机维修部那名戴眼镜的大肚皮先生，在看见我之后说："你把旁边那台显示器抱到柜台上来，怎么样？"

听到这话，我心里莫名其妙地激动着，仿佛看到了一线曙光，也许这次我的工作有望了，于是，他话音刚落，我就赶忙弯下腰去抱地上的那台大大的计算机显示器，一使劲，显示器纹丝不动，再用力，显示器还是一动也不动。我费尽了全身力气，却怎么也抱不动那个"庞然大物"。它静静地躺卧在那里，静静地看着我在努力，也许它是在悄悄地嘲笑我吧？"唉，真是惭愧死了！"我的耳根一阵发烫。

"呵呵，搬不起来呀？"这时他又抱过来一个主机箱，放在我面前说："这样吧，你把这个主机箱的盖子打开，把里面的插线和部件都拔掉，然后再按顺序装好。"

什么，把整个主机箱的零件卸下来再安上？这个好说，小菜一碟！我一阵窃喜，忙拿起工具来到机箱旁边。一分钟，两分钟，三分钟……我心里的窃喜在一点一点地消失……拧开那些螺丝钉看似非常简单，可我一双蚕蛹似的小手根本就使不出多少力气……大约五分钟过去了，我双手似乎都没有知觉了，才勉强卸开电脑主机箱的盖子，接着又赶紧拿起梅花起子，用尽全身的力气拧机板上的螺丝钉，可双手根本不听我的使唤，半天也扭不动。

"小伙子啊，还是算了吧。"大肚皮先生的声音在我耳边响起。

"你也知道，搞计算机维修，就要手脚麻利，能够把计算机搬来抱去的才成。而你，我们实在没法用你呀！"

听到这些，我感到心中有一个什么东西顷刻间坍塌了，满腔的希望之火又一次被无情地浇灭了。

"我觉得，你还是到打印店去应聘比较实际一点。"随之，他又挥了挥手说："好了，你去吧，去吧。"

"对不起呀！对不起……"我满面羞愧，用低得连我自己都听不清的声音喃喃说道。

默默地呆立了好一会儿，我半张着嘴巴，还欲说些什么，却嗫嚅了半晌，终于还是什么话也说不出，感觉灰头土脸，沮丧、尴尬到了极点。

"唉，我也确实干不了这样的活，还是算了吧。" 就像一只受伤的羔羊企图逃出猎人的包围圈一样，我有一种想尽快逃走的冲动。

求职路上苦支撑

转眼间，又是一天过去了，太阳像"天涯"的帖子一般沉得很快，顷刻就没了踪影，只留下西边一片鲜红的血色。天色渐渐暗了下来，黑夜的大幕正缓缓拉过寂寥和清冷的天空——今天我又一无所获，求职路上四处碰壁，无人理睬和聘用。

此时此刻，奔走一天的劳累像千万把锋利无比的刀子，无情地剜在我的脚上、腿上，疼痛难忍。浑身散了架似的直想躺在地上，连呼吸一口气都觉得困难，真是怅然若失、狼狈至极。体力实在是支撑不下去了，在这万般无奈的情况下，我顺势坐到了水泥台阶上。一时间，一种极度的失落和茫然，再次深深笼罩在我心头，两眼的泪水夺眶而出……

"上天呀，我的命咋就这么苦呢？这么多年来，我受的苦难道还不够吗？我实在是受不了了啊！"

"难道说，我是怀才不遇吗？"

"对呀！好歹我还是安康市作家协会的会员呢！"

"倘若人们知道这些，或许能够引起他们的关注。"

"没错，'天下谁人不识君'呢？！"

在一家超市房檐下的水泥台阶上，我擦擦眼泪，将整个身子往右倾去，以配合右手用力把背包拽到右边的地上，然后拉开拉链，掏出旅行包里的那一摞证件——文学及通讯报道类的获奖证书、市作家协会会员证，《安康日报》《校园文化报》等报社的通讯员证和在各类报刊上已经发表的文章的剪辑本，

当然还有市劳动部门颁发的计算机资格证等，分别摆在我身旁左、右两边的地上和我的大腿上，借着街道上不远处路灯昏暗的光，开始了自我展示和推销。

就这样，我一时忘记了一天奔波带来的困乏，满怀希望地坐着……两眼发直，虔诚地盯着步履匆匆的行人，希望能够引起他们的关注。也不知道这样坐了多久，一名戴墨镜的中年男子从我面前路过时，随着他那不经意的一瞥——终于，我的这一举动，吸引了他好奇的目光，他突然停下了前行的脚步，惊讶和不解地问道："你这是干啥呢？"说着就蹲下身来，逐个地翻看我所取得的证书和发表的文章。

不一会儿，他又略带微笑地说："真没看出来，你还蛮有才的！"这时，他已抽出了一份报纸——2002年1月23日的《三秦都市报》，问我："这上面有你的文章吗？"

我瞧了一下报纸说："有一篇记者写我的报道。"我的话音未落，只见他已经翻开了那张报纸专版——《侏儒青年王庭德的高远志向》，默默阅读起来了……

这时我注意到，他在看那篇专访的同时，脸上的表情时喜时忧，有时还不住地朝我点头，像是在对我表示称赞，有时他又仔细打量我，或许他是在对照，看我的身体状况跟文中的主人公是否一致……整个过程，他给我的感觉，有些绅士风度，不用说，他肯定是知识分子了。同时，我心里嘀咕着，说不定他是哪个单位的官员，要是能够"拉"我一把，那该有多好啊！

就在我浮想联翩的时候，他已看完了那份报纸的专版，亲切地对我说："你顽强的意志，确实挺感人的！"

"你的工作找着了没？"——因为《三秦都市报》对我的家庭背景、我的境遇以及我就业的意向都作了全面的报道。

"还……还……没有呢。"我结结巴巴地说道。

墨镜先生说："你先把东西收起来，我带你去找工作。"他边说边帮我往包里装东西，然后帮我拎着挎包，并拉起我的手走了大约50米，来到一个名叫"欣悦打印部"的店里。当时店里只有一个扎着麻花辫的女孩，她告诉我们老板不在。随之墨镜先生掏出手机，拨通了一个电话。

"喂！"

"呵呵，是我。"

"跟你说一件事噢，是这样的，有一个矮子，我见他坐在路边可怜兮兮的样子，就把他带到你这里来了，希望你能够收留他，让他给你打字。"

"嗯，这个我知道，你管他吃住就行了，不用给他钱。"

"不是，你听我说。"

"我带来的这个残疾人呀，五官端正，还发表了很多文章，并获了不少奖呢！"

"嗯，所以我强烈推荐你雇用他。"

"你想想，他经常写文章，也算是小有名气的人了，你用他来做招牌，保准能提高你们店的知名度！"

"他有劳动局颁发的资格证，还有——报纸上说他每分钟能打80多个字呢。"

"哦，这个嘛，你明天让他现场给你操作一下，不就知道了。"

"小欣，你听我的没错，不多说啦。"

"好了，就这样吧。"

大约10分钟后，他挂断了电话，又转过身来对我说："老板今天不在，你明天早上来面试，要是可以的话，就在这里打字吧。"

"你先去找个地方住下来。"

"有钱住旅社吗？要是没有，我给你10块钱。"

"不、不、不，我这儿有，谢谢您呀！"

"哦，对了，请问您贵姓呢？"

"还有您的通讯地址和电话什么的，可以告诉我吗？"

"不必了，要是你留在这里打字了，自然就会知道我的具体信息。"

山意冲寒欲放梅

走出"欣悦打印部"，我一眼就看到了对面的"好再来旅社"。当时，我恨不能一下子就飞过去——自从失去了 C公司的工作后，我为了饭碗一直苦苦奔走，寝食难安……一个多月里，为了找工作，我每天拖着剧痛难耐且僵硬的身体拼命前行，已奔走了六七百里路，跋鳖千里，身体早已吃不消了。我真的很想好好睡上一觉，暂时忘记这个寒冷的季节和无奈的现状。

浑身酸痛得使我每挪一寸都是咬紧牙关，双腿不住地战栗，已经到了寸步难行的地步……

尽管已是天寒地冻的时节，尽管"欣悦打印部"距"好再来旅社"只有两丈多远，可是……当我呼哧着穿过街面，撑到"好再来旅社"的时候，犹如夏天中午赶路一样，手、脸青筋暴突，淋漓的汗水像落雨一样，连眼都睁不开了。

旅店服务员给我登记房间后，把我带到隔壁的四人间。首先映入眼帘的是，靠窗边的铺位上有三个男子正在津津有味地玩扑克牌，看来他们是一伙的。

我朝他们瞟了一眼，没有洗脸，没有洗脚，也没有脱衣服，"扑腾"一下就仰面朝天，瘫软在床上，浑浑噩噩地睡去了——这时我已疲惫不堪，连张一下口、睁一下眼的劲儿都没有了。

睡时没有盖被子，半夜被冻醒。看到窗外的街灯，在这个寒冷的夜晚发出昏黄而暗淡的光，宁静而安详。耳边不时传来别人"呼噜呼噜"的鼾声和窗外大街上的嘈杂声，汽车的鸣笛声划破黑夜，好像要带我去一个遥远的地方……

这时我忘记了身体的剧痛——准备侧身爬起时，才猛然感觉到，我似被活埋在泥沼里一样，有种被撕裂的疼痛，让我动弹不得……

没办法，我只好静静地躺在床上，脑子里却像散了窝的蚂蚁渴望找到家一样，纷乱地想着明天的应聘。

一个多月以来，拖着"马蹄内翻足"的我东奔西走，忍饥挨饿，跑遍了大街小巷，一次次去敲冰冷的门，一次次地碰壁，一次次遭白眼、讥讽和轻蔑，流尽了泪……历经了这些毫无所获的求职之旅，我不得不一次次地降低要求——倘若能应聘到打印部，也是一件无比幸运的事啊！

想着想着，我又迷迷糊糊地沉沉睡去……

再次醒来时，房间显得有些寂静和空旷……我的身体也像有万千根钢针从骨头里刺出来，然后慢慢地由内向外刺入肉体，周身疼痛不堪。

我咬咬牙，忍着剧痛翻过身来，两手撑床慢慢一寸一寸移动着坐起来，借着窗外的灯光，朝对面正在打呼噜的人喊道："嘿，请问一下，现在几点了？"

一连重复了数遍，在我虚弱的叫喊声中，隐约看到那人翻了一个身，说："三更半夜的，你不睡觉，瞎嚷嚷什么呀？"

也不知道天啥时亮，我只好又躺下来休息。一个人在这样的暗夜里，同宿人的鼾声也能成为闷雷在耳边聒噪，我得使劲憋着，等待黎明的到来。真是长夜难眠，浑身难受，身心都煎熬啊！

在焦躁不安的漫长等待中，我处在半醒半睡的迷糊状态……也不知道过了多长时间，隐隐发现窗外昏黄的街灯，被天空的亮色替代了，我猛地一惊，赶紧往起爬。

滚下床来，我感觉头昏目眩，双腿直打寒战，一步也不敢挪动……可一想到前面有一个应聘的机会，又深深地吸了一口气，鼓起勇气，"急速"出门朝"欣悦打印部"奔去……

"唉，怎么还没开门呢？！"

"我……我……实在是等不及了啊！"

但急也没用，只好耐着性子在门外等待着，本想顺势在墙角的一隅蹲下来，不料却一屁股坐在了地上。

这时，我发现旁边一丈多远的地方，有一处小小的蒸面馆，吃饭的人络绎不绝。我才感觉到自己已饿得不行了——昨天一天才吃了4两饺子，现在肚子已咕噜噜叫开了。可是，当我想起身去吃饭时，腿脚疼痛得不敢动弹。这时才发现，本来就圆鼓鼓的小腿，现在肿得红彤彤的，实在是没法行走了。

我强忍着饥饿和身体剧烈疼痛的折磨，硬是熬到了大约 8 点钟。我清晰地记得，那是一位身材娇小、面目清秀且打扮入时的女士，风度翩翩、轻舞飞扬般地款款向打印店走来。

她漠然地瞟了我一眼，麻利地掏出钥匙开门的那一瞬，我才意识到："她就是这里的老板呀？！"

见她进屋了，我就像一个快窒息的人猛然吸到一口氧气似的，一下子来了精神，赶紧就一个侧身趴在地上，手扶着墙慢慢一点一点往起撑……

然后又艰难地往屋里挪去，她见我手把在门槛上欲进去的样子，又白了我一眼，冷漠地说："你有事吗？"

"我……我是……来……应聘的。是……昨晚……给你打电话的……那个人……跟你说好了的。"

"原来他跟我说的人，就是你？"

"嗯，是……的。"

"对不起，我们这里不招残疾人，尤其像你这样的。"

"啊？不是说好了的吗？怎么……"

"瞧你那小样儿，连路都走不了，在我这里反倒碍事。"

"你……听我说……"

"你别说了！"

"我……"

"去去去，你不要再说了，影响我生意。"

……

铁马冰河入梦来

在她鄙夷的目光的扫视下，我羞愧难当，惊恐万分，一下子瘫软在地，当即连滚带爬地退出了门槛，一不小心从水泥台阶上摔了下来……屈辱感像挥之不去的幽灵在心中盘旋，我感到自己的人格也比别人矮了一大截。屈辱占据了我的整个身心。我就势从台阶上爬到门旁边，坐起来的那一刹那，我的泪，决了堤似的流了下来……

就这样无力地瘫软在地上，茫然不知所措，脑子一片空白，整个心都在滴着血……

饥饿和劳累使我坐着身子都摇晃，我该怎么办呢？

这就是生活对我的二重分辨：残疾、农民——注定最后的结果，只能这样。

这一次，我输得很惨……惨不忍睹！！！

经过了一番激烈的思想斗争，我心里愤然地想："不就是开了个打印部嘛，有什么了不起的！"

"你不接纳我，我也总会找到工作的！"

自食其力是我的梦，实现起来好难啊！每个人都应该让生命拥有自己的轨迹，有属于自己的梦，梦想便是人生的坐标和追求。

不甘示弱的我，又振作起来了，双手撑着大腿，慢慢一点点、一点点，很勉强地站立起来，蹒跚迈步，继续寻找另外的打印部。

身体的重量几乎都压在脚的外侧，每挪一步都像鸭子一样晃晃悠悠的。尽管如此，我始终怀着美好的愿望和憧憬，大汗淋漓地挪动着双脚，见了单位或打印部就前去询问……

当天，我离开"欣悦打印部"后，走着歇着，一路歇息了七八次，这时，总算看到了门头上写着"打字复印"的牌子，玻璃门上还贴了一张"招聘打字员"的字条，我顿时眼睛一亮，希望带给我的力量让我的步履轻盈了许多……

店内一个矮胖的留着平头发型的男子正在打印材料，见我趴在玻璃门上，连忙起身询问："你有啥事？"

"我来应聘。"

"什么，你还会打字？！"

"是的，您看，这是我的证件。"

"对，我是要雇一个打字员。可是，你个子那么矮，行动一点都不利索，怎么给我打字呀？别的不说，就是这台复印机，你都够不着。"

我看了看门口的那台复印机，放在那儿确实比我个头还高——时至今日，我仍清晰地记得，那是一台"美能达"牌的机器，我只有双脚踩在椅档上，前胸靠在机沿上才能工作。

我连忙为自己辩解说："我可以站在凳子上复印呀！"

我的话尚未说完，那名矮胖的平头老板又说话了："你打字的速度怎么样啊？"

"要不你打字我看看。"他说着就收拾了计算机前的材料，从废纸箱里抽出一张纸，点开了 Word 文档，又退到一边站着。

见此情景，我激动得不得了，未说一句客气的话，也没有卸下背上的行李，就走到计算机前，两手扒在转椅扶手上，噌地一下就坐上椅子，然后就抽出键盘打字了。

这是一份关于植树造林管护合同的手写稿，文稿的题目是"×××镇天然林资源保护工程管护合同书"。

我开始打印了。

——这时的我，虽说大脑是清醒的，可这30多天来，不要命地狂奔，劳累加饥饿使得双手肿胀得连指头都贴在一起了，无论是用鼠标还是用键盘，手一点也不听使唤，笨拙、缓慢到了极点，每打一个字都钻心地痛……好不容易有一次机会，却在关键时刻掉链子了。此时此刻，我心情沉重，但是仍在尽最大努力打字。

也不知道用了多长时间，正当我输入汉字"为了搞好天然林资源保护工作，落实……"的时候，老板说："嘿，算了吧。"

"我原本想管你吃住，让你给我帮忙的，可是……七八分钟了，你才打这几个字，你叫我怎么收留你呀？！"

"不……我……以前，打字很快的……"

"就你那样，怎么打得快呢！"

……

我知道，此时此刻，无论我怎么解释，也是多余的了。

好不容易才遇到的应聘机会，却因为手指不听使唤，以失败而告终。天知道，我能有几次机会呢，我真的输不起呀！

对于这一次的失败，我是真的心有不甘呐！

忽如一夜春风来

在万般无奈也没有回头路的情况下，我不得不再次咬紧牙关，鼓起勇气，继续寻找工作机会。……头痛得要爆炸了，似乎马上就要死掉了似的，仿佛我的生命已到了凋落的时刻，如烟往事俱已灭，两眼茫然一片灰暗。

这个冬天真的很长，长得令人窒息。我的命运和生存已深深地陷入了困境，甚至是绝境。我的求职梦好渺茫啊！

漫漫寒冬终会过去，那么我人生的冬季呢？谁又知道它何时才能过去……

命运，我不屈服！

绝不！

接下来，我又试着歪歪扭扭地往前蹭去，可是，那实际上不是蹭，而是摔，一路跌跌撞撞地摔跟头。

……不能继续前行了，我只好坐在这现代化都市的人行道上，愕然地看着这个令人眼花缭乱的世界，一刹那间，我被这个美丽繁华的城市震慑住了：绿树成荫的宽阔街道，鳞次栉比的摩天大楼，艳如彩霞的霓虹灯广告牌，让人目不暇接——多么富饶美丽啊！轿车匆匆的士忙忙，手机话来话往……

这时，耳边回响起雅典卫城帕特农神庙的三句箴言："认识你自己"，"凡事勿过度"，"生存与毁灭就在一瞬间"。

恍惚间，我似乎在一片云雾中升起，飘飘荡荡地在空中自由地晃动，像一根白色的羽毛一样轻盈。越升越高，已经触摸到身边的白云。那云一会儿是一头绵羊一会儿又变成一只小狗，无穷无尽地变幻着模样。我刚想去抓住那些可爱的动物，眼前的一切又变成了五颜六色的水泡，有梦幻般的紫色，妖艳的蓝色，激情的黄色，热烈的红色，清新的绿色……我想去抓水泡，水泡又变成色彩缤纷的丝带，柔软地轻轻地飘在我的身上，将我覆盖。我又仿佛在一望无际的大海上，海水轻轻地拍打着我的身体，柔声细语地对我说着什么，但我却听不明白。

我是那样无限自由的欢畅，从来没有那样愉悦。缤纷的色彩又变成一朵朵美丽的花，慢慢又变成一大片一大片花海，我就在这些花海中穿梭而过。奇怪，我的身体好像是透明的水，流动的烟，碰不到一片花瓣、一根树枝，它们可以无声无息地穿过我的肉体，我一点感觉也没有。遇到耸立的青山，我的身体会飞得更高，像一只山鹰一样盘旋在五彩的天空中，我记忆中的天空是蓝色的，怎么变成了这种五颜六色的样子。

我很轻松很安详，从未有过的舒坦。我感觉我就是一缕轻烟，一片白云，可以不断幻化成各种形状，已经分不清什么是我，什么是山，什么是云……我可以变成所有的一切，而身边所有的一切都是我，我在任意变幻着每一种景物……

突然，我被一股强劲的风吹起，急速地上升，速度越来越快，风驰电掣般把我托起，我穿过一块又一块的色彩，头上是一望无际的白光，除了白色没有别的色彩，那白光很亮很亮，像闪电一样耀眼，我紧闭双眼，我听见有个声音在耳边回响，但听不清楚在说什么……

等我睁开眼睛的时候，却什么也看不见。我已经穿越了白光来到深深的黑洞，那种黑暗无法形容，看不见任何光点，像是在一个没有时间也没有气体的空间。但我感觉我还在急速地飞，身体好像有了阻挡，我隐隐约约地感到有些山石的棱角很锋利地刺痛了我……

在无穷无尽的黑暗之后，我迷迷糊糊地睁开眼睛，看见一束惨白的光。一张模糊而又充满关切的笑脸出现在我面前——身穿白大褂的中年女士，见我醒来了，她显得热心又激动。

"你醒啦，你真的醒啦？真的醒了！"

"你总算醒来了，看你今天一直这样昏厥着，我都不知道该怎么办呢！"

"今天上午，幸亏一个好心人救了你。"

"但遗憾的是，我问他贵姓，他什么也没说，匆匆写了一封信，递给我就走了。"那名胖胖的白大褂阿姨，说着就从口袋里掏出了一张纸条给我。

我认真地听她讲述着事情的来龙去脉，并使出全身的力气，挣扎着，伸出颤巍巍的双手接过那封信，用极其微弱的气息，一字一句地慢慢读了起来……

小王，你好！

其实，我也是一个残疾人，以在城里跑拐的为生。

今天见你倒在街头，我还当你也是一个沿街乞讨的残疾人，饿死在街边了呢。当我伸手触摸你的鼻孔时，感觉你还有气息，于是就把你送到了这家小诊所。

当我把你抱上车之后，在车上翻看了你包里的证件和你写的文章，从而知道了你的名字，你是好样的，真为我们残疾人长脸了。

我已给你交了 100 元的治疗费，希望你能够快点康复。

另外，我还在你的作家证里夹了 200 元钱，你拿去用吧。

我的双手早已颤抖得拿不住那张纸了，眼泪夺眶而出，我哽咽着闭上双眼，任由眼泪流过我的脸庞。是感激？是激动？是高兴？……都是，这时什么语言都无法表达我当时的心情，我只想说：这个世界还是好人多！

这个世界还是好人多，让我更加坚信只要自己不放弃，一定会有柳暗花明的那一天！于是我又振奋精神，走向下一个求职目标……

第十二章　寄居叔父家

人生不如意事十有八九，经历了谋生的挫折、求职的坎坷、文学之路的瓶颈后，我的内心充满了迷茫，我一遍又一遍地问自己：我的出路到底在哪里？难道偌大的世界就没有我的容身之地吗？我是不是注定要被这个世界所抛弃？带着这些疑问我回到了生我养我的故乡，我得重新审视和规划我的未来生活了！

路在何方？

春节快要到了，2003年的春节快要到了！

农历腊月二十四，城里大大小小的企事业单位、打字复印部几乎都关门了，我也几乎找遍了这个城里所有的工厂、店铺。C公司给我发的400元工资，也被我坐车、吃饭和住宿花销得仅剩98元了。即便不是春节快到了，我也没有足够的力量和勇气再前进，强烈的挫败感将我推向崩溃的边缘。

我拖着残肢在江湖起伏的风浪里闯荡，犹如一条破旧的小船，船帆上落满沙尘，在曲曲弯弯的河面上漂泊，饱含苍凉。一个多月的奔波，体内的脂肪几乎消耗殆尽，双腿每挪一寸都钻心地痛——但还需要超负荷的奔赴来解脱内心的忧伤，只是漫无目的，也不知道该何去何从，任悲伤恣意侵袭着我，凄楚的泪水抑制不住地一阵阵喷涌而出。难道说，我的一生就这样完了吗？

怔怔地看着街那边"天堂咖啡屋"上的霓虹灯在变幻莫测地闪烁着，如妖媚诱惑的眼。顿时，一种莫名的惆怅和迷惘再次悄然袭上心头，空洞、虚幻、百无聊赖，让人无奈，这种暗无天日的生活压制了我体内所有的热情和活力，让我真的忍无可忍，想要发泄，我要到"天堂咖啡屋"痛快淋漓地发泄！

可万万没有想到的是，当我刚要进屋的时候，店里的那个女服务员以为我是乞丐，连忙递给我5角钱说："给，快拿着钱走吧！"

情绪低落到了极点，我今天真想像孙悟空那样，到天宫去大闹一番，可惜又没有发泄的对象，人生地不熟的，也没有朋友可倾诉，只能行尸走肉般地游荡，没有哭泣没有欢笑，天空像要塌下来一样……咖啡屋服务员的所作所为，仿佛一记重锤突然击在我心头，刹那间我怔住了，接着，我不知从哪儿来的勇气，做出了一个难以形容的愤怒动作，一把掠过钱，没好气地说："我是来喝咖啡的，你以为我是要饭的呀！"当即，我把5角钱揉成一团，使劲朝那女孩脸上扔去，还厉声吼道："我打你个狗眼看人低的！"

"我的妈呀！"我的这一举动，吓得那女孩连连惊叫着向后退。随即，我又火速地把口袋里的98元钱掏了出来，扔到她面前的地上，说："你看到没，我有的是钱！"

这时，一个浓密褐发、身穿蓝色运动服的微胖中年妇女走了过来，问："怎么回事啊？！"

"她把我当叫花子！"

那女孩也抢着说："他也要喝咖啡，老板你听他那口气……"

老板捡起地上的钱，递给我说："她不懂事，你别跟她一般见识，来，进来坐吧。"

"今天我请你喝咖啡，你不用给钱的。"

"不，我是一定要付钱的！"

说着，我把一张20元的纸币递过去，老板接过钱后，给我找了15元。

我找了个安静的角落坐下来。看到那女孩泪眼汪汪的样子，我似乎有种发泄后的释然，仿佛从卑微的缝隙里找到了一种久违的尊严。

举步维艰

走出"天堂咖啡屋"，我双手插在口袋里，慢悠悠地晃荡在马路上，漫不经心地看着来来往往的车辆从身边呼啸而过。天阴阴的没有太阳，我辨别不了方向，也不知道哪里才是生活的终点。公共汽车沿着固定的路线从一个起点到一个终点，然后又回到起点，周而复始。每一个起点就是一个终点，每一个终点又是一个起点。人生也不过是个圆，你跑得再远，终究还是要回到起点。只是每个人在行走过程中遇见的风景不同，有人一路看到的是鲜花，有人遇到的是荆棘，我就是这后者。

走在热闹繁华的街市上，我像梦游的人似的，深一脚浅一脚地蠕动着。走了不到 50 米，我就感觉气喘吁吁，很勉强地掠到路边的水泥坎下，双腿软软地瘫坐下来，没有丝毫力气。唯一支撑着我的那一点点信念，顿时全无了，泪水更加抑制不住，哗哗地涌了出来。不知过了多久，我晕乎乎地不哭了，精疲力竭地靠在树上睡着了。又不知过了多久，我又醒来，一醒来就忍不住又哭，哭着哭着又昏迷过去……

一个月前，C 公司解雇了我，让我从天堂一下坠落到快要沿街乞讨的境况，其间的反差实在太大了！我有一万个理由不相信这样的结局，可结果却明白无误、残酷无情地呈现在眼前！天真的我，弄不明白为什么会这样，也根本无法承受这样巨大的反差，心中既有对不幸遭遇的愤怒和感慨、对自己茫然无知的痛恨和失望，也有对未知明天的恐惧和期待……

活着，真的需要很多美梦的支撑——随着求职梦的破灭，我没有了梦想和激情，口袋里的那几十元钱，要不了几天就会被花光。没有经济来源，连一个落脚的地方也没有，什么都没有了，渐渐绝望的心让我没有了活下去的勇气。我的头像炸了一般嗡嗡作响，又是一阵痛哭，后脑勺不停地撞树，简直快疯了⋯⋯

正当我要再次撞树自虐的时候，不经意间瞥见——也不知什么时候，我身旁不远处坐了一个瘸腿乞丐，他双脚被截了。看到他满头污垢和舂米棒似的双腿，我感到自己还是幸福的，至少，我比他要稍好一点点，我还有一双不怎么好使的脚呢，也没有真正乞讨过。可惜的是，他像我一样来错地方了——这是一条人情冷落的街道，有几个人会给你施舍钱呢？看了看他前面的钱钵，即刻产生了对他的同情，勉强撑起来，本能地将5元钱放了进去，同时也使我麻木的心陡然复活了，油然生起了一线希望，也使我多了一份向前走去的勇气⋯⋯

我拖着沉重的双腿，漫无目的地艰难前行着，思来想去，真不知道该如何是好啊！最现实的问题是，这一个多月以来，我已遭遇了无数次失败，现在，身体严重透支，虚脱得快奄奄一息了。另外，春节的脚步临近，用人单位已开始放假了，连一个落脚的地方都没有，在城里每天还要花销。这样一来，意味着我春节后将身无分文、寸步难行了呀！

今天我就喝了一杯咖啡，再也没有吃任何东西，脑袋一直昏昏沉沉的，体力不支，一时间，眼前的问题也不愿意多想了。反正，天也不早了，还是先去将就吃点饭，然后找个旅社住下来休息一晚，让脑子和身体得到适当的调整再做打算吧！

一无所有

半夜时分，我再也睡不着了。伴着周身的剧痛和内心的伤感、落寞，我神思恍惚地仰卧在床上，感觉异常孤独，大脑时而眩晕、迷乱，时而清醒，幽灵般地胡思乱想着，思绪像决堤的潮水四处泛滥，又像五光十色的光柱交错重叠在一起。

我又变得一无所有了！很快就要沦落到——像那个乞讨的残疾同胞一样！

我又想到了死，想到了自杀。沸腾的血液依然在体内流淌，觉得继续这样活着，实在没什么意义。

这一个月以来，遭到的无数次歧视和欺辱，对我的打击实在太大了！"假如我死了，就一了百了了……"我苦笑着，自言自语地说："怎么死呢？太容易了！待旅社开门了，我去大街上，朝飞快的车轮下钻。这样，我就走上了解脱之路……"

往事，像一张网，总是在寂寥的黑夜里慢慢撒开。

"不，不，我已经经受了那么多苦难，不能就这样轻易地死了！是啊，上帝限制了人的力量，却又给人以无穷的欲望——我要活，我要奋斗到最后一口气，我要重新去寻找被剥夺的幸福，我还有文学梦！死！噢，不……"我一下大叫起来，为自己的想法而后怕。

　　是呀，我已经一个多月没有读书看报写东西了，明显地感觉到了自己灵魂的空虚，也慢慢感觉到心灵深处有一些东西在苏醒——这些散乱的思绪，越来越杂乱，越来越强烈，充满了我的心头，占据着我的头脑。我知道了，我的文学梦又复苏了，它有着石破天惊的力量，让心中那些冰封的河流解冻、消融，我也许要为它的复苏付出代价……

　　我马上就要身无分文了。

　　走投无路的游子，只有生养的故乡，才是他无奈的归处。思来想去，又想起了乡下的残疾叔父，暂且回到叔父家居住一段时间，然后再从长计议吧。除此之外，我还有别的选择吗？

第十三章　破碎的梦

"天将降大任于斯人也，必先苦其心志，劳其筋骨，饿其体肤，空乏其身，行拂乱其所为，所以动心忍性，曾益其所不能。"上天已经很好地锻炼了我的残躯，磨炼了我的意志，为什么我的梦却久久不能实现呢？难道是上天真的这么不公平吗？这样的日子到什么时候才是个头呢？

迷　茫

年关将至的时候，A城所有的工厂、打印店已开始暂停营业了，我也走到了穷途末路的边缘。随着一串串求职梦的破灭，微微出汗的手心握着仅剩的65块钱，我内心孤独痛苦，无助到了极点。

终于，我踏上了回乡的道路。故乡迎接我的是寒风飞雪，眼前被雪缭绕着的山峰，犹如披了件雪白的风衣，接纳着、拥抱着我冰冷的心房。

在叔父家房背后下车后，我久久地蹲在路边。确实没有勇气走进叔父的家门，更害怕见到村里所有的人，不敢听到那些询问的话语——回想几个月前，在C公司上班，回家时乡亲和伙伴为我能有"出头之日"啧啧称赞，而今的进退维谷让我羞愧难当，我无颜见任何人，包括我的叔父和家人。

我像母鸡似的蹲在那儿，此时此刻，即便是一个以全部身家性命为赌注拼死一搏的赌徒，其所承受的痛苦，也不如正徘徊在求生边缘上的我所感受到的更深切更剧烈。

忽然看见同村的举子拿着一份《安康日报》，我的思绪被岔开了，觉得有点好奇，便微笑着向他借阅，不料却迎来一句冷漠的话："残疾人看啥报。"一瞬间，放大了我的卑怯，我像丢了魂似的，再也无法正视他，再也无力支撑自己本来就难以支撑的身躯……

已记不起那天我是怎样跌跌撞撞摸回家里的。以后的几天里，脑子里反复出现那句刺伤我自尊的话："残疾人看啥报。"我气恼苍天不公的同时，更愤愤不平于来自周围加之于我的歧视；残疾人也是人，为什么不能看报？等着瞧吧，我要用实际

行动回击他的歧视，终有一天我不仅会拥有一份属于自己的报纸，还会在报上刊登我写的文章！我要努力，要让人正眼看我，我要证明给他们看，身体的残缺不等同于精神、灵魂的低下，我要超越那些曾经给过我白眼的人！

就在这时，婶婶出来抱柴火时看到了我，说："歪歪回来了哇，你是回来过年的吧？"——思绪被打断之后，我才感觉浑身抽筋似的疼痛和寒冷，听到婶婶的话语，我又从内心涌起了一股炽热的暖流，感到了家的温暖，却又很难为情，确实难以启齿，不知如何回答是好……

谢天谢地，我总算暂且在叔父家落了脚……

刚回家的那天晚上，外面的寒风依旧呼啸个不停。我和叔父婶婶围坐在火炉边烤着大火，木柴燃烧着，轻快的火苗好像在说"欢迎你，欢迎你"，但仍旧驱除不了我内心的痛苦、麻木和空洞。我头靠在冰冷的墙壁上，微闭着双眼，一言不发，任慌乱的心扭曲得隐隐作痛，实在难以装出丝毫的轻松和开心……我叔父偶尔冷不丁地对旁边纳鞋底的婶婶蹦出几句话，同时以奇异的目光打量我，又轻轻触碰婶婶的胳膊，暗示婶婶注视我。对于叔父的神情举止，婶婶也心领神会地配合得很默契——她一边做针线活，一边漫不经心地附和着叔父，不时瞟我几眼，不解地对我说："歪歪，你现在也混得很不错了，这次还能回来跟我们过年，我们脸上很有光彩，也感到很高兴，你却又老吊着个脸，就像我们借了你大麦还你老鼠屎似的。"

夜色吞没了大地。婶婶的话，犹如一阵匆忙杂乱的脚步踏在我的心上，我忍不住又多了一丝悲凉，陷入了深深的思索之中，我内心哀叹道：请原谅我的缄默吧！——在不理会我的人面前，我已习惯将自己厚厚地包裹起来，我蛰伏在自己的世界里心如刀割！眼泪顿时像断了线的珠子，从我失了神的眼中流淌而出。我赶忙用双手捂住流着泪的脸，强忍心碎的痛苦。

叔婶呀，你们哪里知道，我已被C公司解雇了。尤其是在失业后再求职的这段时间里，我遭歧视、受辱骂、被误解，有过很多难以言说的辛酸坎坷。回想那次晕倒在大街上，若不是跑拐的的残疾朋友搭救，我差点命丧黄泉了；那次在一家公司外面徘徊了很久，就是鼓不起勇气问人家招不招工，看门的老伯把我当怪物一样盯着，下了很多次的决心，才终于问那个老伯："你们这里招打字员不？""哈哈，也不弄面镜子把自己照一下！"当时我恨不得找个地缝钻进去……

我的求职经历实在是太不顺了，可又无法跟叔婶诉说，即使要说，又岂是三言两语能说得清楚的。我也不想诉说，就让满肚子的委屈闷在心里吧。

让时间悄悄地包扎伤口吧！

让时间慢慢地愈合伤口吧！

迟早他们是会知道的。

也不知过了多久，我才从沉思中回过神来，鼓起勇气，强装笑颜地说："不是啊，婶，我今天感冒了，头痛。"其实，我当时最难为情的还有两个原因：其一，我不能说被 C 公司解雇了，我怕这样说他们会嫌弃我，还有乡亲们也会嘲笑我；其二，当时我口袋里仅剩 38 元钱了——尽管我是一个懂得感恩之人，但为了防备不时之需，我没有给他们分文，总觉得忐忑不安，过意不去。于是我假装遗憾地说："我今天在车上把钱弄丢了，回来什么都没有给你们买。"但为了面子，我又继续撒着谎："哦，对了，由于 C 公司效益不好，现在不用我了。不过没关系，残联说重新给我安排工作，叫我先回来等候通知。"

"哦，原来是这样的。"听了我如此的解释，婶婶面带微笑，斜视了一下不苟言笑的叔父，平静地说："不过，我明年不在屋里待。你兄弟媳妇要生了，我正月初八得去照顾孩子。我走后，就你跟你叔两个人在屋里。你叔身体也不行，在你还没走之前，就在屋里好好帮他担待一些哦。"

"嗯，那是当然的。"我爽快地答应了，为了让婶婶安心地外出，也是不甘示弱，我又用肯定的语气说："婶，您就放心地去吧！"

……

春节对于家乡人来讲，是一年一度中最最重要的节日，更象征着新起点，我也在热烈、祥和的气息感染下有了点欢乐的神情，有时也很勉强地、苦涩地笑一下，然后思索我人生的打算……

"新年好啊，新年好，新年的日子我祈祷；新年好啊，新年好，愿我今后的生活没烦恼。"

就这样，在无助、焦急和失落中，我和叔父、婶婶一起度过了2004年的春节。

无　助

农历正月初八，也就是婶婶去广东照顾堂弟媳妇的那天，地处陕南的铜钱关乡安然寨村，天阴沉沉的，凛冽的寒风夹杂着雪花。这天刚刚吃过早饭，叔父就说："歪歪，今天你把羊拉出去放一下哦。"闻此言，我一边应答着"好"，一边默默朝羊圈的方向走去。由于衣衫单薄，刚走到门外，就冻得我浑身直发抖——这是我在走投无路的日子里，暂住叔父家后，帮他们放羊的第一天。

那只白山羊，极不情愿地跟着我慢慢腾腾地走，好像在说"冷啊，冷啊……"，我像纤夫一样死死拽着羊绳，很吃力地朝河边方向走去，不时回过头来，朝羊儿投去乞求的目光，希望它看在我可怜的份上，别去吃人家的庄稼。可它毕竟是不通人性的畜生，根本不理会我的情绪，不时鼓着金黄的大眼睛，对我的狼狈、窘迫和沮丧不屑一顾……

我拉着羊勉强走了大约100米，刚来到村外的田埂上，它就肆意地和我作对，任凭我怎么拉，它仍站在那儿一动也不动；我瞪了它一眼，并狠狠地吼叫："走啊！"然后打算使出浑身解数——正当我踮起脚来拽羊绳时，它忽地往前一冲，我一个跟头栽到旱田里，当我意识到自己摔倒后，一边吃力地往起爬，一边惊惶失措地骂了一句"该死羊子啊"，并下意识地四处张望，出乎我意料的是，它正在前面的田埂上"咩咩"地朝我叫着，跟我的目光来了个对视……

见此情景，我不顾一切地狂奔过去，握住羊绳后才发现，原来绳子挂到树杈上了，我说呢，它怎么会这样规矩、有人情味！我此刻的心情，简直糟糕透顶了，真想打退堂鼓，但想想我的处境，既然寄居在叔父家，就应该帮他们做点事情。于是我又牵着羊，继续朝河边走去……

更不幸的是，当我拉着山羊来到河边时，它东张西望了一下，一个纵身就从那块横在水中的石头上跳了过去，把牵着羊绳的我，猛地拽到一尺多深的水里，我从头到脚都湿淋淋的，像落水狗一般狼狈地摸着河里的石头，慢慢地撑着站起来。可这一折腾，我已冻得快要窒息了。羊这时趁机跑走了，我想回去换衣服，又怕叔父的严词责骂，不知如何是好。

经过激烈的思想斗争，我觉得，现在最要紧的还是赶快把羊找回来。意识到了这一点，拖着不灵便的小腿，失魂落魄又很急促地沿着河岸找去，凄厉的冷风咆哮着穿过无叶的树枝，汗从我的额头上钻了出来，浑身的体力都已消耗殆尽。此刻我的双腿像灌了铅一样沉重，我拼命地往前奔走，沿着凹凸不平的田坎，非常勉强地来到一间叫"阴坡院"的小院里，问别人看到我的羊没有。正好遇到英子从屋里出来，见我这身模样，她很惊讶地问："嗨呀！歪歪，你这是咋搞的，怎么浑身细水长流呢？"

"我到河坝放羊，滚水里去了。"听到我和英子的对话，远子也从屋里出来了，他跟着说："他多半是衣裳打湿后，又沿路坐了的吧。"

"你叔也是的，指望你还放得了个羊。"贵子也接着插嘴了，并善意地建议我："还不赶快回去叫你叔找，你连路都走不稳，咋去找羊啊？！"

想想贵子说的也有道理，我满心恐惧，垂头丧气地往回辗转着挪步——半公里路我却用了一个多小时，才拄着竹竿蹒跚着回到了叔父家。

回到叔父屋前的道沿上，首先映入我眼帘的竟然是那只拴在桂花树上的白山羊——"真是太好了，它还知道回来哦！"继而我又怀着侥幸的心理快速朝屋里走去，希望赶快换上干衣服，然后在火炉边烤烤冻僵的身体。可当我双脚刚迈过门槛，就遇到叔父从里间屋出来，劈头盖脸地给了我个"进门赏"："你还晓得往回蹄呀！"紧接着，他又变本加厉了，"歪歪，不是我说你，别的你做不了我也没指望你，叫你放个羊，你都能让它跑去害人。"

听着叔父的责骂，我呆立着，再也说不出话来。

一瞬间，空气仿佛凝固了，接着是死一般的沉寂，我靠在冰冷的门框上，无法克制的是双腿不停地发抖。我勉强牢牢地紧靠并抓着门框，险些要瘫下来。叔父凝视着我那一副哀伤的模样，声音又缓和了很多，以温和的口气说，"刚才凤儿拉着羊找上门来了，说羊吃了她家的麦子，还叫我给赔50块钱，不然就把我们的羊扣了，我们咋惹得起她呢！"

是啊，她是我们村里出了名的撒村骂街女人。

虽然我嫌叔父像个娘们似的喜欢啰唆、絮叨，但听了他的说道，却又接受、理解了他的苦衷，只恨我自己好没用。

彷　徨

穿了半天湿漉漉的衣服和鞋袜，身体自然吃不消。下午我坐在火炉边烤着火，仍驱除不了体内的寒意，浑身瑟缩抖动着，喷嚏连天，浑身绵软无力，动弹不得，头重脚轻，昏昏沉沉的只想睡觉。

叔父正在灶房做饭，但我没有丝毫的食欲，也没有给叔父打招呼就跌跌撞撞地摸索到床上去睡了。

一觉醒来，眼睛怎么也睁不开，只听到楼板上的老鼠扑扑腾腾地跑来跑去，发出"吱吱"的叫声。我深感恐惧和凄迷……当我慢慢睁开眼睛，只见窗外有一丝模模糊糊的光，我如同在太阳下晒太阳的懒猫，眼皮直往下垂。

"啊，现在是什么时候了，该是半夜了吧？！"

有人说，怒伤肝，悲伤肺。至今我才悟出了点道理，一阵阵咳嗽袭来：咳，咳……震得前胸后背都疼，喉咙里冒着火，而且出奇地冷，直哆嗦个不停，浑身也僵痛僵痛的。不好，我多半是生病了，且病得很厉害——高烧，仿佛失去味觉和嗅觉，同时我感觉这样睡着也很难受，很想翻个身来仰着睡，可心慌气短，动弹不了。

也不知道过了多长时间，在恍恍惚惚中，听到叔父发脾气说："歪歪，你怎么还不起来呀？都10点多了啊，享福也不是这样享的！"

叔父的话，让我感到一丝伤心和无奈，我使劲睁开眼睛，听见窗外滴滴答答，消融的雪水从房檐掉下来，好似一个受伤的人用手去触摸伤口，痛得不停的抖动。

当我坐起来穿衣服时，才意识到浑身时热时冷，依旧没有丝毫的力气——手臂活动起来非常困难，不停地咳嗽，头痛得要爆炸似的，只剩下视觉和听觉了。我动弹不得，费了好大好大的劲儿，才勉强发出微弱又沙哑的声音："叔……我……病了。"

"哦……"叔父犹豫了一下，面带微笑，似乎有些惭愧地说："你昨天穿了湿衣裳，该是冻凉了吧。"

说着，他就转身出去了。过了10分钟左右，他给我端来了一碗热气腾腾的挂面，和颜悦色地说："嗯，歪歪，吃饭了，你能将就着坐得起来不？"

我使劲儿回过头来，抽搐着嘴唇说："我……不想……

吃。"

"少吃点嘛！你昨天连晌午饭都没吃，今天还不吃咋行呢？"

"不……"

这时叔父眨巴着眼睛，凝视了一下我的神情，动了动嘴唇，似乎想说什么，却欲言又止……

忽然隐约听到了外面鸟儿婉转的歌声，又看到叔父端来的饭，身体难受的同时，我感到了一种宁静安谧，感到了有种幸福的味道。

不一会儿，我那幸福的味道很快被肉体的痛楚替代，外面也传来了乌鸦凄厉的叫声，像是在召唤游魂。除此以外，再没有别的声音了。

我挣扎着想坐起来，继而又学起村里老人那样虔诚地祈祷——以前我总以为老人们的祷告是迷信。而现在，我在那些祷告里发现了一种以前并未意识到的含义，当病魔无情地侵蚀我们的肌体，给我们的精神和肉体带来巨大的痛苦时，祈求祷告上苍怜悯的话，才显得非常有意义——在这个时候的祷告，我总是满腔真诚地说："上天呀，也不知道我在前世是不是作恶多端，今生今世才受到赎罪似的各种折磨，受尽了常人体会不到的痛苦。"

我忍受着沉重的痛苦，孤寂地躺在床上，手脚无力，额头滚烫，胀痛的脑海里只有一个念头：我完了，快死了。生存的本能使我有气无力地拼命地喊着"救命"，过后，就慢慢产生了幻觉，处于昏迷状态，迷迷糊糊地闭上眼睛，啊，一切都将被激流卷走，或沉没消失，或被岩石撞得粉碎……

在近乎昏迷的状态下，熬过了两天两夜难以名状的痛苦后，终于在第三天太阳还没有升起的清晨，我从睡梦中苏醒了。

我还能说话，但是一说话就憋得要命，感到呼吸困难，有种快要窒息的感觉。

拖着极其虚弱的躯体，我勉强从床上爬起来，心里茫然若失，模模糊糊中，我一面摇摇晃晃地往火炉的方向走去，一面使劲咽下咽喉里直往上涌的苦味，饥饿正在拼命地折磨我的五脏六腑，活像一个不停咬噬的野兽，使我脉搏急促，心慌意乱，焦躁不安，无法忍受……

记得贾平凹先生曾经说过一句很值得深思的话："生病是另一种形式的参禅。"生病往往能使人体验到一个平时体会不到的世界——平时尽管行动不便，但起码还可以自己支配身体，可在生病的时候，身体被病痛折磨得失去了自由，大脑有时候也不听指挥，吃饭也没有什么味道，好像整个人生活在另外一个世界里。

我今天能够起床了，心里真的很高兴。我体会到了即将失去生命又重新获得的感觉。从而，我好感动生命的存在，好想说，活着真好！

这时，叔父也起来了，见我有气无力、病恹恹的样子，让我这段时间就在家里照管羊，不用到外面放羊了，待元宵节之后，再到坡上去放羊。对此，我内心充满了感激。

洗　礼

这段时间，我每天负责把羊拉出去，拴在屋前道沿边的那棵桂花树上，并给它喂几次苞谷或黄豆糠之类的东西。

本就弱不禁风的我，又生了两天病，此时思维迟钝，身体沉重，勉强把羊拉出去拴好后，又给它舀了一碗苞谷，便心慌气短、浑身乏力，心跳得咚咚直响，顺势就瘫坐在旁边的石磴上，我闭上双眼，低着头……

我突然感到有一股热气吹过我的脸庞。

我伸出手去，摸到了毛茸茸的白山羊。

它悄悄地来到我的身边，轻轻地嗅嗅我；它呼吸的气息温暖着我的脸庞、拂动着我的头发。

它想干吗？

它很快便在我旁边的地上躺下，亲热地嗅着我的手。

我被这种亲昵的动作感动了，慢慢站起身子，双手亲热地抚摸它。

它轻轻地哼了一声，头挨着我的腿，随后不再动弹。

身体的不适，对周围的一切事物都没有兴趣。而羊的这一举动，使我有种亲切、快慰的感觉，暂时忘却了自己的痛苦。

这是我们友谊的开始。

在接下来的一个星期里，我每天除了给它送吃的以外，每每在火炉边烤一会儿火就出来抚弄它，总喜欢抚摸它那乳白色的毛，有时我索性把它拉到屋里来，也让它暖和一下。

就这样，转眼过了正月，那只羊也逐渐跟我混熟了，我们彼此都有了深厚的感情。这样一来，它自然也就围着我转，我拉着它时，它再也不像以前那样，挣脱绳索跑掉了。

这天天刚麻麻亮，我就牵着羊出门上坡了。一路上，我们一前一后，它要么吃着路边泛绿的草，要么舔我的后背，要么扑腾一下跳到我前面，摇头晃脑地嗅着我的胸脯或手臂，我也心领神会地用双手给它挠挠痒，它才肯让我通行。本就喜欢猪、狗、猫等动物的我，也越来越喜欢它了。每天我都这样为它服务数十次，准确地说，是它给我带来了一种乐趣！

目的地到了。我割猪草，它却蹦蹦跳跳地在我前面抢草吃，或是用头抵我脑壳，时不时地还到我的挂篮里偷吃一口，我连忙护着挂篮，挥舞着镰刀要打它的嘴，它又很麻利地掠过，十分调皮、撒野似的哼着"咩咩"，活蹦乱跳几下，"真是既讨厌又可爱"。我自言自语着，有点想笑的样子。但说来也怪，这羊从不吃我故意扔在地上的草，我脚踩过的草，它闻都不闻一下，在家喂它食物都必须用篮子或碗装着它才吃……

我忙不迭地割着猪草，当觉得自己已累得不行了，便躺在小溪边没膝的杂草中，紧贴着地面饶有兴趣地观察千姿百态的小草；当我在内心更真切地感悟草茎世界的密杂，观察蛛网上那个蜘蛛的形状时，我便感觉到了创造我们的全能的苍天的存在，感觉到了把我们带到并安置在这永恒的"极乐世界"的上天的呼吸。就在我幻想入神时，羊的嘴触到我眼睛上了，吓我一大跳，我突然反应过来。我拍了一下它的脸说："快吃草去！"羊像听懂了我的话一样，温顺地抬头"咩"了一声，又低头吃草了。

这时我发现，可爱的山谷雾气蒸腾，高高的太阳挂在那片不透亮的幽暗树林的上空，只有几束阳光悄悄地射进我身旁的柳树林。"哎呀！10点多了。"我得赶紧割猪草，挂篮满了好回去吃早饭。这一切都温暖着我时常痛苦的回忆和不时震颤的心，使我有如在天堂的乐园里一样愉快……

放羊的乐趣，家务活的琐碎，一天很快过去了。晚上，我洗漱后，就趴在睡觉的床铺前的那张破桌上"做"着我的文学梦，借着吊在高高的楼顶上的15瓦电灯泡，津津有味地读书。有时叔父进来找东西，看我在灯下看书，就说："晚上还看么子书，怪浪费电的。"

我接了话，只好关灯上床去睡觉了。

这注定是一个不眠之夜，我常常因此陷入极度恐惧的世界，那是来自心灵的挣扎。残酷好像挥之不去的噩梦，萦绕在我脑海里，重压在我躯体上，不敢对明天有任何奢望，觉得自己像是被剥夺了荣誉和尊严，被剥夺了一切。

是啊，这里山清水秀却是穷乡僻壤，加之叔父家境也很贫寒，叔父说浪费电我也十分理解，情有可原，只是我不甘这样平庸，不甘行尸走肉般地生活，无论环境多么艰苦，我都不能停止还能思维的大脑和提得起笔的手啊！

如果不坚持下去，放弃努力，那先前的苦岂不是白吃了么？不行，我不能就这样放弃了，就像一个旅行者必须跨越一座大山一样，现在，大山就在眼前召唤着我攀越，我必须越过去！

"对了，明天自己去买一些蜡烛回来，这样叔父就不会说什么了吧？"我就这样在思索和忧虑中熬过了漫长的一夜……

第二天下午，我一边在屋后的小山梁上放羊，一边割着细嫩的猪草，累得实在支撑不住了，便就地坐下来歇息一会儿。当我再次满头大汗地坐下来休息时，发现天色已暗了下来。已是春天了，眼前的栗树也是一派茂密的景象，层层的树木形成一道屏障，密密相邻的灌木丛使林荫道变得更加幽暗，最后在尽头围出一小片与世隔绝的空地，一切都是那样寂静，那样令人惶恐。我方才意识到天色不早了，于是起身拉着羊就往山下走去。一个"硕大"的小挂篮斜挎在我的肩上，下坡时会使我的身体失去平衡，于是我把它由侧面挂到了前面，像给犯人挂的牌子，我的腰弯着，在下山的路上，这只硕大的挂篮还是不停地折腾着我。就在快要下到公路上时，一步没走好就被挂篮拖倒在地，猪草撒了一地……

就这样回来把羊关进圈里后，我准备去给叔父烧洗脚水，可一想到已两天都没有看书、写字了，于是又不顾一切地朝邻近的小商店走去。当我买了 20 支 1 元一根的蜡烛回来时，看到叔父正在洗脚，他见我抱着蜡烛和火柴，说："你买蜡烛回来做什么呢？"

"白天帮你干点活，晚上我想看看书，练习练习写作。"

"指望你挣的那点稿费顶个屁用，最要紧的是想办法找个工作才对。"我没有搭腔，只是愣了一下，就拖起板凳来，默默地跟他一起洗脚，然后一声不响地走进房间，开始了我的阅读之旅。

这两天帮叔父放羊、喂猪、洗碗、打扫室内外卫生，尽管这一系列的家务活儿对普通人来说是举手之劳的小事，可我却累得要死不活的。身体的劳累不仅丝毫没有泯灭我的信念，反而让我发誓——为了文学梦，白天除了帮叔父干活儿外，要以头悬梁锥刺股的坚韧，以一根蜡烛燃完的时限为我每晚学习的时间。

我翻开了李小洛的《午夜花颜》，从第一篇开始聚精会神地阅读起来。当我读第四篇《我是谁呢》的时候，已是哈欠连天，闪烁的烛光不停地在书上摇曳，犹如一支催眠曲……

不知道什么时候，我已就势趴在桌上睡着了——也许在这种环境下，才懂得时间的宝贵吧。当我被楼板上老鼠的追逐、打闹声惊醒时，猛一抬头并站立起来，揉揉惺忪的眼睛，随之狠狠地抽了自己一个耳光，低声怨恨自己说："唉！点着蜡烛看书都睡着了，你咋这么不争气呀？"

明显地感到大脑清醒过来了，精神和活力较之前充沛多了，看了一眼蜡烛，已燃烧了一大半，闪烁的火苗像是在对我点头微笑。

啊，多么奇妙呀！禁不住思潮翻滚，激情难抑，我要提起笔来，开辟一方天地，融进我的思索，我的执着，我的爱与憎，我要用全身心去吟唱一首奋斗之歌来实现我的梦想，于是我摊开日记本，深情地写道：

或许这20年来我走过的路太不顺利，有过很多很多不为人知的辛酸坎坷。人言的可畏，流浪时险些丧命，倾心倾情投入的那场被对方视为儿戏的爱情，乡里的世俗使我在别人面前没有说话的勇气……罢了罢了，我不能揭那些伤疤了。

如果说经历和苦难是一种财富，那么我的原始积累已经十分丰富，我更期待我的未来。坚强和懂得珍惜便是那些伤疤里孕育出来的珍珠，就让它丰富一下我的人生阅历，积累一点人生经验吧！

前路漫漫，我还要继续往前走，无论深渊也好，高山也罢，都挡不住我努力实现人生理想的坚定步伐。

涅　槃

合上日记本，蜡烛已快燃尽，时间过得真快。我又铺开稿纸，准备写文章了，可又不知道该写什么。既然没有写作的灵感，那就继续读书算了，当我伸手去拿书的那一瞬间，看见桌上那一摞热心的作家老师们赠送给我的书籍，一时灵感袭来，我心血来潮，稍加思索，便又摊开稿纸，写道：

走过青春的华韵，经历了年少的轻狂和浮躁后，再来读现在的这些书，一种神奇寄托在字里行间，心中充满无限的向往。曾有人说：一本好书可以改变人的一生，我相信并且用实际行动改变着自己的命运。

……

这篇1500字的散文，我先后用了五个晚上，也就是用差不多燃烧完五根蜡烛的时间修改成形的，最终取名为《青春的字里行间》。

寄居在残疾叔父家里，我每天如此循环地生活着。有时候根据乡、村领导干部提供的素材，也写一些通讯报道。尤其是在初中学校教书的肖斌老师的帮助、鼓励下，我写了数十篇有自己真情实感的散文习作……

生活毕竟不是一池波澜不惊的春水，生活是大海呀！

转眼间，三个多月过去了。

这样寄人篱下也不是长久之计，更不是我所向往的，加之叔父也在关切地询问了，说："歪歪，你不是说残联给你找工作哩，怎么三四个月了还没见动静呢？"

还有我的那些乡亲们，见了我也总是问这问那的。

这天我们组上的两名男子去田间干活，从我们家门前路过时，一个叫老景的就首先不解地问："歪歪，你怎么还在屋里呀？"

"是呀！"老景的话音刚一落定，他身后的老李也插嘴了："你说残联给你安排工作，我看怕是把你支使回来算了哦？！"

也不记得，我这是第几次尴尬又忧心地面对人们的问询和审视，再没有丝毫的勇气面对我的父老乡亲了，只觉得眼前一片迷茫——我一直想通过坚韧不拔、永不服输的意志和信念创造辉煌，可一次次换来的都是更加悲惨的结局。我有理想，很想开个打印店，或是开个书报亭，或者卖小杂货什么的。如果能实现，我的生活就有了保障，同时，还能够做自己喜欢做的有意义之事，岂不是人生最大的幸福么？！

我对市场进行了走访，了解到赤岩、铜钱关两个偌大的乡镇，居然还没有一家打印店，镇属各单位打印文件，均要到 100 多里外的旬阳县城，我是多么地想在赤岩镇开一家打印店呀！

我在赤岩集镇上选好门面房后，又去了旬阳电脑商城，具体了解了电脑价格，在心里盘算着：电脑、打印机、复印机、扫描仪、房租和桌椅等，这一系列花销下来，至少需要3万元。

一个在当时连 300元都拿不出来的人，3万元简直就是个不敢想象的天文数字。

为了生存，我又坐着一个熟人的自行车来到赤岩集镇，再次走进了信用社的大门——我曾为开照相馆的事去贷过款，那次去的结果是连门都没让我进。这一次我本来已不抱丝毫的希望，实在没有去信用社的力量和勇气啊！但为了生活下去并逐步实现梦想，我还是涎着脸走进了信用社的大门，在信用社主任办公室的门外胆怯地站着，也不知哆嗦了多久。以前在这里贷款失败的经历还历历在目，但是，最终还是鼓起莫大的勇气，用颤抖的右手轻轻敲了几下门，李主任立即开了门并伸出头来问我："你有事吗？"

"哦，李主任，您好！我想在这镇上开个打字复印部。"

"那好哇！这镇上还没有打字的，我们打印文件也很不方便。"

"可我没有钱，我想……"

我话音未落，门被"哐当"一声关上了，长长的走廊里只留下我一个人孤零零地站在门外。

上帝并没有因为我历经磨难遭遇坎坷，而增加些许恩赐和眷顾。

难道我注定是一只断翅的鹰，不能在蓝天上翱翔，只能窝在山沟中吗？只能在痛苦、绝望里苦苦挣扎吗？

现在我身无分文，社会又不接纳我，所有的一切都可望而不可即。难道我的生命就这么暗淡、没有一点亮丽的色彩吗？

我在绝望中乞求希望，如同在无边的黑夜里寻找光明，可是希望又一次破灭了，苦笑浮上我苍白的面颊。

蒙蒙细雨中，我独自徘徊在街头，茫然地望着过往的行人，他们步履匆匆，各有所为，而我却变成了这个世界上一个多余的人。

没有人能保护弱者，也没有人来挽救我的不幸，命运的安排，我无力反抗，只能默默承受。现实的残酷几乎剥夺了我谋生的权利。

此刻，我心潮起伏，回忆起许多往事，万念俱灰。一辆卡车迎面驶来，我不由自主地走上去，一瞬间，刺耳的喇叭声使我本能地缩住了脚步。在卡车司机一声"找死呀"的怒骂声中，我突然一下子清醒了。是啊，我这是在干什么呀？难道我就这样死去吗？

期待重生

"歪歪，你怎么了？"隐约听到一个熟悉的声音。我猛然一惊，迅速用双手抹去眼眶上滚动的泪珠，并扭头张望，原来是表哥。我没有回答他的问话，而是隐藏了内心的疼痛，挤出一丝微笑，亲热地喊了声"哥"。

没有贷到款，我很不甘心。表哥的出现，仿佛又使我看到了一线希望——他在乡间是有名的艺人，吹拉弹唱样样精通，而且社交面较广，见什么人说什么话，尤其是跟乡干部、信用社领导的关系都还不错，于是我当即萌生了请他帮我贷款的念头，但根据我对表哥的了解，心里又没底了，所以又难以启齿，这时，他又问我："你今天跑下来做什么呢？"

"贷款。"我借机回答道，又赶紧补充说："哥，我想在镇上开个打印店，一切都弄好了，就是没有资金。"

"你连还款能力都没得，咋贷得到嘛！"表哥不屑地说，然后问我："你想贷多少啊？"

"最少得两万元。"

"那么，现在打字复印的收费标准是怎么算的？"

"打印4元一张，复印5毛钱一张。"我想了想说。

"天哪，照这样说，猴年马月才能挣回成本呢？"

"不晓得你这样劳神费力的做么子，没得吃的了有政府救济。"

"即使你想得天花乱坠，命比纸薄。"

听到表哥的一席话，我原本想请他帮我担保贷款的想法，自然也没有必要跟他说了，内心变得更加迷乱。

听了表哥那"命比纸薄"的话语，我突然想起一件事，从口袋里掏出一张字条，这是我正月十五那天在村里的白龙洞抽的一支签，上书：

上清下浊成天地清浊相凝便做人，

尔欲多求明白事且将三等细分明。

　　注解曰，气清而上浮者为天，气浊而下凝者为地，中间清浊二气相混者就是人。假如你求得这签，只要仔细思考一下，将上中下的气与上中下等人进行联想，就不难悟出真理了。

　　虽然我对这支签似懂非懂，但还是知道好事多磨的道理。再卑微的生命，也会有远大理想，这是以往的生活让我明白的，身体残疾不算什么，灵魂的残疾才是人生最大的悲哀。我一直努力着，只要能沉得住气，总有一天也能做上浮之清气。

　　我明白，与其抱怨命运中的黑暗，不如仰望头顶的阳光。对我而言，假如丧失了意志，就永远只能在地上爬行；假如丢掉了尊严，就只能在街头以跪乞为生。

　　一切的苦难只不过是命运为我安排的严峻考验，我一定要忍耐！要有耐心！只是梦想和生命一样长，总会有见到光明的那一天。正如诗人顾城所说的，黑夜给了我黑色的眼睛，我却用它寻找光明。上苍给了我残缺的肢体，命运给了我坎坷的生活，可也让我更懂得了生命的意义和生活的真谛。

　　我心存梦想，也爱听下面这个关于梦想的故事：

　　曾经有一个驼背的孩子，背上隆起一个大包，别人都嘲笑他，可是他觉得自己是一个天使。他说，隆起的背上藏着一双翅膀，自己会飞得比许多人都高。

　　梦想有多远，就能走多远。我也要像这个驼背孩子一样，怀着梦想的翅膀继续飞翔。

第十四章 "用脚做梦"

古今成大事业、大学问者，必经过三种境界："昨夜西风凋碧树，独上高楼，望尽天涯路"，此第一境界也；"衣带渐宽终不悔，为伊消得人憔悴"，此第二境界也；"众里寻他千百度，蓦然回首，那人却在灯火阑珊处"，此第三境界也。这是王国维先生关于治学三境界的论述，我觉得这三种境界也符合我目前的生存状况。因而，我必须奋斗，绝不能放弃。尽管以后一定还会遇到更多的困难，但是，我相信这些困难不过

是成就一番事业者必须经历的过程。我坚信：有志者，事竟成！

重整旗鼓

那天去镇上贷款遭拒，便搭上表哥的便车，带着失落返回叔父家中。

回来的第二天，雨一直下个不停，哗哗啦啦地顺着房檐往下流。四周都是朦胧的烟雾，叠嶂起伏的山峦也变得模糊不清，苍白而迷茫……

吃完早饭，本来准备看书的，可每个房间都昏暗得看不清字迹，只好去堂屋外的门楼中看书。同在门楼里的，还有三位正在等待叔父理发的乡亲。他们见我又开始写写画画，就好心地说："歪歪，你这么天天写来写去的有啥用啊，想当作家？我看那是用脚做梦。它能给你挣钱娶媳妇吗？我说你还不如去车站讨钱。那可是个来钱快的活路，好多身体结实的人，都趴在那里装可怜要钱，你有啥不好意思的？"

见我无语，另一个人又说："要不，你就去民政局，住在那里不走，他们总不至于看着你饿死。"

虽然他们说的都是为了我"好"，我却感到自尊受到了深深的伤害。难道残疾人真的就只有靠别人施舍活着吗？想到爬格子的艰难、前途的渺茫以及艰难跋涉求索的痛楚；想到除了继续流离失所外，也别无他途。我强压着的情绪就这样被他们拨拉起来了。

我真的好痛苦，好痛苦，好痛苦啊！

为了能改变现状，我用几个月挣的300余元稿费，抱着试一试的想法，又开始四处寻找就业机会了。

回想起以前的求职经历，我望而却步，毫无前行的力量和勇气。这次，我改变了方法，经过一番思量，决定请求媒体刊登求职启事："王庭德，男，1981年生于旬阳县边远农村铜钱关乡，身高不足1.2米，是个种不了地、务不了农的先天性畸形小矮人儿，父亲早逝，母亲智力低下且视力不清。在社会各界的同情支援下，勉强于2000年初中毕业。曾在西安流落街头，但不愿乞讨，后在安康城卖报的经历感动了世界宣明会、省市慈善协会、阳光学校和残联，有幸被免除学费、食宿费等一切费用，学习了电脑办公自动化专业。我热爱电脑、写作、摄影等，迄今已在中、省、市报刊上发表文学作品及新闻报道250多篇。目前又陷入生活的困境中，在走投无路之际，怀着最后一丝希望求助于贵报登此启事，恳求用人单位给我一个施展才能的舞台，以谋求生存，我将感激不尽，永记于心！"

放飞梦想

"求职启事"发出后，终于有一家公司给我来通知了，我兴冲冲地拿着通知单前去应聘，一位自称是公司人事主管的人接待了我。我刚说明来意，他的目光就死死地盯着我，脸紧紧地绷着，始终见不到一点笑容。我感觉他盯着我看时的眼光，就像刀子一样，冰冷地刺向我的心脏。我的心不由紧缩起来。他后来拿起我的简历，不断地用疑惑的眼光扫视我，那神情仿佛是在说：像你这样的残疾人也想在这里工作，真是痴心妄想！

我像一头待宰的羔羊，诚惶诚恐地等待着他的发落。他终于对我说："我们不知道你是残疾人，我们不要身体不健康的人！"我忙说："我虽矮小，但我能行动，我能胜任文员工作。"我当时想，他们大概以为我走路不便，所以我说自己行动自如，什么都可以做。但他手一挥，做了一个"走人"的姿势，不耐烦地说："我们不要就是不要，你还是另找工作吧！"说完头也不回气冲冲地走了。

又是一次高兴而去，悲伤而归。

接下来，我又奔走于各单位之间，找单位负责人说情，也利用一切能利用的因素，动员一切能动员的力量，结果还是一无所获。求职的路简直比登天还难！单位负责人一听我是来应聘的，就不问青红皂白，一口咬定我不能胜任工作。

我学的是办公自动化，有市劳动部门的资格证。我只不过是身材矮小，不能像健全人一样正常走路，但是绝对能胜任工作。他们直言不讳地说："其他方面的疾病还可以考虑，就是行动不便不行。"纯粹的以貌取人啊！他们根本不顾及我的尊严，不了解我的实力，根本不听我任何的自我推荐，更不会给

我一个机会，我像一个写好答卷的考生被剥夺了交卷的权利，在求职的考场上，是没有人看我的试卷的，所以失败是注定的了。

自信、勇气、意志和强大的定力都被现实残酷地粉碎了。

是啊，他们不会怜惜我这样的人的。

我的心凉了，这个世界没有我的立足之地，不管我多么努力都没有用，我真想把简历撕碎，不再苦苦奔波，不再遭人歧视。然而为了生存，我又不能气馁，否则，就只有乞讨这一条路了。决不能那样，乞讨为生是我很鄙视的生活。

为此，我就不断到人才市场去，希望人才市场的工作人员能看在我特殊身份的份儿上，给我介绍一个工作。去的次数多了，人才市场的工作人员也烦，有时表面敷衍我，有时就无视我的存在，任我在那里呆坐。这就是我从家乡奔走数百里到市里的结果，得到的答复不外乎是："你不用来了，在家里等，有单位聘用你时我们通知你。""我们没有空去为你联系单位。"

或两手一摊，说："单位不肯要，我们也没办法。"还有一次，我去某人事局请求他们利用工作便利帮我介绍工作，一科长还让我到档案局去找有关就业的文件，说如果有文件规定一定要安排，他们就硬性安排下去，否则，就是赖在人事局，他们也没有办法。当时有关这方面的文件也许还不够完善，我没有找到相关的文件。我不知道是我硬赖在人事局了，还是他们推卸责任？总之，我成了他们讨厌的角色，我的资料也成了往来账户中的死账，一直悬挂着。

我看不到一线希望，我该怎么办？

"放下！"我在心底呐喊着——蓦然回首间，佛陀与黑指婆罗门的故事，如同一部记忆深刻的老电影一样，又在我眼前浮现：

黑指婆罗门，运用神通，两手拿了两个花瓶前来献佛。佛说："放下！"黑指婆罗门将他左手的花瓶放下。佛又说："放下！"黑指婆罗门又将右手的花瓶放下。然而佛还是说："放下！"黑指婆罗门大感不解，对佛道："我已两手空空，你要我放下什么？"佛说："我并没有叫你放下花瓶，我要你放下的是你的六根、六尘和六识。当你把这些统统放下后，你也就解脱了。"黑指婆罗门当下大悟。

"放下"确实不易。当你有了名气，你能放下名气吗？当你有了金钱，你能放下金钱吗？当你有了爱情，你能放下爱情吗？当你有了事业，你能放下事业吗？这些，你都放不下。

对于我来说，什么也没有，能放下的只能是艰难的求职梦，倘若放下，一来可以让我保持良好的心情，利于身体健康；二来可以释放压力，从求职无门的苦海中解脱出来。我终于放下了。在世俗的眼光里，残就意味着废，废就意味着无用。

坚持理想

准确地说，我仅仅放下了求职的念头，并没有放弃尊严和理想。死也不会苟且偷生地讨饭吃。

2004年5月中旬的一个午后，天气说变就变了，大块的浓云厚厚实实地包围了天空，同样遮蔽了我内心残存的光亮。当时正在县城寻梦的我，刚行至图书馆门前，雷声阵阵，一瞬间万亿颗雨滴织成重重纱幔声势浩大地倾泻下来，大地昏黄一片。行人四散奔逃，争先恐后地找着可以避雨的地方，我也以最快的速度钻进了图书馆。

图书馆里的人都很安静，大家好像都在聚精会神地读书。我把档案袋扔在桌上，自己发起了呆。

我不明白，已经快一年了，跑了数百家公司或单位，只想凭自己学到的技能干点力所能及的事情，自食其力，没有工资待遇的任何要求，可就是没人肯收留我。

每个人都有自己的梦想，我的梦想是什么呢？自从放弃了无望的求职梦后，我的梦想是回到这个小县城，希望在商业领

域做一点成绩，像巴菲特那样，用自己的智慧赚取财富，成功与快乐是来自于自我潜能的提升，然后用

赚来的钱造福社会，可又是那样的遥不可及。我已身无分文，在物欲横流中找不到所谓的梦想，实现梦想更是好比蜀道之难，难于上青天。

我一直在追梦，行动和思想上从没有向命运低头。

"用脚去做梦，有梦，脚步就不能停下。"

一句平常却有力度的话！一句能够让人热血沸腾的话，它不由让人想起那英唱的一首歌的歌词："不管你的路有多苦，擦干眼泪告诉自己不准哭，再多的伤害我都不在乎，只要你我坚持永不认输……"

这时我不经意地看到了桌上的《钢铁是怎样炼成的》，小说的主人公保尔，徐徐向我走来……当他的健康状况每况愈下，被迫中断工作时，他从寂寞中抬起了头，忍受着病魔的残酷折磨，不抱怨，不灰心丧气，不让自己的思维停下片刻，以便为

革命献出最后的一点光和热。即使最后双目失明，坐上轮椅，他仍在异常艰难的情况下，从心里抠出字字句句，凝成了一部小说，激励着一代又一代青年人。

"他能行，我为什么不行呢？"我潜意识中的要强和自尊再次被点燃，烧起了一团熊熊的烈火。不，我决不能输给自己，输给命运。

给我力量

每个人都在生活的舞台上演绎着不同的角色，人人都想将自己扮演的角色演好，尽力做到完美，但往往因客观环境和其他种种因素的制约，结局未必都能尽如人意。即便如此，每一个人都应该在或平淡或孤独的人生舞台上演绎各自生命最精彩动人的一幕……

我继续在谋生的路上艰难跋涉。

在万般无奈之下，我听从了文友的建议，学习补鞋。我上街走到每个修鞋摊前，仔细观察别人如何修鞋。在一个小巷子里，一对善良的鞋匠老夫妻得知了我的情况后，热心地答应教我补鞋。

"只是，"他上下打量了我一番，若有所思地说，"不管补鞋还是擦鞋，都得要有一点手劲的，我看你手跟蚕蛹似的不得力，担心你做不了这一行。"

"大爷！"我生怕他不教我这门技术了，连忙诚恳地补充说，"我是个很有志气的人，坚信一定能够克服自身的缺陷，把这门技术学好。"

"哦，是吗？！"老先生微微一笑，又平静地说，"看你也怪可怜的，就让你先在这儿适应两天，你看能吃得消不。"

"好了，你先招揽一个擦鞋的来，然后试着擦擦。"老人这样说时，我没有搭腔，只是半蹲半蜷地坐着，没有一点儿声响。在浑浊的街市里，我满怀激动之心，用羞涩的眼光注视着路人，盘算着怎么招揽生意……

这时，走来一个平头男子，西装革履。我招呼道："大哥，皮鞋擦了走吧！"

男子扫了一眼，便顺势坐了下来。我赶紧给男子卷起裤管，插上皮革，用泡沫布蘸上清水，先仔细地清洗男子皮鞋上的污垢，鞋缝里藏着泥沙，再拿出牙刷，一点一点地刷洗着。

这是我擦皮鞋遇上的第一个顾客。我认为清理完鞋面和鞋缝后，才能上油保养。我笨拙地挤出鞋油，小心翼翼地抹到皮鞋上，轻轻地用刷子擦拭。男子掏出一支烟，悠闲地点上火吸了起来。

我反复地擦着，皮鞋泛出的光泽映出我汗涔涔的脸庞，心里一阵喜悦，微笑着对男子说："大哥，擦好了。"

"好了？"男子低下头，左右察看着皮鞋。突然，他脸色一沉，吵嚷起来："你这人是怎么擦鞋的，你看我的袜子，白袜子成了花袜子了！"

我惊恐地查看，男子的左脚袜颈粘上了一点鞋油，我连忙道歉："对不起，大哥，不小心粘上了一点点，对不起啊，大哥！"

"对不起！你知道这双袜子值多少钱吗？"男子吼道。

"多……少……钱？"我呆呆地望着男子。

"adidas，知道不，怕是把你整个人赔上，都不够我的袜子钱。"

"阿……底啥子丝？"我没听明白。老人见我遇到麻烦了，赶紧过来打圆场："大哥，算了，这是我徒弟，他今天第一次擦鞋，不小心所致，这擦鞋钱就不收了，大哥，帮帮忙。"

男子本想发怒，在老人的劝导下收敛了怒容。"嗯！"男子将烟头掷在我旁边的鞋箱上，拂袖而去。

"哎，命啊。"我吓得说不出话来，面容呆滞地蹲了好半天，叹了一口气，无奈也无地自容。但还好，那对老人没有责怪我，依旧还是和颜悦色，这对于我来讲，已经是万幸了。

从那刻起，我对老人充满了感激和敬意。

在闲谈中，我了解到这位老人姓刘，老伴姓龚，他们都是某厂的工人，退休后，本来可以安享晚年，但一辈子忙碌惯了，闲着感觉无聊，就和老伴在家门前补鞋，一来打发空闲的时光，二来还可多少增加点收入，补贴家用。

路在前方

没事的时候，两位老人便坐在树下面和我聊天。这树据说叫榕树，大叶榕还是菩提榕，我不大认识，然而树阴倒是密密的，长得也挺结实……老人给我讲了过去艰难岁月的恓惶，又说到今日衣食无忧的满足。在他们的叙说中，我感到两位老人心慈情暖、勤劳节俭，分明就是我眼前的这棵荫庇行人的榕树。

他们叫我别急着干活，先在一旁看他们怎么做。

然而，一想到他们免费教我学本领的同时，还无偿供我吃住，过意不去，就想快点帮他们干活，我失去了观察学习的耐心，心想，修鞋也没多大技巧。

第二天早上，我就做着跃跃欲试的心理准备。

"怎么还没有生意呢？"我自言自语地祈盼、埋怨着，好不容易熬到10点多，终于来了两个女子，自称要补凉鞋，我一时喜出望外，连忙对刘老先生说："我也想试一下，行吗？"

"那好吧，你就用我老伴的机器，自己动手实践一下，心里也好有个底。"

我一面"嗯嗯"应答，一面迫不及待地接过活计，模仿刘老先生的动作，开始第一次学补凉鞋。

那凉鞋是鞋底子与鞋帮子分离了，我学着刘老先生的样子，开始穿针引线上鞋底儿。只是，握着鞋的双手，显得别扭、笨拙，一时不知所措……

我很快反应过来了，首先用锥子戳穿坚硬的鞋底，然后才能把针线穿过硬邦邦的鞋底，以使鞋底和鞋帮裂开的地方缝合上。

由于我的手劲小，第一锥子下去，那厚厚的鞋底纹丝不动，我接连锥了几下，还是没有锥进去，这让我好失望……

"我就不相信，连胶鞋底子都锥不过去。"我心想，"练习五笔打字的时候，手肿得不能捏筷子吃饭，都没难倒我，现在这活算个啥！"

于是我把鞋放在鞋模子上，又将锥子对准厚厚的鞋底，用力将锥子猛刺下去。结果，锥子一滑，我一头栽倒在地上，把那俩女子吓了一大跳。

刘老先生时不时地斜着眼睛看我，耷拉着脑袋，嘴里想说什么又没说，或许他是顾及我的面子吧！

尽管灰头土脸，我仍不甘示弱，揉揉碰痛的额头，又继续垫着鞋模子用锥子往鞋底使劲戳。

我不自觉地朝刘老先生瞟了一眼，发现他已经把一只鞋补好了，可无论我怎么使劲，也没有穿透一针，急得直冒汗。

这时刘老先生平静地说："娃，还是让我来吧。"

我还能说什么？只好默默地递给了他。

之后，刘老先生拍拍我的肩膀说："娃，这并不是你有没有毅力的问题，我看你确实不适合干这一行，建议你另找出路吧。"

想想老人说的也不无道理，我也不想再给他老人家添麻烦了，于是，决定离开这里。

没办法，我只好来到一家报社的发行站，想像过去一样上街卖报，可惜不巧，那里已经不需要人了……我心里绝望极了，难道这天底下，真的没有我可以走的路吗？我不相信！

就在我极度绝望的时候，想起曾经帮助我学习电脑技术的市慈善协会熊邦高会长，于是，我抱着残存的一点希望给熊会长打了个电话，没想到，他答应帮助我。不久，经过熊会长多方协调，终于给我找到了一份工作⋯⋯

从初中毕业至今，四个春秋，一千多个日夜，几经风雨，几多辛酸，在走投无路的漂泊中，我终于有了落脚点，走进了一个新的天地⋯⋯我知道，以后的路还很漫长，也可能充满艰难与险阻，但我已经不怕了！我相信，在这个苦辣酸甜造就的人间，不管生活给予你多少坎坷，只要勇敢面对，不抛弃，不放弃，成功之门就会向你开启！

第十五章　我的逐梦人生

当我再遇到挫折，我不会再哀叹，不会再哀叹命途的艰辛。因为人生便是这样，所以我曾经卑微地活着，顶着风雨、流着血汗，在别人轻蔑的眼光中活着，我从没放弃过希望，仍然向着幸福的彼岸，奋力走过那些泥泞……

茨沟镇的梦想之光

在茨沟镇悠悠的岁月长河中，时光悄然倒回 9 年前。那时的我，一个满心揣着生活热望却在现实里四处碰壁的人，命运的齿轮在不经意间开始缓缓转动。

老板付远明，曾经也是个活力四射、朝气蓬勃的健壮小伙。1997 年，命运无情地挥出重拳，在天津打工的他，右腿被呼啸而过的火车残忍地压断，从此成为残障人士。一次机缘巧合，他听闻世界宣明会，省市慈善协会、残联和市阳光学校联合举办安康首届贫困残疾人技能培训，便和我一同成了计算机技术培训班的同学。

学习期满，付大哥回到了茨沟镇。他敏锐地察觉到，集镇上机关单位众多，可竟没有一家打字复印店，人们若要打印东西，得跑到 60 多公里外的安康城。这一发现，让他果断地开了一家"远明打印部"。

而彼时的我，在家中为找不到工作而深陷绝望的泥沼。无奈之下，我怀着忐忑的心情，拨通了安康市慈善协会熊邦高老会长的电话求助。电话那头，熊会长那亲切的声音仿佛冬日里的暖阳："还记得你们电脑班上的付远明吧，他在镇上开了家打印店，效益不错，正缺人手，你去那工作吧……"听到这个消息，我那如坠冰窖的心瞬间燃起了希望的火苗，激动得语无伦次："真是太、太感谢您了！"熊会长呵呵一笑："别客气，去了就好好干，过几天我去看你们，把那儿当重点示范点扶持。"

那个夜晚，我躺在床上辗转反侧，望着窗外闪烁的星星，满心都是对即将到来的工作的憧憬。我一遍又一遍地想象着在打印部工作的场景，对着夜空喃喃自语："我终于能就业了！"

第二天，天还未亮，我便迫不及待地搭上前往茨沟镇的车。

上班的第一天，新鲜与窘迫交织在一起。我刚在店里坐下不久，店门口就围了一群人。有人探头探脑地打量我，有人好奇地向外喊："快来看哟，那个人怎么那么小啊。"

就在我又羞又恼，满心的屈辱与愤怒几乎要爆发时，付大哥走了过来。他瞪了那些人一眼，大声说道："你们笑话人家啥，你们看他电脑打得多好啊，你们身体好好的，可有人家那一手技能吗？"

老板的话让一些人低下了头。过了一会儿，有人悄悄问："你们招收学徒不？我也好想学电脑！"一众人等附和着说："是啊，我们也想学。"

这时，一位身着黑色连衣裙、戴着墨镜的长发女孩缓缓走来。她身姿袅袅，在我右边蹲下身，手搭在我坐的躺椅上，和善的面容散发着一种高贵的气质。她似乎看穿了我的心思，温和地说："茨沟毕竟是个山里的小镇，很多人的素质不高，你别往心里去。走自己的路，让别人说去吧！"她停顿几秒，瓜子脸露出一丝淡淡的笑容，又认真地说："你们要是办电脑培训班，学的人肯定不少，我也想学学呢。"付远明大哥连忙回应："我们正准备开电脑培训班，到时候欢迎你来报名……"

就这样，"茨沟镇电脑培训中心"在众人的期待中挂牌成立了。没想到，前来学习的人多得超乎想象。7月1日那天，竟有40多人报名，可店里只有5台电脑，于是第一批只招收了20人。这20名学员分成4个班，每个班每天学习4小时。我和付老板既要忙着打字复印，又要教这20名学生，日子过得忙碌而充实。

然而，两个月后的一天，付远明大哥突然告诉我："茨沟烟站聘我去做电脑操作员，店里这一摊子就全交给你经营管理了。"这消息让我有些措手不及，我心里犯起了嘀咕："他走了，我一个人怎么办，我能经营好这么大一个店吗？"但回想起找工作时的种种艰辛，我还是咬咬牙决定干下去，而且一定要干出个样子。

一年后，西康过境高速公路动工修建，付老板抓住时机扩大经营规模。他把电脑培训店改成网吧，还增加了两个台球桌。我不仅要做好打字复印工作，还要兼任网管、负责台球业务，甚至抽空洗碗、搞卫生。我毫无怨言，因为我心怀感恩。

我们虽然有着相同的残障命运，却有着不一样的经历。我们相互支撑、彼此依存，一心把店面经营好。我们身残志坚的故事，渐渐在小镇上传开，引起了世界宣明会、省市慈善协会、省市区残联的关注。他们纷纷前来探望这两个坚强的创业者，付远明老板也成为了省、市、区残疾人自强模范，成了远近闻名的乡间能人。

在茨沟镇的日子里，因为店面紧挨着镇政府，我近水楼台先得月，开始为镇上写通讯报道。原茨沟镇党委书记王峰亲切地对我说："庭德，这是我们组织干部外出参观学习的材料，你根据我列的提纲写个报道……"我用心创作，仅 2006 年，就在《安康日报》《陕西农村报》《西部法制报》及汉滨宣传网上发表了 100 多篇稿件。我用文字为当地的经济建设呐喊助威，为新农村建设添砖加瓦，歌颂真善美，弘扬正能量；针砭假恶丑，抵制"黄赌毒"。在全区通讯员培训大会上，市级媒体辅导老师朱卫东对我的敬业精神给予充分肯定。

我的努力也引起了安康日报社记者梁真鹏老师的注意，他在省报和市报上刊发了《心会跟爱一起走》，这篇报道反响很大，让安康市文学和新闻战线的老师们对我刮目相看。

"3 月 12 日，在安康市汉滨区委宣传思想工作表彰会上，有一位残疾人受到表彰奖励，引起了大家格外的注目。这位残疾人是名侏儒症患者，叫王庭德，家住旬阳县铜钱关乡（2011 年改乡设镇），他这样一个外地人，因为搞宣传受到了当地主管部门的表彰……"看到这段文字，我心中百感交集，兴奋激动之情难以言表。这无形的力量支撑着我，让我在一个个黑夜里，在纸墨间倾诉梦想，让希望在笔端绽放。

2010 年，命运再次眷顾我。我加入了省作协，并被评为陕西省残疾人优秀作家。省作协党组书记雷涛、省作协主席贾平凹亲切地接见了我，亲自为我颁发奖金、奖牌和证书。在那里，我还荣幸地认识了韩城市的残疾人作家薛云平大哥。薛大哥才思敏捷、头脑灵活，得知我的事迹后，专门为我写了《有你就有传奇》的文章，还把我介绍到西安华亚电子有限责任公司。在这之前，我曾在媒体上了解过这家公司："华亚公司由华人慈善家、省市劳模郭永胜创建于 1990 年，是隶属于西安市未央区民政局的社会福利性企业，国家二类眼科医疗器械生产厂家，公司总资产 500 多万元，年产值千万元，创利税近百万元，其中还安置了 64 名残疾人员工……"

在茨沟镇这片充满希望的土地上，我的人生故事如同璀璨的星光，继续闪耀，书写着属于我的传奇篇章。

命运转折处的温暖之光

在那个阳光如同金色纱幔般倾洒的早晨，薛云平大哥带着我走进了西安华亚公司。一路上，我的心像揣了只小兔子，怦怦直跳。对于未来，我满是憧憬，却又夹杂着丝丝不安。毕竟，我这样一个身患侏儒症的人，能在这偌大的城市里找到属于自己的位置吗？

见到郭永胜董事长时，他先是犹豫地瞥了我一眼，那目光里带着一丝怀疑，嘴里喃喃道："他能干啥嘛！"我的心瞬间像被泼了盆冷水，凉了半截。在薛大哥不厌其烦的介绍下，郭总才勉强松口："好，你先去办公室应聘。"我心里明白，这所谓的应聘，说不定就是委婉的拒绝。可我还是硬着头皮，按照他的要求走了个过场，之后便怀着满心的失落和不安，回到了我所打工的茨沟镇。

回来后，我像只受伤的小鸟，蜷伏在角落里。可生活就是这样充满戏剧性，第三天清晨五点钟，当小镇还在沉睡中，一个突如其来的电话打破了这份宁静。当时，我正半眯着眼睛，看着那个陌生的号码，犹豫了一下才接通。

"喂，你好。"我的声音还带着浓浓的睡意。

"你好，请问是王庭德么？"电话那头传来一个沉稳的声音。

"嗯，我是，请问您是？"我满心疑惑地问道。

"我是西安华亚公司的董事长郭永胜。看了你写的文章，我感动得一把鼻涕一把眼泪的，都看不下去了……就赶紧打电话到薛云平那儿要来你的电话，就是想告诉你，你已被华亚公司录用了，今天就过来上班吧。"郭总的声音里透着真诚和殷切。

"啊！这是真的吗？不过，我可能后天才能来，今天得向网吧老板办离职手续。"我激动得声音都有些颤抖，这个意外的消息让我瞬间从失落的谷底飞到了喜悦的云端。

"那好吧，我后天过来接你。"郭总爽朗地说道。

挂了电话，我激动得不知所措，一下子睡意全无。想到马上就要去省城工作了，这个意外的机遇让我的心像波涛汹涌的大海，难以平静。接下来的两天，我满心都是对未来的期待，夜里躺在床上，翻来覆去睡不着觉。好不容易迷迷糊糊睡去，又被狗叫声惊醒，一看时间才凌晨四点，又无奈地躺下，可思绪却像脱缰的野马，怎么也停不下来。

终于熬到了第三天，凌晨四点半的时候，手机突然响了，是郭永胜董事长打来的："庭德早上好，我已经起床了，这会正在洗刷，准备五点从西安出发去安康接你。"听到这话，我心里涌起一股暖流，郭总如此细心和真诚，让我对未来的工作充满了信心。

这一天秋雨如丝，细雨如飞，冷风夹着雨丝打在身上，冷得我浑身直哆嗦。可我像一尊雕塑般，站在网吧门外，静静地等待着郭董事长的到来。我的心被激动和喜悦填满，寒冷根本无法阻挡这份热情。

八点时分，郭总一行冒雨赶到了安康市汉滨区茨沟镇。在这里，他得知付大哥身残志坚，不仅开办了网吧及打字复印店，为残疾人搭建就业平台，还担任茨沟镇敬老院的院长，先后受到国家、省、市区的表彰奖励，更是 2008 年残奥会陕西段的火炬手，郭总激动得满脸通红，不停地说："真没想到，大山深处还有这么优秀的残疾人。"说着，他便拉着付大哥一起举着火炬合影留念。为了感谢付大哥对我多年来的关照，郭总当场表态，从帮助女大学生创业的基金中拿出 1 万元支持他创业。

之后，郭永胜董事长（即郭总）又来到了敬老院，他和老人们亲切地交谈，询问他们的生活状况，脸上洋溢着关切的神情。离开敬老院后，他又驱车 40 多公里，前往安康市慈善协会与段吾勇会长、王友根副会长等告别。两位会长对我依旧关怀备至，兴奋地跟郭总握手言谢的同时，拉着我的手，语重心长地说："你到西安去了一定要好好干，不要辜负郭总和家乡人的期望，我们也会来看你的……"

当晚，我来到了华亚公司。一进公司，就看到工作人员已经为我准备好了衣被、米面油、营养品等生活用品。郭永胜董事长更是以个人的名义，为我送上今玉牌巴西黑蜂胶、小球藻、美国 GBN 进口蛋白质粉等价值 500 多元的高级营养品。我仿佛置身于爱的海洋，被这份浓浓的关爱包围着。郭总拉着我的手，带我来到一间卧室，笑着说："这是我们给你安排的卧室，你先凑合着住，明天我再去给你买电视机和笔记本电脑。"

我感动得热泪盈眶，激动地说："郭董事长对我太关心了，华亚对我太关心了，我一定以饱满的工作热情，全身心为公司作贡献，回报大家，回报华亚，回报社会……"

郭总微笑着看着我，说："我也很感谢你能到华亚来上班，给了我一个行善的机会。哦，对了，因为你是省作协会员，我们免了你进厂工作的试用考核期，按公司副主任级别确定工资，直接晋级转为正式员工，在办公室整理《华亚动态》、搜集相关文章、编辑报纸，及时按要求写相关文稿和我临时交办的任务，制作公司文件和有关制度，负责编写新闻稿……"

在这个充满爱与温暖的地方，我的生活翻开了崭新的篇章。又加上有省作协党组副书记齐雅丽、《健康第一线》张萍、《健康导报》陈爱侠、《文化艺术报》陈若星等各界人士的大力宣传，本就有"中国好人"之称的郭永胜董事长对我更加欣赏。

在郭总的赞助下，以陈忠实、雷涛、贾平凹为顾问的陕西省残疾人作家协会在西安成立了。

2012 年 3 月 1 日，在陕西省残疾人作家协会成立大会上，省作协王芳闻秘书长宣读我的简历："王庭德多年来克服种种困难笔耕不辍，以独特的内心体验创作出大量在社会上产生了一定影响的文学作品。他身患侏儒症，却矢志不移，艰苦创作，现任西安华亚电子有限责任公司办公室的文秘。王庭德这种身残志坚、自强不息的精神，在残疾青年中树立了榜样，拟定为这一届残疾人作协的副秘书长。"

"大家同意的，请举手……都同意了；不同意的，请举手……没有……好，通过了！"

我站在台上，眼中闪烁着泪花，激动地说："非常感谢省作协领导和大家对我的欣赏和信任，我将在这个平台上尽自己最大的努力，为残疾人作家出书、旅游采风和新书发布做点什么……"我的发言结束，台下响起了一阵热烈的掌声，那掌声如同激昂的乐章，见证着我人生中又一次质的飞跃。很快，我身残志坚的故事在《中国日报》《香港中华晨报》《乡土诗人》《陕西工人报》等几十家主流媒体上竞相传开，激励着无数人在生活的道路上勇敢前行。

而我知道，这一切的转折，都源于那个看似偶然却又满含温暖的电话，源于郭永胜董事长那颗善良而又充满大爱的心。在华亚公司，在这个充满爱与希望的大家庭里，我找到了人生的方向，也将带着这份爱与温暖，继续书写属于自己的传奇。

逐梦"老板"路

茨沟的风，如丝如缕，轻柔地穿梭在小镇的每一个角落，却不知为何，总带着丝丝难以言说的惆怅，撩拨着人心底最柔软的地方。

自我离开茨沟镇后，付大哥一直没能找到合适的人接手店面。老板娘只能独自挑起经营的重担，可一个人的精力终究有限。一旦她有事外出，店面就得无奈地关门歇业。要是正巧有人来打印材料，那可就给来人带来极大的不便。付大哥思前想后，觉得这店面还是得找个靠谱的人来打理。

在我离开小镇一年后的一天，电话铃声突然打破了我平静的生活。电话那头，付大哥的声音传来，语气诚恳而急切，希望我能回去，以承包的方式经营管理这摊子生意。我仿佛能穿越电话线路，看到他眼神里满满的真诚。他一心想圆我创业的梦，我被这份深厚的情谊深深打动，当下便与他达成了平等、自愿且友好的约定。

可那时的我，正身处华亚公司这个温暖得如同港湾般的大家庭。公司领导对我青睐有加，关怀无微不至，每一个细微的举动都让我感受到被重视。同事们与我相处得无比融洽，每一个微笑、每一次合作，都如同璀璨的星光，在我心中留下了美好的印记。尤其是郭董事长，对我的欣赏毫不掩饰，常常在公司来人参观时，骄傲地向众人介绍我："这是我们办公室副主任，他还受到过中国残联副理事长程凯、'歌坛常青树'蒋大为等人的亲切接见，著名作家贾平凹也为他颁过奖……"这样的待遇，让我在公司备受瞩目，也让很多人对我刮目相看。要知道，并非所有残疾人都能拥有这样难得的机会。

然而，在我内心深处，那颗渴望闯荡、渴望体验别样人生的心，却一刻也未曾停止跳动。"我要当老板"这个念头，早在 2005 年给付大哥打工时，就像一颗顽强的种子在心底扎了根。那时，顾客一句随意的"老板"称呼，如同点亮梦想的火花，让这个梦想在我心中萌芽，我还暗暗想着有朝一日能安排几名残疾同胞就业。如今，机会就这般实实在在地摆在眼前，我又怎能轻易放弃？

就这样，我陷入了两难的抉择。内心的矛盾如同汹涌的潮水，一波又一波地冲击着我，这种煎熬持续了整整两个星期。

终于，我狠下心，坐在桌前，缓缓写下了辞职信："尊敬的领导，我很遗憾自己在这个时候向公司正式提出辞职……"这封信，写得无比艰难又沉重，每一个字都饱含着我内心的纠结与不舍。

当郭总看到我的辞职信时，他的眼神里满是意外与惊讶。他温和却又带着一丝无奈地对我说："你要是跟其他残疾人那样默默无闻的话，说走也就走了。可你是作家，我把你接来就引起那么大的轰动，你走了别人怎么看我呢？"公司坚决不批我的辞职申请，似乎想把我紧紧留在这个充满温暖与机遇的地方。

但我去意已决，之后又接连写了三封辞职信，还多次找郭董事长谈话，详细地解释我返乡创业的决心与规划。终于，郭董事长被我的坚持所打动，他从我的眼中看到了坚定不移的光芒，对我迫切希望返回故里自主创业的想法感到敬佩，最终批准了我的离职申请，还专门为我举办了一场温馨的欢送会。

公司顾问张本立同志主持了会议，代表因故赴京的郭永胜董事长致辞。他深情回顾了我来到西安的经过，细致总结了我在华亚一年多的工作经历，对我的工作给予了高度评价："王庭德工作勤奋，思维敏捷，富有爱心，在办公室工作期间深受大家喜欢。"副总经理何真亮、董事长助理刘宏学也纷纷发言，对我在工作中的表现给予充分肯定。参会的管理人员都希望我能自强、自立、自爱、自重，身残志坚，在自主创业的道路上走出属于自己的一片新天地，为残疾人树立榜样。

　　离开西安的前一天，我与陈爱侠、张萍等关心我的媒体朋友相聚一堂。张萍姐感慨地说："要是一般人在你这样的工作岗位上，就会安于现状，而你还敢去选择艰难的创业路，你的精神使我打心里佩服。"我微微扬起头，撇了撇嘴，自信地回应："我想体验一下当老板的感觉嘛！"

　　就这样，我告别了华亚公司，回到了茨沟，承包下了那有30台电脑的网吧及打字复印一体店。这里的环境与华亚公司相比，简直是天壤之别。

　　凌晨时分的茨沟镇，仿佛被无边的黑夜彻底吞噬。路灯早已熄灭，整个世界陷入一片死寂，没有一丝生气。集镇上的店面都已打烊，只有新街二楼我的网吧及打字复印店还亮着孤独的灯光。

　　屋里酷热难耐，30台电脑散发的热量，让本就闷热的空气变得更加滚烫。即便电扇呼呼地转着，也只是徒劳地搅动着这燥热的气流。最后一个客人离开后，我拖着疲惫不堪的身躯，开始慢条斯理地打扫卫生。

　　我两手撑着坐到电脑前的椅

子上，由于身高的原因，又不得不脱了鞋站在椅子上，用毛巾仔细地擦拭着电脑桌、显示器和主机箱上的灰尘。每擦完一台，又接着擦下一台，循环往复。看着自己这有些滑稽的举动，我忍不住轻轻说出声："嘿嘿，谁叫你长这么矮……"

在干活的过程中，我的思绪不由自主地飘回在西安华亚电子有限责任公司上班的日子。那时我作为公司管理人员，享受着工友们羡慕的目光。可如今，在这闷热的小店里，我要独自面对这一切。但我告诉自己："虽说我现在很艰苦，但这是我在体验当老板的感觉嘛！"

时间在我的思绪中缓缓流逝，终于擦完了 30 台电脑。此时的我，衣服早已被汗水湿透，就像刚从水里捞出来一般。我不停地用手抹去满头大汗，可汗水还是止不住地流进眼里，蜇得睁不开眼睛。身体极度困乏，整个人没精打采、十分无奈，真想就这样倒在地上睡去。

"当老板不吃苦咋行？"我在心里默默地告诫自己。于是，我咬了咬牙，猛然振作起来，拖着酸软的步伐开始扫地。扫完地，还要拖地，只有赶快搞完卫生，才能去休息，毕竟明天还要照常营业。

这就是我当老板的第一天，在夜深人静时忙碌地打扫卫生的情景。忙完这一切后，我坐在桌前，盘点着开业第一天收入的 240 元钱。这不多的收入，却让我的心久久不能平静……未来的路还很长，充满了未知与挑战，但我知道，这是我自己选择的"老板"之路，无论多么艰难，我都要坚定地走下去。

逐梦之光

在这个城市边缘的小镇，即将步入月底的日子里，阳光总是带着几分慵懒，洒在狭窄的街道和斑驳的墙壁上。我，这个身高仅有 1.16 米的侏儒青年，正站在打字复印店狭小的窗前，望着窗外的人来人往，心中涌动着一种别样的期待。这不仅仅是经营一家小店，更是我多年打拼梦想的一个小小的里程碑。

而在这背后，一部 20 万字的书稿，像一颗沉甸甸的果实，凝聚着我无数的心血与汗水，即将大功告成。每一个字符，在我眼中都是追梦路上深深浅浅的脚印，承载着过去的艰辛与对未来的无限憧憬。

说起这一路的奇缘，我总会想起心曼姐。心曼姐身患"进行性肌萎缩症"，命运对她无比残酷，可她那坚韧的意志，就像狂风中屹立不倒的劲草。她和姐姐春曼，怀揣着对知识的热爱，在生活的泥沼中努力挣扎。她们曾在一个并不起眼的角落里开了一家小小的书店，后来又在北京经营网店，还投身心理咨询的公益事业，用一篇篇温暖的文字，治愈着无数受伤的心灵。心曼姐还出版了一部 17 万字的散文集《生命从明天开始》，她和姐姐的故事，在我心中，就如黑暗中那座熠熠生辉的灯塔，让我由衷地肃然起敬。

那是一个再寻常不过的午后，我偶然在网上得知了心曼姐的 QQ 号。怀着一种既忐忑不安又充满崇敬的心情，我轻轻地点击鼠标，发出了好友申请。在那个小小的对话框里，两人畅谈着写作心得，氛围渐渐融洽起来。突然，心曼姐笑着打出一段文字："我给你说一个人的电话号码，你试着跟他联系。他可是个了不起的人物，是北京十大志愿者，北京西城区志愿者培训导师，全国生命关怀十佳志愿者，还是《国际先驱导报》的记者、编辑，他就是张大诺……"

听到"张大诺"三个字的瞬间，我的心猛地一颤，4 年前的那一幕如电影般在脑海中清晰浮现。那是在安康日报社举办的通讯员培训班上，一直像兄长般关心我的安康武警支队战士李奖殿也参加了那期培训。见到我后，李奖殿匆匆赶到书店，精心为我挑选了一本《假如我能行走三天》。这本书，是张大诺老师耗费 6 年心血，指导轮椅青年张云成完成的佳作。我如饥似渴地读完，书中的每一个字都深深触动着我的内心，我满心羡慕，忍不住连连叹息："要是我也能有幸得到这位高人帮助指导写书，那该有多好啊！"

此刻，听到心曼姐提起张大诺老师，我激动得双手微微颤抖，心跳也有些加速，急忙在键盘上敲出一行字："是不是指导张云成写书的张大诺呢？！"

"没错，就是他！"心曼姐肯定的回复，让我仿佛看到了一道明亮的曙光，直直地照进我那一直被梦想萦绕却又时常感到迷茫的世界。

谢天谢地，我终于有了张大诺的联系方式……那一刻，我连手头正在处理的材料都顾不上了，满心的激动如同决堤的洪水，肆意奔涌。怀着这份难以抑制的兴奋，我分两次给大诺老师发去信息："张老师，我是陕西大山深处的一名侏儒青年，身高仅有 1.16 米。我的父亲早早离世，母亲智力低下且视力模糊。在我 10 — 11 岁时，为了能学习知识，我两年如一日，风雨无阻地到村小学教室外的窗台下听老师讲课。也许是我的坚持感动了校方，他们最终免除了我上学的一切费用，让我获得了上学的宝贵机会。2000 年初中毕业后，我四处漂泊，在慈善部门的帮助下学会了电脑打字技能，如今在一个打字复印店里打工。这些年，除了写通讯报道，我还发表了不少诗歌和散文作品，多次受到市区有关部门的表彰奖励。现在，我心中有一个强烈的愿望，就是想写一部励志的自传体书稿，想请您帮忙指导我，我有太多动人的故事渴望表达……"

信息发出后，我坐立不安，每一分每一秒都像是煎熬。我一会儿起身在店里踱步，一会儿又回到电脑前，眼睛死死盯着手机屏幕。终于，手机屏幕亮起，大诺老师的回信映入眼帘，同时还附上了他的电子信箱，让我把创作的一些散文发过去。我不敢有丝毫懈怠和耽搁，忙里偷闲精心挑选了《为梦而活不放弃》《慈善离我们有多远》《渴望倾诉》《奥运与文明》《青春的字里行间》《等待的美丽》等 20 多篇得意之作，发送了过去。

日子在期盼中变得无比漫长，终于，那一声"张老师给我来信啦"的欢呼打破了打字复印店的宁静。我像个孩子般情不自禁地叫了起来。大诺老师在邮件中对我的文字给予了充分肯定，但也严肃地指出，如果要写出一本能够打动别人乃至感动世界的好书，有三个至关重要的要素：一是自己的真实生活与感受，二是情境化的描写，三是向上的精神。他还直言，我的文章带有浓厚的新闻报道稿件的风格，如果要转成小说，需要丰富的细节还原。

为了锻炼我，根据我信件的内容，大诺老师给我出了一个命题作文——写那个何老师问我愿不愿意上学这个情节。大诺老师特别强调："也许真实生活中这一幕只发生了两分钟，但是，就这两分钟，你至少要写 600 字！而且，不许加入议论，至于心情可以写。我就是想用这个方法强化你对文章细节和情境的复原能力！"

那段日子，我仿佛着了魔一般。"我的童年充满辛酸和痛苦的记忆，但随着时间的流逝和心智的成熟，那些酸涩的记忆已经慢慢淡去。与之相反的，只有一个场景，因为给了我无比的喜悦和幸福，并且改变了我一生的境遇，显得弥足珍贵，所以深深地刻在了脑海深处，成为永恒的记忆……"我捻断千根须，彻夜难眠，走路时脑海里也全是这个情节，茶饭不思。终于，结合当初的实际情况，我饱含深情地写下了《永恒的记忆》。

　　从此，在大诺老师的悉心指导下，我正式踏上了写书的征程。每一次我写出得意的片段，老师都会通过邮件欣慰地夸奖我、鼓励我，那温暖的文字仿佛冬日暖阳，给予我无尽的动力；而当我写出的内容存在不足时，老师总是耐着性子，细致地给我讲解写作要领，教我如何运用真实质朴、自然生动的镜头感和情境感描写，让文字仿佛有了生命，能在读者眼前勾勒出一幅幅鲜活的画面。

　　在创作《笔耕让我充满信心》时，我一连改了三遍都未能通过。那时的我，内心满是浮躁与焦虑，觉得自己仿佛陷入无尽的黑暗。夜晚，我独自坐在打字复印店的一个角落，周围的黑暗仿佛要将我吞噬。然而，老师依旧认真而耐心地审阅，每一个瑕疵都逃不过他的眼睛。他给我提出详细的修改意见："另外，强调一点，一个个事情的累积，只是学生的记叙文；一个个有情景感有细节有镜头感的故事的累积才是好文章，我让你修改的基本都是这方面的毛病，下次一定注意，不要告诉我发生了什么，要告诉我事情发生时的情景和细节。"

　　就这样，在无数个日夜的交流与指导中，大诺老师通过邮件和电话的形式，帮助着全国脑瘫、聋哑、侏儒、瘫痪、内风湿等各个领域共 40 多名像我一样怀揣梦想的残疾人作家，一步步实现着自己的文学梦。我们就像一群在黑暗中摸索的行者，而大诺老师就是那盏永不熄灭的明灯，照亮我们前行的道路。在这束光的引领下，我的书稿即将完成，我的梦想也正一点一点走进现实，而我们的故事，还在继续书写着……

命运交织处的微光

在命运那如滔滔长河般无尽流淌的岁月里，我怀揣着对未来五彩斑斓的憧憬与渴望。我虽身有残疾，却钟情于写作，文字是我与世界对话的独特窗口。而在我内心深处，始终燃烧着一团炽热的火焰——帮助他人。那是源自灵魂深处的渴望，我渴望走近那些在苦难深渊中挣扎、于生活迷雾里茫然徘徊的人，将社会给予自己的温暖与善意，如同传递珍贵的火种一般，传递到每一个角落。带着这份坚定的信念，我毅然决然地踏上了属于我的奋斗之路。

那是 25 年前一个透着丝丝寒意的冬日，暖阳宛如一层轻柔的薄纱，淡淡地洒在西安南门汽车站。我陪着不识字的亲戚来到这里，准备带她在省城打工。刚一下车，一个十一二岁的小姑娘闯入了我的视线。

小姑娘梳着整齐的麻花辫，浓眉大眼，模样十分清秀，身材苗条，穿着棕灰色长外套、牛仔裤和"双星"牌运动鞋，怎么看都不像是普通乞丐。我心中虽涌起一丝疑惑，但善良的我还是很爽快地掏出 1 元钱给了她。小姑娘接过钱，轻轻地道了声谢，便蹦蹦跳跳地离开了。

第二天返程时，命运的丝线再次将我和那个小姑娘牵到了一起。我又在南门汽车站遇见了她。她似乎完全不记得我昨天的施舍，再次大大方方地向我伸出乞讨的手，我再次给了她钱，并在她准备离开时叫住了她，目光中带着关切，轻声地询问她的情况。

小姑娘露出一对可爱的虎牙，天真无邪，爽快地说道："我叫婷婷，13 岁啦，家是西安的哟，上到五年级就没上学了，我是被'爸妈'从路边捡来的，现在跟着他们在车站要钱呢。"我看着单纯又健谈的婷婷，心中不禁泛起阵阵涟漪，觉得她要钱一定有不得已的苦衷。

我从包里掏出一张《安康日报》递给她，报纸上刊载有记者介绍我的生活经历的文章《跋涉人生路》，我缓缓地跟她讲起自己的经历："我爸在我 6 岁时就走了，我妈眼睛不好使，很多人都建议我到车站要钱，可我不想那样没有尊严地活着，一直都在努力让自己变得强大。"

就在这时，一个 40 多岁、中等身材、穿着旧粉红色衣服的妇女气势汹汹地走过来，白了我一眼，扯着嗓子喊了声："婷婷！"婷婷像是被什么吓到了一般，立刻转身朝下一个目标要钱去了。望着这一幕，我的心仿佛被一只无形的手狠狠揪住，乱成一团，泪水不由自主地夺眶而出。

时光如同潺潺流水，悄然无声地流逝。一年多过去了，我在忙碌的生活中渐渐淡忘了这件事。然而，一封从河南寄来的信，宛如一粒投入平静湖面的石子，再次将这段往事拉回到我眼前。

信是婷婷写的，她在信里说："亲爱的王哥，或许你已忘记那个曾经在西安乞讨的女孩婷婷了吧？你知道吗，那天晚上我把记者写的《跋涉人生路》看了好多遍，为你坚强的毅力所感动，也很敬佩你。你失去了劳动能力还在自食其力地生活，而我四肢健全却在行乞，简直无地自容到了极点。其实我也觉得那样活着没意思，所以我从第二天开始，就偷偷地攒钱。四个月后，我带着自己悄悄积攒的 500 元钱到了河南，已在某啤酒厂找到了一份临时性工作，同时我还在业余时间看书学习，准备将来参加自学考试……"

读着婷婷的信，我激动得一下子跳了起来。我怎么也没想到，身为残障青年、处于社会弱势群体的自己，竟能在不经意间教育、感化一个人的灵魂，让她重新燃起对生活的希望。这一切，离不开党和政府无微不至的关怀，也离不开社会各界人士对我的关心与支持。正是他们那如融融春日般的爱心，让我懂得了如何坚守内心的善良，如何用自己的力量回报社会。

2006 年下旬，我带头捐款，并深入调研和走访，采写了《13 岁女孩患肾炎，渴望援助献爱心》的通讯稿。在《安康日报·科教周刊》的大力帮助下，成功呼吁社会各界救助了安康市汉滨区茨沟镇青岩小学五年级学生、肾炎患者龙岗丽同学。从那时起，我正式踏上了志愿者之路。

此后的日子里，我如同一位不知疲倦的爱心使者，积极投身各种爱心活动。我发起倡议，捐助无腿青年徐礼根安装假肢，为汶川、玉树地震以及安康"7·18"地震、茨沟镇"7·24"洪灾捐款，捐助茨沟镇烫伤儿童张文俊接受治疗……每一次伸出援手，在救助病患、扶危济困的同时，也让我的内心充满了幸福感。

我深知，身体上的缺陷无法磨灭我人格的尊严。正如心理学家所说，同情是健全人格的重要要素，当人们愿意付出时，心灵会变得更加纯洁美好。对他人的恻隐之心会促使我们毫不犹豫地伸出援手，帮助那些身处困境的人减轻痛苦。慈善的力量，首先改善的是人们的心灵，它是生命温暖与希望的起点，在这漫漫人生路上，照亮无数人的前行方向。

附录一　侏儒青年王庭德的高远志向

陈奋翔

记者面前的王庭德，不足1.2米的个头，虽然20岁出头，却在面庞上刻着30岁左右男人的成熟。

其实，初知王庭德是因为获知他《跋涉的生命》的自传体文章在《全国中学优秀作文选》刊登后，引发全国300余名同龄人来信关注的信息；初识王庭德是缘于2002年1月份的一天，记者收到他的题为《感谢生活》的来稿；而真正让记者萌生想采访他的念头，是因为他2002年上半年在媒体上发表的一篇文章《渴望倾诉》，这篇文章终于让记者真正零距离读懂了他为什么渴望倾诉。

听王庭德讲过去的故事：经历磨难

2003年1月16日，记者专程前往旬阳县，在县残联见到了正在这里学习电脑打字的王庭德。记者在向县残联理事长罗兴喜了解了他的近况后，又与县残联的同志一道前往王庭德的

"家" ——旬阳县铜钱关乡安然寨村二组他寄居的叔父家, 感受了他的生存环境后, 当晚记者与王庭德同居一室, 倾听了他长达6小时的倾诉——

故事之一: 自杀未遂

王庭德的家, 在旬阳县南山区群山中狭窄的一道山坳间, 距离县城60多公里。虽然村名颇为吉祥, 名曰 "安然寨村", 但这吉祥的村名似乎并没有呵护到王庭德一家; 他的父亲患有精神病, 1996年辞世而去, 母亲双目失明, 他自己又在出生后的第二年就因发烧引发病变, 渐渐成了一个侏儒……

在叔父及学校的特殊呵护下, 王庭德终于上完了小学六年级, 眼看要上初中了, 他想: 小学免费了, 初中可能不会再免, 而且上初中的学校离家30多公里, 自己走不了这么远的路程, 每周坐车回家, 一个往返即便是半票也得6元多, 况且当时收到的入学通知上也要求预交100元的学费, 谁会再帮他? 虽然当时他很想上初中, 因为残疾的他更知道知识的重要, 但是条件看来是不允许的。于是他选择了自暴自弃, 萌生了流浪的念头。

1997年6月的一天, 王庭德来到了旬阳县城。他在惊奇地发现山外的世界如此美好的同时, 陡然感到了自己的渺小, 自卑完全摧毁了他的身心。他流着泪, 来到旬阳大桥上, 爬上桥栏杆, 闭上双眼, 准备跳河了此一生。正当他犹豫的一瞬间, 一辆交警巡逻车随即停在他的身后, 车上正值勤巡逻的县交警大队队长吴思环等3名民警从车上下来, 把他从栏杆上拉下来,领回了交警大队，吴队长问清了他的事后，号召全队民警为他捐了300多元钱。他淌着热泪，在吴大队长的亲自安排下，返回了安然寨村。

回家后，王庭德的情况被将要就读的初级中学领导知道了，开学时，又破例免去了他的所有费用，并在安排座位时把他安排到了第一排。而此时的王庭德，看到老师因为他学习挺好，经常表扬他、鼓励他；同学们也对他特别好，经常从家里给他带一些粮、菜（当时学校只负责做饭，菜需自备），一个月后就感到"老师、同学对我这么好，我怪不好意思的"。于是他就将交警捐的钱买了一部305型照相机，利用星期六、星期日开始在社会上照相，挣点小钱，借以减少老师、同学因关心支持他而增加的负担……

这一年，王庭德年仅16岁。

故事之二：露宿街头

一个严寒的冬日，王庭德又到安康市区冲洗照片，一切办妥后，身上竟分文不剩，没办法住宿、吃饭。夜幕降临后，他寻到一家个体户门前的屋檐下，找来一块硬纸板铺在地上，蜷缩在那里准备过夜。

"当时，天还下着小雪，很冷，我像童话故事中卖火柴的小女孩一样坐着。"王庭德讲到这里，眼中的泪花涌了出来。

当时王庭德上身只穿着班主任老师送给他的一件毛背心、一件内衣和单衣外套，下身只穿着一条单裤。到了凌晨2时左右，他被冻得抱着膀子大哭起来……这时，旬阳县城关镇派出所民警李步余和另外一名民警恰好巡逻途经这里，发现了他，便上前问清原因，翻看了他拍摄的照片。此时的李步余已被王庭德的求学精神深深感动，便立马与同事一道把他送到了附近的胜利旅社，登记了一间房，并付了房费，又给他买来了吃的东西。第二天大清早，李步余又来看他，并亲自将他送上了回家的班车，叮嘱他常写信联系，有困难尽管讲，还把身上仅有的20元钱交给王庭德……而后李步余又通过邮局汇给王庭德100元钱，还亲自到有关部门为他办理了残疾证，并一直与他保持着联系，时刻鼓励他树立起生活的信心。

讲完这段经历，记者发现王庭德不停地用手擦拭脸上的泪水，他讲：这是我遇到的第二个好人！

故事之三：流浪省城

2000年6月，王庭德初中毕业，寻思着想要上高中是绝对不可能了，于是他想找点事挣钱糊口。7月份，他怀揣山东招远市一位读者捐给他的150元钱，从旬阳来到了省城西安。

因为身体残疾，行走不便，王庭德在20天内找了30多家单位，却四处碰壁，使他原本想找个事干的希望彻底破灭了。此时，他又身无分文了。

"我也不愿向别人去乞讨，实际上我在西安可以说是流浪了20多天，晚上哪里黑就哪里住，火车站、汽车站、街头都睡过，20多天从来就没住过旅社。有时候饿急了，忍不住哭出了声，有好心人给我一点吃的。因为身体原因，我竟到了吃不下去东西的地步，只能喝水。但我仍坚持不管走到哪里，坚决不开口讨饭。后来，我勉强走到了南门汽车站，求一位司机把我带回旬阳，司机硬是不答应，在举目无亲、没人相助的情况下，我咬咬牙，扑通一声跪在了地上，泪水哗地涌了出来，直到我跪了半个多小时后，经车站好心人搭嘴求情，司机才心软了，扶起几乎瘫在地上的我上了车……"

回到旬阳后，王庭德并没有直接回家，而是试探性地来到了《旬阳报》编辑部。在这里，他受到了宣传部部长杨海波、记者梁真鹏等人的热情接待。随后，梁真鹏还将王庭德的事写成了题为《跋涉人生路》的文章，在安康市委机关报《安康日报》上发表了。从此，王庭德又重新鼓起了生活的信心和勇气。他又回到了安然寨村，开始了主要为铜钱关乡写新闻稿及另外写一些文学类文章的写作之路，乡政府从领导到普通干部都给予他宽松、特殊的写作环境和优越的奖励政策。

听王庭德讲社会的关爱：享受免费

采访王庭德，他对自己的艰辛，只是淡淡掠过，而对记者倾诉最多的是他如何受到社会上好心人的爱抚、帮助。他说：从上小学到今天，他享受的免费太多太多，心里总是忐忑不安，自己该拿什么回报这些好心人呢？

免费之一：坐进学堂

"我 10 岁前的时候，看到别的小孩背着书包去上学，心中总是特别羡慕，但我始终不敢到学校去。直到 10 岁，我常悄悄地到学校去趴在学校教室外的窗台边，听老师讲课，听学生们读书，等到马上要下课了，我就一声不吭地走开了……后来，突然有一天乡中心小学的校长何永伦找到我家，问我：想不想上学？看到我偷偷听课后回家自己学习掌握了一年级的知识，何校长很感动，就决定免去我上学的一切费用，让我上学。"

王庭德终于踏进了学堂。班主任蒋同连从生活上、学习上给予他特别的关爱，吃饭、学习用具等大部分都是蒋老师替他解决。其实王庭德在这里可以说得到了蒋老师慈母般的关爱和照顾……这种关爱和照顾一直持续了 3 年。

四年级到六年级这段时间，中心小学校长何永伦又安排王庭德住在了学校，并免去了全部费用，还经常发动学生给予他关心、帮助，有时候，何校长干脆把他叫到自己宿舍，与他一同吃饭。

小学这 6 年，王庭德步履蹒跚地走了过来。之所以能走过来，是因为有校长何永伦、班主任蒋同连慈父慈母般的爱抚。

免费之二：回家坐车

刘家宏，一个与王庭德情缘难了的个体司机。在王庭德口中，记者不止一次听到："他是我最亲的人！"

在王庭德上初中的时候，由于学校离家有几十公里的路程，他必须坐车，否则他残疾的双腿是绝对吃不消的。起初，每次王庭德坐车时，刘家宏都若有所思地皱着双眉观察他，有时候他身上的确没钱时，就事先给刘家宏说一声，刘家宏总是毫不犹豫地答应带上他。后来在闲聊中，刘家宏知道了王庭德的情况。有一次待王庭德回家下车后，就干脆停下车，说要去王庭德家看看。从此之后的3年间，每逢王庭德坐车，刘家宏夫妇总是分文不收他的车费。

王庭德给记者算了一笔账：这3年间，他坐刘家宏夫妇的车大概有120趟，加上坐他的车去县城冲洗照片，刘家宏夫妇总计少挣了1500多元。

如今，王庭德虽然能凭写稿挣一点稿费，坐车时硬是要塞给刘家宏夫妇车费，但总是在车启动的一瞬间，钱又从窗口丢给了王庭德……

难怪王庭德对记者讲：这是有生以来最感激的一位个体司机。

免费之三：就业培训

王庭德在《超越自我》的文章中写道："在安康慈善部门的资助下，我从深山来到这多彩的求知殿堂，终于又有了如愿以偿的奋斗机会，追求生活的真谛。于是我又抬起头，幸福地接受着窗外的阳光；望一望那流云皓月，我的精神便如登上蓝天一样兴奋。"

是的，有窗外的阳光、蓝天、流云和皓月，王庭德就应该毫不掩饰地尽情兴奋！

2003年 7月，王庭德来到县残联，罗兴喜理事长考虑到他出去不会有多少就业机会，主动争取给他联系到一个学习电器维修或电脑打字的机会。后来，在慈善协会的资助下，市残联就业培训基地给了他电脑培训的机会。结业后，县残联又给了他实习的机会。在这里，罗理事长从家里给他搬来了床，单位上又给他买了电炉子，被子、锅、碗等都是县残联的同志们从家里给他带来的，邓昌琼、袁霞两位大姐还经常从家里炒好菜带给他，在生活上给予他无微不至的关怀。

听王庭德讲亲人的呵护：扬帆生活

默默地，王庭德回想起生活的不幸和打击，19岁的他真有些不堪命运的重负，不由得泪水又在眼眶打着转儿。他说，他要和记者聊聊他的亲人，有了他们的呵护才有了他的今天 ——

呵护之一：残疾叔父

王朝山，王庭德的叔父，下肢残疾，1990年前，王庭德一家四口单独生活，生活上太艰难，常常吃了上顿没下顿，这样过了一两年，王朝山于1990年主动提出两家八口人一起过日子。

猛地添了四口人，且丝毫没有一丁点儿收入增加，于是吃粮首先成了一个大难题。"每逢断顿的时候，叔父就悄悄出去向邻居、亲朋借粮借钱，家里便因此撂下了一大堆粮钱债，最困难的时候竟欠了别人1000多斤粮、7000多块钱。"王庭德说，这是他无意间从叔父记的账本上看到的。

王庭德的父亲于1996年去世，母亲也于 2002年去他妹家住了，自己一直在外面闯，目的是为了减轻叔父的负担。"如今虽说叔父家的日子比以前好了，但还有2000多元的外债没有还清。即便这样，叔父也始终没有当我的面提及欠人家粮钱的事，只是和我婶一起拼命地在地里干活、还债……我感到很歉疚……"

呵护之二：媒体读者

2000年，王庭德一篇1500字的文章《跋涉的生命》在《全国中学优秀作文选》上刊登后，北京、上海、广州、深圳、湖北、天津及西安等省市 300余位中学生的来信便涌向了他居住的大山坳间。随后，《旬阳报》《安康日报》《中国当代最新作文》等报刊纷纷予以转载……这一年，他才19岁。

王庭德谈及此事，脸上绽出少有的灿烂。他说："最让我感动的是山东招远市一名上高三的女孩，名叫宋林娜，给我邮来了150元钱，写信并用《爱拼才会赢》这首歌鼓励我。吉林长春市的一名大学生张德利来信鼓励我多写稿，他可以给予指导、修改，并与我兄弟相称，还给我邮来了文学、摄影方面的书籍，现在我们已成为一对最要好的笔友……"

而后，《小作家报》《校园文化报》等报刊来信，聘王庭德为"特约小记者"，同时，《安康日报》的编辑、记者，安康市作家协会的作家，《灵崖》杂志的主编，《旬阳报》的编辑、记者以及《三秦都市报》安康记者站的记者都给予了王庭德极大的帮助，成为他的亲人，给予他生活的力量、拼搏的勇气。

迄今，王庭德已在《中国青年报》《三秦都市报》《陕西邮电报》《安康日报》《旬阳报》《灵崖》《校园作家》《青青芳草地》等报刊上发表了130余篇新闻、文学类作品，记者在他的家乡采访时，就不时有人不无崇敬地喊他"记者"……

听王庭德讲心中的愿望：冀望报答

"等阅历够了的时候，我想写一篇较长的文章，感谢所有帮助过我的好人，文章的题目已定为《美丽的梦想和生命的延长》。在这之前，我一定得加倍努力学习、写作，以此作为对社会的一点回报，对关爱我的好心人的回报。我现在已经可以每分钟打80个字了，写稿子也可以不用草稿，直接在电脑上写。我一直在拼命努力，只有一个愿望，就是有一个能够自食其力的机会，有一个合适的就业机会……"

长达6个小时的长谈，记者用目光抚慰着已经入睡的王庭德，一时间竟难以入眠。突然，记者发现，酣睡的他，竟已奏鸣出细细的呼噜声，鼾声中分明透出了他尽情倾诉后的释然。

此时，已是17日凌晨2时。

转载自《三秦都市报》（略有改动）

2003年1月23日

附录二 王庭德个人基本情况

一、姓名 王庭德

二、出生日期 1981年1月23日

三、手机号 15319860759

四、电子邮箱 369363559@qq.com

五、学历 初中，2000年5月毕业于旬阳县铜钱关乡初级中学

六、社会身份

1. 陕西省作家协会会员

授予单位：陕西省作家协会，2010年4月27日。

2. 陕西省残疾人作家协会副秘书长

授予单位：陕西省残疾人作家协会，2013年2月28日。

3. 首期（2017—2019）陕西省文学艺术创作人才"百人计划"成员之一

授予单位：陕西省文化厅，2016年12月26日。

4. 陕西好人

授予单位：中共陕西省委文明办，2017年4月。

5. 陕西省新时代文明实践宣讲师

授予单位：中共陕西省委文明办，2023年8月。

6. 安康好青年

授予单位：安康市文明办、安康市文化文物广电局、共青团安康市委、安康日报社、安康电视台、安康人民广播电台，2015年4月。

7. 第四届安康市道德模范

授予单位：安康市精神文明建设指导委员会，2016年9月。

8. "互联网+德育"宣讲员

授予单位：安康市电化教育馆，2022年1月。

9. 旬阳县残疾人自强模范

授予单位：旬阳县人民政府，2012年2月。

10. 优秀通讯员

授予单位：汉滨区委宣传部，旬阳县委宣传部，分别为2001年和2008年。

七、成绩与荣誉

1. 出版著作

（1）《这个世界无须仰视——一个侏儒青年的奋斗之路》，王庭德著，纪实文学，西北大学出版社，2013年11月出版。

（2）《心灵的灯盏》，王庭德著，诗集，西北大学出版社，2020年5月出版。

2.荣誉证书

（1）陕西省残疾人优秀作家三等奖。

授予单位：陕西省作家协会，2010年12月6日。

（2）陕西省残疾人优秀作家

授予单位：陕西省残疾人联合会，2016年7月6日。

（3）《这个世界无须仰视》荣获 2014年残疾人作家"奋进奖"征文大赛一等奖。

授予单位：陕西文学基金会，陕西省残疾人联合会，2014年12月25日。

（4）《这个世界无须仰视》荣获陕西省作家协会（2014）十大年度优秀文学作品奖。

授予单位：陕西省作家协会，2015年12月。

（5）《这个世界无须仰视》荣获 2014年慈善文艺作品创作二等奖。

授予单位：陕西省慈善协会、陕西文学基金会，2014年11月20日。

（6）《藏一角游记》荣获首个"中华慈善日"慈善诗文创作三等奖。

授予单位：陕西省慈善协会、陕西省诗词协会、陕西省文学基金会，2016年8月。

（7）《读书改变命运》荣获 2017年第二届"三秦悦读"主题征文读书记事奖二等奖。

授予单位："三秦悦读"征文活动组委会、陕西省传播学会，2018年1月。

初版后记　绿叶对根的情意

（一）

当这本书稿就要付梓的时候，我心潮澎湃，思绪万千，脑海里突然浮现出这句优美的抒情歌词：绿叶对根的情意。

饮水思源，首先得感谢原《国际先驱导报》记者、北京十大志愿者张大诺老师。

2008年，我得知春曼、心曼姐妹的故事——一对"进行性肌萎缩症"患者，她们开过书店，后来又在北京开网店，著有《生命从明天开始》《假如我可以站起来吻你》等书，两姐妹自食其力的事迹，让我对她们肃然起敬，通过网络和她们取得了联系。在交流中，心曼姐得知我写作碰到了困难，就给我介绍、引荐了张大诺老师。

我对张大诺老师的了解，缘于安康武警支队一位多年关心我的李奖殿先生，他曾送给我一本《假如我能行走三天》的书，这是张大诺老师历时6年指导一位叫张云成的残疾人写的，这本书深深地打动了我，我在羡慕的同时，心里暗想："要是有一天，我也能够有幸得到这位老师的指导，那该有多好啊！"

后来，我和张大诺老师建立了联系，他给予我很多具体的指导。他说我写的大多是散文，如果转换成小说需要丰富的细节还原；如果要写出一本能打动人甚至感动世界的好书，最重要的要素有三点：①自己的真实生活与感受；②情境化的描写；③向上的精神。在他的指导下，我开始了自传体小说创作。

2011年秋季，这部历时3年的书稿终于杀青，以我 2004年前 23年间的生活状况和成长经历为创作背景，张大诺老师的指导，为创作的顺利进行起到了决定性的作用。

（二）

其实，这本书的最初缘起，是因为这样一个真实的故事——我送表嫂去省城西安打工。

那日的天气尚好，冬日的暖阳柔和地照着，我在西安南门汽车站刚一下车，就遇到一个十一二岁的小姑娘伸手向我讨钱，我爽快地掏出1元钱给她。当我第二天返回时，又在南门汽车站遇见了那个小女孩。她显然忘记了我昨天对她的施舍，又一次在我面前行乞，于是我再次掏出有限的1元钱递给她——眼前这个梳着麻花辫、闪着浓眉大眼、身材苗条的小姑娘，流露出聪慧的天资，再看她穿着棕灰色长外套、牛仔裤、"双星"牌运动鞋，比我穿的好，给我的第一反应是："她咋看也不像乞丐，是她爸妈不让她上学，她在这里要钱凑学费呢，还是……"

出于好奇，在她准备离开时我叫住了她："喂，姑娘，请问你叫什么，今年多大了，家是哪里的呀？"

她上下仔细地打量了我一眼，也似乎有些好奇，也许是……她露出了一对虎牙，挺爽快地答道："我住在西安，名叫婷婷，今年13岁。"

看她有些单纯，也挺健谈，我想她要钱一定是有迫不得已的苦衷，便进一步地问她："你上过学吗？"

"上到五年级就没上了。"

"那是为什么呢？"

"我有啥办法呀！我是'爸妈'从路边捡的孩子，上了五年级就不让上了，被他们带到车站要钱。"

"原来是这样的。"我暗自思忖着，便从包里掏出一张《安康日报》给她，"这上面有记者写我的一篇文章，名叫《跋涉人生路》"。紧接着我又不失时机地说："实话告诉你吧！你看我，身体就是这么个样子，我爸在我6岁时就去世了，我妈是个智障人，眼睛也不好，很多人建议我到车站要钱，但我从来没有乞讨过，因为我不想这样没有尊严地活着……"

这时走过来一位中等身材、穿着褪了色的粉红色衣服的40多岁的妇女，白着眼睛说："婷婷！"小姑娘吓得惊慌失措地离开了……

看着这个情景，我的思维一片混乱，思绪错综复杂、矛盾至极，泪水簌簌地顺着眼眶流了出来……

转眼过了一年多，我已淡忘了这件事。就在这时，居然收到了远自河南的来信，是婷婷写的。

"亲爱的王哥，或许你已忘记那个曾经在西安乞讨的女孩婷婷了吧？你知道吗，那天晚上我把记者写的《跋涉人生路》看了好多遍，为你坚强的毅力所感动，也很敬佩你。你失去了劳动能力还在自食其力地生活，而我四肢健全却在行乞，简直无地自容到了极点。其实我也觉得那样活着没意思，所以我从第二天开始，就偷偷地攒钱。四个月后，我带着自己悄悄积攒的500元钱到了河南，已在某啤酒厂找到了一份临时性工作，同时我还在业余时间看书学习，准备将来参加自学考试……"

看着婷婷的来信，我一时高兴得跳了起来。想不到，我这样一个被扶助的残疾青年、社会弱势群体中的一员，居然能用自己的力量教育、感化了一个人的灵魂，使她重新规划了自己的人生。

正是这件事，诱发了我写一本自传体小说的念头，鼓励一些处在逆境中的弱势群体：上帝若为你关闭了一扇门，肯定会打开一扇窗。这就是我写这部书的缘由。

由于水平有限，我没有把自己成长经历及心路历程的全貌展现出来，也远没有名家写得好，但我是用心、用情、用泪写的。回想刚走出初中校门时，我对写作是那么的渴望，然而时常又是那样的绝望和渺茫……好在我有一位才华横溢又热心善良的恩师——初中时期的老师肖斌，他开导、鼓励我坚持写作。正是在他的支持帮助下，我在非常落魄、潦倒的境况中写出了很多散文。当我感觉不能得心应手或力不从心时，就将尚未成形的稿子寄给他，他修改好后又给我寄回来。经他修改的文章，内容完整了，语言文字生动、流畅了。有了写作指导，我就有了动力源泉，看到了希望——至少我还有文学梦，我一定要坚强地活下来，并要有所作为。后来我又得到梁真鹏、李大斌、胡弗、朱卫东、陈敏和张昭等一批媒体老师们的关注、鼓励，得到了张大诺老师的悉心指导。

在文学的道路上，我匍匐前行，前面横亘着一座座文学的昆仑，但我不自弃，更不自狂，坚持固执地向前爬行。我是一个大山里的人，虽然四肢短残，走起路来很费劲，但我也爬过许多山，甚至爬到了预想中的山巅上，放眼望去，山仍然在远方，在天际。省、市作家协会的老师们，如星光，如灯火，在不远不近的地方，照耀和温暖着我向梦想的地方爬去……

在文坛上，我认识的第一位领导，就是安康市作家协会主席张虹老师。那是2002年夏季的一天，我在安康市教育书店看到她的散文集《歌唱的鱼》，便满怀敬意地去她的工作单位拜访，她热情地接待了我，还将她的作品送给我，鼓励我坚强自信，努力创作出更多更好的作品。这些年来，我们一直保持着联系，她不仅推荐我的作品，还为我的就业四处呼吁，牵线搭桥。

2010年，通过她的推荐，我加入了陕西省作家协会，并被评为陕西省残疾人优秀作家。

在我的生命中，能够认识陕西省作家协会党组副书记齐雅丽，安康市委宣传部部长周玉峰，《文化艺术报》总编辑陈若星等这些非常值得敬重的领导、老师们，使我感到好温馨、好幸福，这是对我莫大的鼓励和鞭策。看着他们为本书出版用真情写的序言，我内心感慨万千。陕西省作家协会党组副书记、作家齐雅丽一周之内给我写了序言；《文化艺术报》陈若星老师，本来就很忙，加上身体有疾病，但还是满怀真情地给我写了非常动人的序言；安康市委宣传部的周玉峰部长，在看了我的书稿后非常重视，并很快就给我这本书作了序。这真是"残疾无情君有情，枯黄枝叶又青青"啊！

此时此刻，当我坐在电脑前写后记的时候，内心充满了太多太多的感恩：感谢陕西省慈善协会"天朗慈善文化基金"赞助；感谢陕西文学基金会副主席王芳闻老师，为我这部书的出版多方奔走；感谢著名作家、陕西省作家协会主席贾平凹老师，还有陕西省作家协会副主席、安康市作家协会主席张虹，资深媒体人、影视制片人李向红老师为我的书写推荐语；感谢安康市文研室高晓阳和肖斌老师为我加工整理书稿；感谢一些省市媒体的关注和鼓励……

另外，我脑海里还涌现着许许多多真诚善良的文友们，温暖我记忆的人实在太多了，在这里我也没办法全部列举出来，谨向他们致以深深的谢意。

在这本书出版过程中，感谢西北大学出版社的大力支持和责任编辑曹劲刚老师为修改加工书稿所付出的辛勤劳动。第一次交过去的稿子，曹老师用了10天时间，刚给我改完，我又发过去了经过调整、补充后的稿件，他又重新校对、修改，花费的时间和精力可想而知。

我会按照自己的生活方式走下去，把一腔心血都倾注于笔端，让我的人生更加有意义、有价值。

（三）

我是在世界宣明会，省、市慈善协会和残联以及阳光学校的共同帮助下学会电脑操作技能，最终又在慈善协会和残联的撮合下得以就业的。当我因找不到工作而绝望、无奈时，抱着一线希望，怀着忐忑不安的心，给安康市慈善协会熊邦高会长打电话求助，熊会长关切地说："你记得你们电脑班上的付远明吧，他在镇上开了一家打印店，效益蛮不错的，现在急需人手，你就到他那去工作吧……"

听到这个消息，我犹如一只迷途羔羊被人带出绝境，冰冷失望的心里涌起一阵阵暖意。

那天晚上我一夜没睡好，一遍遍地起来，望着窗外的星星，我觉得自己终于苦尽甘来了，终于走出了到处碰壁、找不到工作的困境，一遍又一遍地遐想着在那里工作的情景。然后，我对着夜空喃喃自语：我终于能够就业了！"山重水复疑无路，柳暗花明又一村。"那一刻，我真正体会到这两句诗的真谛了。

第二天拂晓，我就匆匆地走出家门，搭车前去那个叫"茨沟镇"的地方。

这是一家电脑培训班及打字复印一体店。我除做好打字复印外，还协助老板做网管，管理游戏厅、麻将馆、台球等业务……

"庭德，"茨沟镇原党委书记亲切地叫我，并递给我一张纸，"这是我们组织干部外出参观学习的材料，你根据我列的干条条写个报道……"由于工作的店面紧挨茨沟镇政府，为我给镇里撰写通讯报道提供了便利。为此，仅 2006 年，我在《安康日报》《陕西农村报》《西部法制报》《三秦广播电视报·安康版》及汉滨区宣传网上发稿 100 多篇。我用笔为当地的经济建设鼓与呼，宣传社会主义新农村建设，讴歌真善美，鞭挞假恶丑……在全区通讯员培训大会上，市级媒体辅导老师朱卫东对我专注新闻事业的敬业精神给予了充分肯定。安康日报社记者梁真鹏老师知道我的情况后，把我的事迹写成《心会跟爱一起走》的文章，发表在省报和市报上，社会反响很大。安康市的一些文学和新闻战线的老师就是看到这篇报道，才进一步了解、关心与支持我的……

在这里，我要感谢老板付远明大哥全家对我的帮助，尤其是老板娘给我洗衣服，尽管没有多少工资，总算就业了，并融入这个家庭中。另外，还有茨沟镇的领导干部，他们高度重视我的工作和生活，常常鼓励我。在这个镇上，我感受到了人间温暖，自信心大增。在媒体的关注、宣传下，省、市、县关注我的人也越来越多，令我最感动的是西安华亚电子有限责任公司——"中国好人"郭永胜董事长，亲自来到我打工的茨沟镇，拿出1万元，酬谢付老板一家对我的关心和照顾，还将我接到他们公司负责宣传工作。考虑到我是陕西省作家协会会员，免去我的试用期，直接转正为办公室副主任，给我配备了电脑、电视机、灶具等，一周后又组织全公司为我捐款，给我买衣服……在我离开他的公司开始创业时，又一次出资1万元，资助我创业、鼓励我创作。

人总是生活在爱与被爱中，但我受到的关怀更多。面对未来，除了写作，我还渴望去帮助别人，去帮助那些苦难的人和在生活中迷茫的人，去帮助那些和我一样甚至比我更需要帮助的人，把社会给予我的关爱与帮助，传递下去，这也许就是对爱的回报吧。

2006年，我走访调研，采写了《13岁女孩患肾炎，渴望援助献爱心》的通讯稿发表在《安康日报》上，在《安康日报·科教周刊》的帮助、呼吁下，社会各界人士纷纷捐款，救助了陕西省安康市汉滨区茨沟镇青岩小学五年级的肾炎患者龙岗丽……

近年来，我帮助无腿青年徐礼根安装假肢；为汶川、玉树地震以及安康"7·18"洪灾捐款，为茨沟镇烫伤儿童张文俊献爱心……

所做过的这些事，留给我的不是成就感，而是持久温暖的幸福感。

我知道，我也可以为社会奉献自己的爱心，也可以承担起一份社会责任；正常人能做到的事，我能做到，正常人做不到的事，我通过努力，依然能够做到。身体的缺陷，动摇不了我自强不息的信念，也阻碍不了我参与慈善事业的步伐。

作家余秋雨说过："一种记忆被唤醒是何等惊心动魄的事情。文学的魅力就是把昨天、今天和明天连在一起，不是靠现成收获的结论，而是靠永远的悬念……"我知道，我的文学之路刚刚起步，且步履蹒跚。这本自传体小说，尚有许多不足之处，倘若您能静心读完，有一丝收获，那我就非常欣慰。

王庭德

2013年4月20日

再版后记

这部自传体小说的第一版，是在陕西省慈善文化发展基金的资助下于2013年出版的，出版发行后，受到不少读者的欢迎，产生了很好的社会反响，先后印刷两次，这让我兴奋，也真正地感觉到欣慰。虽然我的工作已安定下来，但往昔的艰难和困苦——生活的阴影，仍不时袭上心来，这本书的成功出版使我对生活的不安和不时的紧张舒缓、减淡下来，我觉得自己很幸运，不时生出幸福的感觉。在此，我要向陕西省慈善协会和亲爱的读者朋友们表示感谢。

2014年初，山区的春阳与寒意相伴，我在享受着出书带来的融融快意和温馨的同时，又开始重复着一如既往的工作和生活。恰在此时，我接到出版社编辑的电话，告知这本书要修订再版。我随即兴奋地投入修订工作中，出版社的编辑同志和我一样，一起爬梳，沉浸在我的往事之中，体会和感受着我的苦难和跋涉历程，在对原书的文字做进一步的加工修改，"还原"更准确、完善的故事情节的同时，在书中插入适当的图片，文图对照，增强了图书的可读性。在此，我要向出版社的领导对这本书的重视致敬，向为修订再版付出艰辛、耗费心血的编辑们表示衷心的感谢。

我在走进文坛之前，就知道陈忠实和贾平凹老师，他们是我的偶像，后来从事写作，也有幸在一些活动的场所与他们见面；我被评为残疾人优秀作家，贾平凹主席亲自为我颁奖，这些让我铭记、感动。本书再版的时候，贾平凹主席又向广大读者写了推荐语："他的精神值得我们仰视"。这让我感到既羞愧又兴奋，忐忑不安之间，我领受了他的题字。陈忠实老师也为本书写了推荐语，他说"这是一本值得青少年阅读的励志好书"。我看出了，我感受到了，他们对我的爱护、关照和鼓励。我将以生命的继续跋涉，向他们表示我最真诚的敬意和感谢。

在此，我还要感谢陕西省作家协会党组书记、作家齐雅丽老师，她对我的关照之多、影响之大，是言语不能表达的。她对我的关怀、关爱，就像和煦的阳光照耀着我、温暖着我，我真不知道该怎么向她表达内心的敬意和感谢。

张大诺老师说：残疾人是特殊的，他们来到这个世界，不是来获得的，而是来体验的。于灾难中体验活着的美好，于失落中体验获得的欣喜，于绝望中体验希望的可贵，于无法生存中体验自食其力的激动……他们终其一生获得的东西是健康人很容易获得的，他们终其一生获得的体验却是健康人最难获得的。

我愿意以谦卑的心跟大家一起分享我2004年以前23年间的

生命历程，希望读者都能喜欢这本书，并给予批评指正。

最后，我要向在我生命中出现过的所有人说，是你们使我活到了今天，我要向你们献上我最诚挚的谢意！感谢过去曾经关照过我的所有人士，以及我所有的老师！是你们的鼓励、照顾、教诲，才使我走到了今天。感谢认识和不认识的读者，感谢报道宣传此书的媒体，为我赢得许多用自己的眼睛阅读、用自己的头脑思考的朋友；谢谢我的老板给我机会，让我可以在工作上一展所长。

"生如夏花之绚烂，死如秋叶之静美。"非常喜欢泰戈尔这句名言。它必将激励我一如既往地努力。面对未来的人生，相信明天会更好！生命的书刚打开扉页，未来的路还很漫长。

王庭德

2014 年 4 月 21 日

第三版后记

在当今这个信息如潮水般泛滥的网络时代，我的长篇自传体纪实小说《这个世界无须仰视——一个侏儒青年的奋斗之路》第三版就要出版了。这对我而言，无异于生命中一座光芒四射的里程碑，仿佛在漫长且荆棘密布的人生旅途中，突然出现了一座闪耀着希望的路标，为我指引着前行的方向。

十多年前，我，一个重度残疾的青年，蜗居在深山小镇。在辛苦打工、艰难谋生的同时，我凭借着对生活的热爱和对未来的憧憬，一笔一画、一字一句地创作出了这部书稿。那段日子，充满了艰辛与不易，但每一滴汗水都是希望的种子，见证着梦想在土壤中悄然发芽。书中的字字句句，都凝聚着我对生活的炽热情感和对未来的美好期盼。陕西省慈善协会从《华商报》和《三秦都市报》上了解到我的事迹，他们被深深触动，于是，他们携手西北大学出版社，将我的心灵之作推向大众视野。

2013年 11月，《这个世界无须仰视》首版正式问世。它宛如一只勇敢的雄鹰，展翅翱翔，开启了属于它的传奇征程。当年，它还登上了湖南卫视的知名综艺节目《天天向上》，在全国观众面前展示了独特魅力，吸引了社会各界的关注。2014年 7 月修订再版后，荣登畅销书排行榜，被农家书屋选购，入选 2018年中国高新精品图书，2020年入选全国中小学图书馆（室）推荐书目，还荣获了陕西省作协十大年度文学奖等多个奖项。这本书就像一颗璀璨的星星，在文学的浩瀚天空中绽放光芒，成为企业、机关单位、高校的青年人，特别是中小学校学生喜爱的励志读物，感染了无数人的心灵。至今，它已经印刷了 15次，而这一切的背后，离不开西北大学出版社的大力支持，马来社长的悉心指导和亲切关怀让我记忆犹新；也离不开本书责任编辑曹劲刚老师修改完善书稿所付出的辛勤劳动与美术编辑谢晶老师精美的装帧设计。我与西北大学出版社结下了深厚的情谊，那里的每一个人都热情诚恳，他们不仅通过各种媒体大力推介这本书，还在西安举办讲座等活动宣传我。由于我双腿严重弯曲、错位、变形，重度内翻畸形，走路时摇摇晃晃，仅靠着双脚外侧支撑着走路，勉强走100多米就会疼痛难忍。所以，每次大家招呼我出去吃饭，都会轮流背着我。马社长、刘栓老师等还专程来安康看望我，他们的关怀如同一束温暖的阳光，照亮了我前行的道路，让我感受到了无尽的温暖与力量。

这十多年来，我的生活发生了翻天覆地的变化。我走出了那座困扰我的大山，进入安康市图书馆工作。这里有关心我的领导和同事。在安康市残联的协调下，我在江南城区风景小区拥有了一间 25.4平方米的公租房。房间虽不大，但经过富华装饰公司的精心设计装修，房间变得温馨而舒适。我终于有了一个属于自己的家。小区离上班的地方还有一段距离，图书馆之前给我的宿舍也一直让我住着。我虽有代步车，但速度慢，还不能遮风挡雨，加上腿脚不便，如果没有这个宿舍，冬天的寒冷和雨天的泥泞对我来说将是难以克服的困难。

目前，我在图书馆工作的同时，积极投身于阅读推广事业。我已受邀走进机关单位、企业和学校开展演讲 900 余场。我希望通过分享自己的经历和心路历程，为人们带来方向、信心、坚持、力量和希望。"书香得以明志，励志照亮人生。"接下来，我在继续保养身体的同时，渴望走进更多的地方，通过生命教育式的励志演讲，帮助人们树立正确的世界观、人生观和价值观，鼓励大家以书为伴，在书的世界里汲取智慧和力量，用书香点燃梦想，用知识铸就未来，为实现强国复兴的伟大梦想贡献自己的一份微薄之力。我始终坚信，一个人最大的成功和幸福，并非拥有多少财富，也不是取得多高的成就，而是自己的存在能够为多少生命带来价值、意义、绽放、美丽和鼓舞。

从某种意义上说，《这个世界无须仰视》是我对自我的一种期待，也是一种自我取悦；是自我情感的释放，也是自我价值的成就；是自我形象的展示，也是自我灵魂的救赎。这本书之所以能打动人心，是因为我不畏艰难、顽强求学，不甘贫穷、积极向上的精神令人动容。分享这种精神，就是助人向上向善，这便是我的人生价值和社会意义。倘若我的故事能够弥合一个破碎的心灵，减轻一个生命的痛苦，抚慰人们生活的创伤，或让一只离巢的小鸟重返巢穴，那我便没有虚度此生。

《这个世界无须仰视》第三版对原书的 14章内容进行了全面修订，还添加了十几幅图片，增补了第15章和第三版后记。中国报告文学原常务副会长李炳银先生和儿童文学作家童喜喜分别为本书作序，著名作家陈彦、中央电视台主持人白岩松老师撰写了推荐语，同时还保留了二版时，陈忠实和贾平凹老师写的推荐语。书中所用图片，部分由安康市融媒体中心记者潘润生拍摄；还有一部分来自西安优米影视文化传媒创始人张萍女士和旬阳电视台潘建绪、王霞老师曾经对我的采访报道。青年作家魏青锋细致地校对了书稿，使本书的质量提升不少。在此，我对他们一并表示衷心的感谢和深深的敬意。

我曾在媒体上公开表示要创作《这个世界无须仰视》的续集，但书稿写到七八万字时便停滞不前了。主要原因是：最近一年多，白天的应酬较多，晚上又熬不了夜；随着年龄增长，各种病症也在不断侵扰。但我相信，经过时间的沉淀，我终将会完成它。

今年，我给自己定了一个目标，每次演讲结束后，尽量通过自己的微信公众号——"庭德记录馆"，把演讲情况记录下来。希望这些日常的片段，能给日后的创作积累宝贵的素材。我深知，唯有读书、成长、奋斗，才能迈向成功。

《这个世界无须仰视》第三版的出版，是我人生旅程中的又一个新起点。我将怀揣着这份坚持和希望，继续在人生道路上砥砺前行，用文字和演讲传递温暖与力量，让更多人感受到生命的美好与无限可能，就像书中所表达的那样——这个世界，无须仰视，我们都能绽放属于自己的光芒。

王庭德

2025年5月6日